READ AND

祝俊生常常陷入回忆的倾盆之雨

纪录片《两个星球》截图

祝俊生和儿子川川一起参加亲子运动会,两人必须步调一致

摄影 / 于卓

刘厂长的楼顶菜园和鸽笼

摄影 / 郑景刚

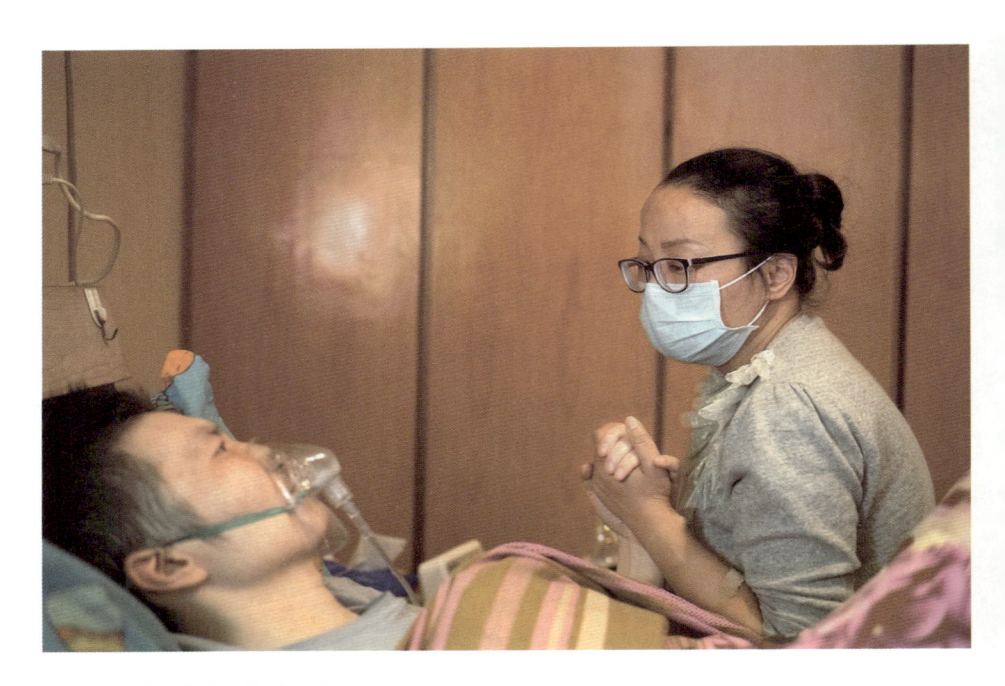

杜进与黄冲，患难中执子之手

摄影 / 薛明

长江大桥下恣意起舞的彪哥

摄影 / 薛明

2015年，39岁的余秀华仍旧像儿时那样张开双臂走在田埂上

摄影 / 于卓

小猫六月喜欢黏着余秀华

摄影 / 萧潇

横店村村口的巨大"名片"

摄影 / 范俭

人间明暗

范俭

著

文汇出版社

自序

2018年5月12日，汶川地震十周年纪念日，四川省都江堰市郊外的宝山陵园里人头攒动，烟雾缭绕。一阵鞭炮声忽然炸裂开来，人们用这声音呼叫着在这巨大灾难中逝去的年幼生命的亡灵——都江堰新建小学二百多个在地震中遇难的孩子安葬在这里。

叶红梅、祝俊生夫妇也在这人群中，他俩带着七岁大的儿子祝叶桂川来祭奠女儿祝星雨。十年前，祝星雨上二年级，在5月12日的地动山摇中不幸罹难。失去了当时唯一的孩子后，夫妻俩开始漫长而艰难的重新生育之旅。年届四十的叶红梅想要再次成为母亲，经历了两次常人难以想象的生育长跑——像她这样的震后失独再生育女性有五千六百多人。直到2011年5月20日，叶红梅终于生下一个孩子，也就是祝叶桂川。

叶红梅让川川在姐姐的墓碑前放了两颗鲜红的草莓，这是他们在家里种植的，清晨刚刚摘下。墓碑上有一张祝星雨三寸大小的照片，她微笑着，眉宇和弟弟很像，她的生命定格在了七岁半。我在旁边端着摄影机拍摄这一幕。九年前我认识了他们，开始长久的拍摄和相处，见证了他们生命当中的许多重要时刻，他们把我当兄弟一般。

　　失去孩子的家长们大多互相认识，他们在墓园里打着招呼，一些中年女人三五成群地抱在一起哭泣，叶红梅也在其中。大部分墓碑排列在一道斜坡上，斜坡下的过道里有些人不像是来祭奠的，他们来回踱步，神色有点紧张地盯着家长们。叶红梅告诉我，那些人是社区工作人员、警察，以及其他一些身份不明的人，专门在这十周年纪念日来"关注"他们。家长们彼此分发小小的菊花，人手一枝，他们准备在斜坡上集中，一起默哀三分钟，然后为逝去的孩子献花，用这样简单的仪式表达哀思，以及对生死茫茫的喟叹。发菊花的一位大姐给我手里也递了枝花，她知道我是祝家的朋友，也知道我在拍摄。于是，每个人手里擎着一枝黄色鲜花，在一个大姐的带领下步履缓慢地走向斜坡上的一小块空地。随着人群的流动，突然剩下一群人在过道上面面相觑，像海水退潮后留在沙滩上的贝壳和石块。那些人手里没有花朵，只有手机，有的人拿出手机拍摄坡上的人们。

　　我也拿着花和家长们站在一起，大家几乎无声地排成几排，面对着墓碑。墓碑上那些孩子的照片大多已经褪色，太阳有点大，烤得人额头发烫。人群中也有好些像川川这样的七八岁的孩子，他们是震后新生一代，站在父母身边感受着这庄严的一幕。哀乐从一个人的手机里流淌出来，大家低头默哀，有人在小声啜泣，鸟儿在墓园上空盘旋着，啁啾着，似乎感受到这群人的悲伤。此时，我和他们站在一起，被他们包裹着，强烈地感觉到他们已不只是我的拍摄对象，他们是朋友，是和我有情感联结的人,特别是我常拍的那几个家庭。我相信我也不是他们眼里的"外人",他们接纳了我,允许我和他们站在一起。我擎着菊花,眼眶已湿润。

拍纪录片的开始,我常常作为"外人"介入他人的生活,他们的处境、他们的观念常常与我有极大不同,这激发了我的拍摄兴趣。汶川地震后的失独家庭,他们当中绝大多数都希望通过重新生育让过去那个孩子"回来",新生命是逝去生命的"轮回",或者,像是个替身。这种生命观念和我对生命的理解迥异,我认为每个生命都独一无二。但我并不想影响和改变他们,我想知道他们究竟经历了什么,他们与我的观念差异因何而产生。在拍摄中,我不断认知他们,这也扩大了我对世界的认知,这是我拍纪录片的一大动机。而在不断的认知和相处后,我与他们的距离在渐渐消弭,直到最后我们站在一起,彼此接纳。"站在一起"很重要,做不到这一点,我终究只是外人。

这种情形在 2020 年的武汉也同样发生。新冠疫情腹地的一个小区里,蔡大姐强烈地感受到邻人的歧视和躲避,她的丈夫潘师傅是小区物业的维修工,春节前感染了新冠,被送去了方舱。蔡大姐和女儿虽无感染,但也作为"密接"在隔离点待了半个月,回家后,家里也全面消毒,但蔡大姐还是在小区感受到很多异样的目光——全小区都知道维修工潘师傅得了新冠,平时走得很近的邻居都不敢靠近他家。强烈的被排斥感,以及业主群里的议论纷纷,都让蔡大姐焦灼不堪。所以当我后来表示要到她家里坐坐时,她感到很惊讶:"你竟然不怕我!"她说,除了我们之外,小区里只有一个疯子不躲着她。在那样一个特定的时空里,我和拍摄伙伴没有穿防护服进入她家,和她聊天,听她倾诉,喝她递来的水和牛奶。这确实有一点"疯狂",但我认为那是我们必须要做的,必须和你的拍摄对象站在一起,倾听她,理解她。这种交往看上去只是为了拍摄,有功利心,但也不尽然,拍摄结束很久后,我再次去武汉时,专门去探望了蔡大姐一家,那时潘师傅早已康复回家,我们一起举杯,回忆往初,曾经的焦虑、悲伤都已是过眼云烟。

人与人之间的相互温暖可以非常持久,特别是患难中的萍水相逢。在长久的岁月里,我多次去探访我的拍摄对象,无论是四川小城都江堰的再生育家庭,还是武汉的蔡大姐一家,以及和她住在同一个小区、在疫情里不能住院治疗的癌症患者黄冲一家,每次相见都是感念他们对我们的信任,并珍视那些偶然机缘里滋生的情感。当然,并非所有的交往都是温情的,我也常常碰钉子,也不时和一些拍摄对象"失联"。在明明暗暗的人间,有纷繁的人性光谱,我努力探寻其中的光亮。有不止一次,我在拍摄中陷入危险,拍摄对象保护了我,我会永远记得那样的时刻。也有不止一次,拍摄对象会尽他们所能"照顾"我和我的工作伙伴,比如 2020 年封城中的武汉,蔡大姐递给我们的牛奶以及刘厂长夫妇给我们做的那碗鸽子汤,让人终生难忘。

当我们和被拍摄者站在一起时,也需平视的目光。俯视带来的优越感令人生厌,仰视产生的距离感让人裹足不前。我和诗人余秀华因拍摄而建立的近十年的交情,源自于彼此的平视,源自于灵魂的平等。不管她是否有残疾的身躯,不管她被贴了怎样的标签,我们的灵魂是平等的,从一开始到现在,我都这样认为。从我第一次见她,我就把她当成是和我一样的创作者来交流,我惊讶于她的才华,并想探求她生活的土壤里如何开出这肆意的诗歌之花。我和她一起行走四方,常常忘记了她是残疾人，尽管她总在深一脚浅一脚地缓慢行走，但她内在的力量已经超越了身体的不便，她张扬的生命姿态常常跳脱躯体的桎梏。有不少时刻，我不再拍摄，我们彼此分享对生活的感悟，对情感的思辨，可以说我们不仅站在一起，我们常常并肩，有时紧紧地握手。

由此，我见证了余秀华生命里的一些聚散离合，我也见证了汶川震后家庭面对生命逝去与"重生"的悲欣交集，我还见证了一些重大历史现场里生命的来来往往。而今写这本书，是用见证者的目光写下他们的故事，和纪录片一样，都为我所经历的时代留下由普通人的乐章构成的历史注脚。

范俭

2024 年 3 月

目录

一　一程生命　一程光影 / 001

时光若能逆流 / 003

"我明明把她喊答应了" / 015

不等甘霖，只需地润 / 024

永失我爱 / 031

在江边呼唤你的名字 / 035

圆圈不圆 / 038

何谓轮回 / 063

两姊妹，两封信 / 073

杂货铺的日与夜 / 091

二 被遗忘的春天 / 119

世界突然安静下来了 / 121
被遗忘的春天 / 127
黑夜在何处终结 / 162

三 摇摇晃晃的人间 / 189

一种家庭 / 191
一种爱情 / 227
一种分手 / 240
一种友情 / 291

后记 / 305

一

一程生命 一程光影

时光若能逆流

清晨六点的都江堰，天还没亮，但已从黑夜的沉沉密度中醒来。地面湿漉漉的，春天绵密的雨从半夜就开始下，到清晨仍然零星飘个不停。叶红梅在路边等待去成都的长途大巴，最早的班车六点二十从这里发车，夜班出租车偶尔驶过，车灯扫亮她的脸。叶红梅眼睛很大，脸颊两侧有两抹明显的红斑，她小时候在阿坝州的高原长大，这是高原生长留下的痕迹。不远处矗立着一尊巨大的李冰父子铜像，被雨水打得湿漉漉的。战国时代的郡守李冰和儿子率领当地民众修建起都江堰水利工程，结束岷江水乱，灌溉了成都平原的万亩良田，也开辟了多条绵延不绝的河流。

十分钟后，大巴来了。上车后，叶红梅搓了搓手，雨后的清晨有点湿冷，她穿一件棕色短大衣，里面是薄薄的套头衫。她拿出一张纸巾擦了擦黑皮鞋，鞋上溅了些泥水。车还很空，司机在车外吆喝着招呼乘客："成都喽，成都。"马路边有人摆了个早餐小摊卖叶儿粑，这是一种四川小吃，糯米粉蒸出来的软软的粑粑，用粽叶裹着，表面上的一点猪油散发出香气，搭配热豆浆，成了叶红梅的早餐。雨渐渐停了，车窗上残留的雨滴划出长长的水痕，叶红梅神情怅然地看着窗外，若有所思。

叶红梅是汶川地震后五千六百多个再生育的女人之一。在地震中，这些女人失去了唯一的孩子。都江堰市距离汶川地震震中映秀镇非常近，只有二十几公里，地震对这个城市造成了极大破坏，其中最严重的是在学校，新建小学、聚源中学、向峨中学等都是重灾区。叶红梅的女儿祝星雨地震前在市中心的新建小学上二年级，据叶红梅说，新建小学当时全校有五百七十多名学生，其中二百四十多名学生在地震中遇难，包括她的女儿。根据官方公布的数字，都江堰有三千多人在汶川地震中遇难，其中学生就有一千多人。

车上的乘客渐渐多了，有两个中年女人叶红梅恰好认识，二人也是地震后再生育的女人，要去医院打针。她们凑到一起坐下，这一个小时的路途倒也不寂寞。车里的音响放起《卡萨布兰卡》，大巴开上了高速路。

"叶红梅，你打针要打好多天？"一个烫着卷发的大姐主动开始聊天，她看上去有四十多岁了。

"已经有七天了，还要打好几天哦。每个人都不一样，要看你卵巢的功能好不好，对药物敏感不敏感。医生检查了，说我的输卵管一边是通的，另一边不通。"

叶红梅在再生育的"长征"路上已经走了很久。地震后，她和老公先是尝试自然受孕，总不成功，后来又尝试试管生育，经过半年多的治疗、胚胎培育，也失败了。2010年春天，仍不愿放弃的叶红梅开始了第二轮试管生育。

"这也正常嘛,这个年纪输卵管都会有些衰退了。"大姐安慰道。

"我只生过一个小孩啊,也没有流产过,输卵管还是有问题。"

"还不都是地震造成的。"大姐叹了口气。

叶红梅点了点头。"你记得李霞吗?她都不去医院了,没信心了,娃娃一走,就哭,也生气,月经就不来了。医生给她开的黄体酮,本来调月经调得好好的,结果那个医生去上海了,就又耽误了,现在月经还是不正常。"又摇了摇头,"好烦哦,跑医院跑了这么久了,又不跑了。"

大姐沉吟了一下,微笑地看着叶红梅:"坚持就是胜利。"

叶红梅笑了:"是啊,年轻就是本钱,我现在要是三十多岁多好啊!"

"你要是二十多,那更高兴。"

"那不可能啊。"

大姐看着车窗外,雨已经停了,远处的太阳刚刚升起,从云层背后射出一点点光亮。她像是在自言自语:"不管岁数大小,只要有信心。"

到达成都西三环的茶店子长途客运站后,叶红梅和朋友又坐了半小时左右公交车,接近八点半时到达成都第九人民医院,一楼挂号的窗口已经排起长龙。这是一家当地有名的妇产科医院,患者不只本地人,还有些从川西来的少数民族打扮的人。叶红梅常去的是四楼,楼梯口写着几个醒目的字:"生殖与不孕研究所"。叶红梅的主治医生姓周,四十多岁,是辅助生育方面的专家,四川省内来这里做试管婴儿的再生育母亲大都经过她的手。

"有个病人,四十七岁了,卵巢功能挺差的,我们也告诉她,你这种情况不太适合做试管婴儿,病人马上就很激动,又哭又闹,你没法跟她说话。还有一个病人，她爱人每天都喝酒，每天都哭他地震里去世的孩子。这个女的也没办法怀孕，年龄也大，所以显得非常痛苦。其实呢，越着急越怀不上，反而你放松了，还可能怀上。"

周医生是个和善的女人，说话也很温柔，算是我遇到的对病人很有耐心的医生，但对于地震中失去孩子的高龄女性，她有时也爱莫能助。

"真的，从内心来说，我很同情她们，但是从我们的手段来说，确实没有太多的手段能够很快地帮助她们。还有就是男方的家庭，给她们的生育压力非常大。她们感觉自己就像做错事一样，所以我们跟她们说，这个事情不是你的错，你以前是能够怀孩子的。她们也会跟我们说，如果怀不上孩子的话，男方家庭会嫌弃她们。"

"但是她们很多人好像也不愿去收养孩子，是吧？"我知道叶红梅不想收养小孩，至少也要把自己的身体逼到极限后再说。

"对，她们的收养意愿是很弱，我也不知道为什么，另外，这也是民政上的事。从我医生的角度说，我们尽最大的努力做治疗，尽力促进她们的排卵。但有一些病人可以考虑赠卵，就是用年轻人的卵子和她丈夫的精子做试管婴儿这种方法，国家也可以支付这个开销。"

"别人的卵子？这样生出来的孩子他们会接受吗？"

"是啊，这个技术上并不难，但是伦理方面的问题很多，生理意义上的母亲就不太好说。国家对这个控制得很严，必须要双盲，就是卵子的提供者和需求者都不能知道对方是谁。不过到现在为止，这些再生育的，还没有一个愿意接受赠卵。"周医生摇了摇头。

无论是收养还是借别人的卵子，叶红梅都完全不能接受。在她看来，只有自己十月怀胎生的孩子，才和父母连着血脉。"血脉"二字对她极为重要，也让她不惜在治疗和奔波中受苦。

在等待打针的队伍中，叶红梅和旁边年轻一些的女人闲聊起来。

"我上次只取了九个卵子，一个都没有成功，这次是从头开始。"叶红梅苦笑了一下。

"我今年三十了，明年生小宝贝就三十一了。"

"你还小啊，我都四十了，我现在是有苦说不出来。"叶红梅抿着嘴，对三十岁的女人投出羡慕的目光。

相关数据显示，三十岁以下的女性，平均每取三个卵，可得到一个健康卵子，即一比三；三十五岁，比例是一比五；到四十岁，降低到一比七；到四十三岁，则迅速变为一比十五。正是在这样的情况下，叶红梅去年取的九个卵子，一个都没有成功，年龄的增长让她对自己的生育能力产生越来越大的危机感。

轮到叶红梅打针了，需要在胯部做肌肉注射，护士推药的时候，她紧紧皱着眉头。这针剂是用来改变她体内的激素环境，促进排卵。女性超过三十五岁，卵子质量会不断下降，数量也不可逆地减少，到了四十岁，女性生育几率仅剩下百分之二十左右，此时卵巢内的基础卵泡也所剩无几。这段时间叶红梅需要每天来打针，一共打十来天。在那之前，她还尝试过用中药调理身体，做过很多次针灸。她的身体像块试验田，田里的土壤已经相当贫瘠，而她仍希望这片土地能枯木逢春，再发新芽。

打完针后，叶红梅皱着眉头，摸了摸胯部，缓慢坐下来，对旁边的女人抱怨道："刚才打那下好痛啊，没换针头就换药，好痛啊。"

这个女人和叶红梅年龄相仿，也属于震后再生育人群，同样刚打完针，完全理解叶红梅的痛苦。她带着表妹一起来做试管婴儿，表妹看上去不到三十岁，不属于震后再生育人群。

"来之前我表妹问我痛不痛，我说不痛，不能跟她说痛，不然人家就不来了，她还年轻。"女人肤色略黑，眼睛很明亮，"她的成功率最低百分之五十，我呢，最高才百分之二十，所以我就跟她说不痛，她这次才跟我来。"女人冲着叶红梅笑了，露出整齐的牙齿。

另一个女人也凑过来聊天。"我们这批人最倒霉，遇上地震，娃娃没得了，离婚的也多。我们女儿班上的，有三对家长离婚了。我也不晓得我老公咋个想的，我上次做试管失败了，我就跟老公说，咱们分了吧，我要两间房就行，咱们当邻居就行。"女人爽朗地笑了起来，她穿着粉色上衣，浓密的头发扎在脑后。

这个女人家住都江堰聚源镇，女儿当时在聚源中学上初三，也在地震中遇难。她和叶红梅有很多交集，不仅女儿都遇难了，而且两个女儿的名字里都有"雨"字。后来，叶红梅和她同期做了胚胎植入，在一间病房里相处了十几天，两家人由此成为患难朋友，友情一直持续至今。

"那你老公怎么说？"叶红梅很好奇。

"我跟我老公说，你再找个年轻的生一个，我还可以像邻居一样帮你带娃娃，他说你这是疯话。"女人笑得更大声了。她神情舒展，也许常和老公开这种无伤大雅的玩笑。

"他说要和我一起来医院哦，我说你别来，不是你的问题，问题出在我身上。去年第一次做试管失败后，我说要不收养一个孩子，我老公说咱们还有一次机会，还是不要浪费哦。"

他们所说的"机会"，是指震后原国家计生委和四川省相关部门一起实施的"再生育工程"。通过专项资金,政府可以给失独妈妈的生育过程买单,不管她们采用什么生育方式,政府都可以报销医药费、治疗费。不过最多买单两次,超过的要自费。

"问题出在自己身上。"叶红梅也有相似的想法,普通的治疗过程,她从来不让丈夫陪同。"他来做什么呢?他身体好得很,陪我来一次还多花钱。"

只要还能生育,就意味着人生还有机会,对这些女人、对家庭都是如此,他们不愿放弃这些机会。很难说这是源自一种群体意识,还是文化及家族的压力使然;抑或是因为这些女人曾经生育过,由此激发的母性也促使她们做出这样的选择。哪怕要经历长达数月甚至数年的漫长治疗,哪怕要在未来岁月里付出更多的精力与感情去抚养孩子,她们都义无反顾地投身其中。后来的十多年里,我确实慢慢看到这些女人的生命大多因生育变得饱满,她们暗淡的眼神有了光亮,家庭也因此更加紧密。不过,有的女人也因生育背负起她们意想不到的压力,甚至加速老去。

叶红梅住在都江堰震后板房社区城北馨居,这里安置了五千多名灾民,其中有九十二户人家的孩子曾在新建小学上学。一天傍晚,叶红梅在家里准备饺子宴招待朋友,几个女人麻利地包起了饺子。叶红梅的丈夫祝俊生在院坝里陪客人打麻将,家里平时是他做饭,我总看到他系着红色格子围裙在厨房,但他不擅长包饺子,这天只准备了凉菜——泡菜和独头蒜。叶红梅夫妇好客,他们家是地震失独家庭的一个小聚点。地震后的一段时间,二人几乎切断了和以前朋友的来往,只要那个朋友的孩子仍在,他们就很难直视那个活生生的、和逝去的骨肉一般大小的生命。失去孩子的家长通常以当初孩子所在的年级为单位建立交往，逐渐成了好朋友，住在同一个安置点的家庭结成紧密的社群关系，一个班级的孩子家长互相称为"亲家"。

狭窄的活动板房里摆了两张桌子，男人们凑在一桌喝酒，女人们在另一桌。四川人喜欢用饺子蘸红油辣椒，一个饺子要裹满了红彤彤的辣椒才吃得安逸。饺子旁边摆着一盘有点炸过头的花生米，男人们用这些下酒。祝俊生手拿一根点燃的烟，耳朵上还夹着一根，用街上打的十元一斤的散酒招待大家。高粱酒里面泡了枸杞，倒出来是橙红的，像饮料，但很容易喝过头，毕竟有五十多度。男人们吵嚷着互相劝酒，一个穿着红衣服的显怀女人已经吃完了饺子，在旁边静静注视着男人们的喧嚣。在叶红梅身边，一个只有三个月大的孩子在妈妈怀里睡着了，对这人世间的喧闹充耳不闻。房间里的动与静像一幅油画，每个人都很生动，但又流露出一丝凝重，那熟睡的孩子并不知道他未曾谋面的哥哥在地震中遇难。

叶红梅和好朋友刘江琴在隔壁屋子一边看电视一边聊天，她家的电视很是老旧，板房的信号也不好，电视画面上满是雪花点。

"计生委有个工作组动员我去抱养（收养），他们说我有优先权去抱养地震过后的孤儿。那段时间住帐篷，隔不了几天他们就来动员我们，喊我们填表啊什么的。"叶红梅向刘江琴讲起收养的话题。

"你抱了一个后万一又生了一个呢，对抱养的孩子肯定不太好，你肯定对两个孩子态度不一样。"刘江琴也在做试管婴儿，她的儿子同样在地震中遇难。

"是啊，娃娃的心理也不好。祝老四（祝俊生）说你要是两次试管都不成功,就抱一个。他表现得很大度,其实他自己还不是想要自己生的。"

"那当然了。"

叶红梅笑笑说:"我始终觉得抱养人家的娃娃不安逸,总感觉是外人,都不晓得咋给他喂奶,自己生的娃娃我就可以给他喂奶撒。"

刘江琴也笑了笑,她懂得叶红梅的感受。

"你晓得不,我现在不愿意去我同学家,看到她儿子我心里就不是滋味,就想着我儿子要是还活着,就跟她儿子一样大,看着人家的儿子又长大了一岁,心里真的是……"刘江琴脸上的皮肤有点暗沉,眼中流露出忧郁的神色,似乎丢了什么东西,一直在寻找。

"我也是,看到人家的娃娃就东想西想的。为什么他还活着,他怎么没在地震中死呢,就有那种想法,很不正常,有种怨恨在心里头。有时候觉得自己这种想法有点变态,但就是控制不住。"

"去年我也有这种极端的想法。"

叶红梅叹了口气:"看到人家打自己娃娃的,我心里也不舒服,我以前也打祝星雨。我心里想,等你们失去了才晓得不应该打娃儿,才会想到珍惜。"

叶红梅不止一次地说过她后悔打女儿。在中国,家长打顽劣孩子并不少见,为何叶红梅对这种行为如此在意呢?那要从叶红梅偷看女儿的日记说起。祝星雨在日记里说很怕妈妈,特别怕妈妈生气。一件小事就可见女儿怕妈妈的程度:祝星雨半夜尿急,因为怕黑,就憋着不去厕所,结果尿了床,被妈妈狠狠揍了一顿。之后她就有了应激反应,半夜尿急一定会起床出去尿尿,不管天有多黑。祝星雨仅七年有余的人生里多次被妈妈打,但没有被爸爸打过。而且,在 2008 年 5 月 12 日那天中午,因为祝星雨作业没做好,叶红梅还狠狠责骂了她。

每当提起那一天的细节,叶红梅都懊悔不已。地震那一天所有的经历和细节已经深深烙印在亲历者的记忆里,有些细节还随着时间的流逝愈发清晰和强烈,这记忆折磨活着的人,尤其是那些伴随着痛感、伴随着道德责问的细节,无论如何也无法摆脱。亲历者会产生长久的愧疚感——"如果我那天不做那样的事,我的孩子是不是会少一些痛苦?"这不只在叶红梅身上发生,在她的丈夫祝俊生的内心,还有比叶红梅更揪心的记忆在纠缠着他,无论过去多长时间,那段经历都异常清晰,且伴随着沉重的负疚感。

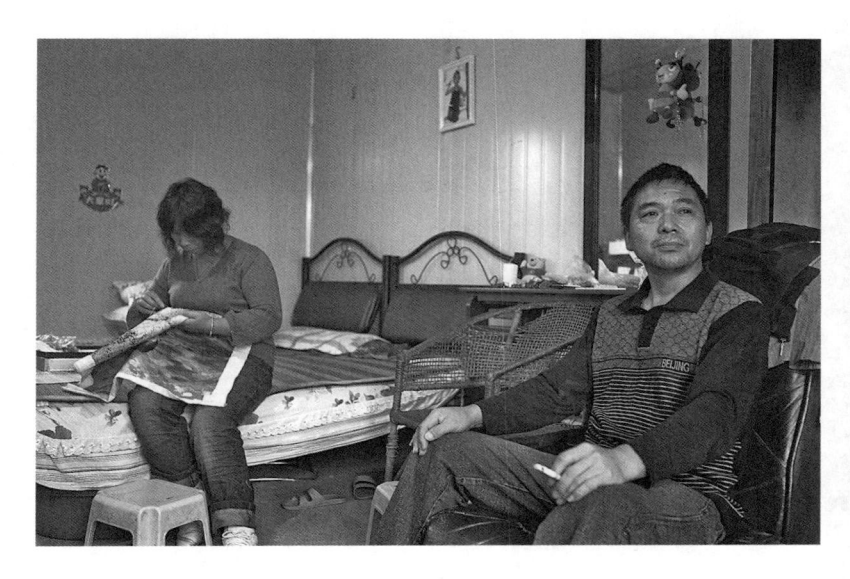

地震后，叶红梅和祝俊生在板房住了两年多，墙上一直挂着女儿的照片，桌上的小熊是女儿曾经的玩具

摄影 / 肖毅

叶红梅的好友刘江琴在地震中失去了唯一的儿子

摄影 / 肖毅

"我明明把她喊答应了"

初夏时节,板房区住客们开垦的一片片小菜地开始有了新收获,嫩绿的辣椒最先出风头,然后是黄瓜,头顶一簇黄色小花急匆匆钻出来,带着细嫩的刺。莴笋比较容易招引虫子,要注意打药。都江堰雨水充沛、土地丰沃,植物很容易顺应时节蓬勃生长。

祝俊生给家门前的菜地浇了点水,这年他种的辣椒长势一般,一个个佝偻成一小团,不足拳头的三分之一大。

"我的莴笋叶子让虫子吃了好多哦。"蓝色屋檐下,一个独臂女人看着菜地喃喃自语,她看上去四十多岁,留着短发,右臂的袖子在风中晃荡。

"可能它就该死哦,你也没早点给我摘点吃。"祝俊生嘴上斜叼着烟,跟独臂女人开玩笑,"如果早点被我吃就不会让虫子啃了。哎呀,你看你的辣椒,打药打得太凶了,哪天我要吃你的辣椒。"

独臂女人笑笑:"老祝今天给你婆娘做啥子好吃的?"

"番茄打蛋。藤藤菜也可以炒一盘了。"祝俊生摘了一把刚长出来的藤藤菜，也叫空心菜，在春末夏初长出头一茬。

祝俊生人如其名，长得英俊，年轻时微笑叼着烟的照片很有点周润发的感觉，就差一个大背头了，也许当初是这一点吸引了叶红梅。但如今的祝哥完全没有发哥的感觉，胡子拉碴，牙齿上有些顽固的黄黑色，是长期抽烟的缘故。唯一不变的是，祝俊生一直是一个心疼老婆的人，两人吵架，他常常处于下风，也可以说是个"炉耳朵"[1]。祝俊生绝不承认自己是炉耳朵，喝点酒后也会在老婆面前雄起，逞强一时，但不喝酒时通常不会和叶红梅造次。他在外面做装修工挣的工资要交给叶红梅掌管，出门买点油盐酱醋，还得找老婆要钱。

这天中午，祝俊生炒的番茄蛋和藤藤菜叶红梅都吃不进，长期打针吃药让她食欲不振，祝俊生只好自己一个人借酒浇愁。他有酒瘾，曾多次和叶红梅说过要戒酒，但一直没兑现，这有时是他俩争吵的源头。板房墙上有毛笔字写的斗大的一个"戒"字，后面还有一行小字："开始不饮酒，喝酒请离开此地。"可是不久前，他就在这行字下和朋友们吃饺子泡菜下酒。祝俊生钢笔字写得很好，以前女儿写完作业需要家长签字，都找爸爸来签，妈妈签得不好看。所以，给作业签字成了父女之间常有的互动。但墙上的毛笔字写得歪歪斜斜，这是他有一次喝多了酒后发的誓言。这会儿，祝俊生在誓言下一如既往地喝着那十元一斤的高粱酒，可脸上的愁云并没有因酒而舒展。

一个高个男人推着一辆婴儿车走过祝俊生家门口，看到祝俊生一个

---

1 四川方言，指怕老婆的男人。

人在喝闷酒，便停了下来。男人头顶已经半秃，络腮胡子也疏于打理，长短恣意。他走路缓慢，远看有五十多岁，近看应该是四十多。婴儿车里的孩子有几个月大了。

祝俊生看到他，远远就招呼："'列宁'同志，来喝点撒。"

看看这位大哥的造型，"列宁"这个外号似乎完全没有违和感。"列宁"似乎也刚喝过酒，语调缓慢地和祝俊生说："老祝，酒要少喝啊，你们要生娃儿的嘛。"

"还早呢，我们是死马当活马医。"说罢，祝俊生又喝了一大口，"我就想要个女儿，我们要是生女子的话，我将来啥都听她的，她不让我喝酒也得行，把我的酒倒了我也不生气。"祝俊生抽了口烟，憧憬着未来女儿长大，把他的酒藏起来，他知道女儿会关心父亲的健康。

"不过呢，要是我们这次没成功，活着就没啥意思了，也对不起娃娃。"

"谁对得起娃娃呢？""列宁"开腔了，借着酒劲，重音很强，"我们没有哪个对得起自己的娃娃！"

"列宁"推着婴儿车离开了，嘴里嘟哝着："他们是祖国的未来，是花朵。"他走路缓慢，裤脚随意地卷着，后背有点佝偻，与其说他是婴儿车里孩子的父亲，莫如说更像是爷爷。有些经历了地震丧子之痛的男人，显得慵懒萎靡，不时需要酒精来麻醉自己。对祝俊生而言，酒精会让他暂时远离现实，也模糊掉一些记忆。

"没有哪个对得起自己的娃娃"，这话说到了祝俊生的心头之痛。"列宁"走后，祝俊生跟我说起了他在地震中的经历，这是他第一次主动对我提及这段经历，可能他以为叶红梅仍然在隔壁熟睡，我没见过他当着她的面谈这些。

"2008年5月12号下午。我跑到新建小学，我女儿的学校，教学楼是四层楼，垮得剩一层楼了。当时有几个娃娃家长已经过去了，跪在那里哭啊，我过去看了，我的娃娃在一楼，我想肯定没了嘛，可能死了。我钻下去看，底下就是那些桌子板凳，全都压得不行了。我就开始喊：'幺儿啊，祝星雨哟，你在哪哟？'我没听到回答。然后有个小娃喊：'叔叔，救我，叔叔，救我。'哇，还有活着的人，都在底下哭。"

说到这里，祝俊生停顿了一下，眼睛里放着光，似乎又回到那个时间点，又看到那个时刻的画面。

"我想反正我的娃娃肯定是死了，一下子看见个活的，心里很激动。我说乖乖你不要哭不要哭，叔叔马上过去救你。他就这样子，他的背是这样子。"祝俊生用大幅度的动作弯腰比画着，"空隙只有这么大，我就钻下去，缩过去。我跟外面的家长喊：'还有活的，快来救。'"四川话里的"缩"有很强的动作性，很生动，你可以理解为像蛇一样蜿蜒前行，通常是在复杂的地形里。

祝俊生停了一下，直起身抽了口烟。"当时就马上上来三个小伙子，我说慢点，我们就把周围那些东西刨开，用手刨。然后外面有医生，有担架递进来。当时只要是活着的就救，并不是只想着救自己娃娃。"

"终于，到了凌晨三点十五分，过了好多个小时哦，终于把我娃娃喊答应了，我还有点不信。我说：'祝星雨！'她说：'唉！'我说：'祝星雨，爸爸来找你了！'她说：'唉！爸爸我在这儿！'好啊，我心一下就落地了。"祝俊生用手摸了摸心脏的位置。模仿女儿说话时，他有意抬高了音调，那种音调里有兴奋，有期待。"就好比去登山的，你以为他遇难了,东找西找把他喊答应了,你说心里好高兴,对不对?"

祝俊生又点了一根烟,用手指了指前方。"我娃娃就在那儿,我在这个位置,电筒照不到,里面横七竖八的。我说:'幺儿,你是仰起的还是趴着的?'她说:'仰起的!'我说:'幺儿你痛不痛?'她说:'不痛!'她还在跟旁边的人吹牛,摆龙门阵[1]。我说:'幺儿,你坚持到,爸爸马上来救你!'我好激动啊。"

他叹了口气。"结果呢,来了一批救援的武警,把我们赶开,他们自己来找,说这是命令。我跟他们说:'你听嘛,我娃儿在里面。'他说:'你放心,百分之百给你救出来。'我没得办法,就对我娃娃喊:'幺儿!'那时已经是第二天早上九点过了,娃儿已经体力透支了,她说:'唉。'她就不像三点十五分那么有精神了。我说:'幺儿,你坚持着,爸爸要走了,你坚持着,再见了。'她说:'好。'说话声音好小。"

祝俊生模仿着女儿蔫蔫的语气,但无法继续描述那个场景了。他一下子停住,连空气似乎也停止流动,阻滞在那里。他扭头看了看墙上挂着的女儿的照片,照片上的女孩有六七岁,身穿漂亮的白色裙子,扎着头发,冲镜头笑着。那是一家人在九寨沟玩的时候拍的照片。

"所以说,我这辈子对不起她,没把她救出来。这是我一辈子忘不掉的事情。"

这是祝俊生第一次跟我聊地震那天的经历。此后的岁月里,他也时而提及这段回忆,每次描述的过程相似,但细节不同。

2012年,祝俊生夫妇去参加电视台的一个访谈节目,祝俊生提到

---

[1] 四川方言,指闲聊。

有次干活时一块砖砸到了脚,钻心地疼,他忽然想到女儿当初在巨大的预制板废墟底下被压着,那会是怎样的疼?!她还在那样黑黢黢的逼仄空间里焦急地渴望父亲救她,不能想象她内心又是怎样的疼。还有2017年,地震已过去九年,有一天傍晚,祝俊生在家里的露台上喝了酒,突然对我说:"5月13号我明明喊答应了她,这帮武警小伙子硬是把我赶走,我说,你听嘛,我娃儿在那里……"此时,远处的晚霞幻化出奇特的形状,他对着晚霞幽幽地说:"那是她的天国,她在那里。"

2018年的初秋,我和祝俊生一家去参加一场家庭生日聚会,庆祝一个女孩的十八岁生日。那个女孩是他在地震中救起的,是祝星雨的同班同学——没错,他救起了别人家的孩子,但失去了自己的孩子。祝俊生从不主动说这段经历,被问起时,他就轻描淡写地说:"我们几个人一起救的。"但那家女孩的父母还是把老祝当成恩人,每年"5·12"去公墓祭奠时,女孩的妈妈都主动开车来接祝俊生夫妇上山,祭奠后再带他们下山。日常生活里,女孩的爸爸还主动给老祝介绍过装修活路。但老祝从来不会跟女孩聊这段经历,更不会去问"被压在废墟下面时祝星雨都跟你说了什么?"这种问题,他知道那会让女孩极有压力。生日宴会上,烫着卷发的十八岁女孩和父母一起挨个给客人们敬酒,她的个头已接近祝俊生,给祝俊生敬酒时几乎没说话,眼神也略有躲闪。女孩的小姨倒是非常老到地给老祝劝酒:"祝爸爸,当初是你把她从废墟里抱出来的,是你给了她第二次生命,我敬你一杯!"这时,祝俊生猛抽一口烟,冲对方频频摆手,找不到恰当的言辞回应。他使劲揉了揉眼睛,似乎是烟飘了进去。

记忆和那晚霞一样,会变幻出各种形状来"袭扰"祝俊生,他无处可逃。祝俊生困在这段记忆里，酒精能让他暂时逃脱，但很短暂。岁月会磨平记忆吗？并没有，时间一点都没有帮到他，更不可能减轻他对女儿的愧疚。而对叶红梅而言，岁月的流逝不但无法带来安慰，还意味着身体的衰老，意味着生育的挑战越来越大。

回到板房，叶红梅熬起了中药，是一个八十岁的老中医给她开的，据说能调理气血。除了喝药汤，她还要吃一包粉面药，也是老中医的秘方。

叶红梅从白色小纸包中倒出一些黄色的粉末到小汤勺里，有两三克，药面有股奇特的腥味，比中药汤还难以下咽。她倒了两滴白酒在上面："这个面面要滴点酒，才能压住那个味道。"左手端着中药汤，右手握着蘸酒药面，笑着对我说："不要看我吃药，我吃药恼火得很！"

叶红梅先把药面倒入嘴里，接着喝下药汤，眉头渐渐皱起。喝了杯温水后，她缓过劲来："差点卡在嗓子里了，就这个面面，冲不下去，有时在喉管里，巴到[1]。"

过了一分钟，叶红梅才放松，坐了下来。"我吃了好多药哦，可以拿架架车拖了！"她感叹道，这类偏方药她已经吃了一年多，"不然咋个办嘛！"她摇摇头，绣起了十字绣，绣花能让她专注，不胡思乱想。祝俊生没法参与其中，就坐在老旧的单人沙发上看四川卫视的电视剧，两人聊起了收养的话题。

"老了后没有个端茶送水的人还是麻烦。"祝俊生笑了笑，点起一根烟，"可以抱个小点儿的，一岁多的，我觉得没什么，反正抱个女娃娃。"

1　四川方言，指粘连着。

"我们走的是女儿,肯定喜欢女娃。"叶红梅在这一点上想法和丈夫完全一致,"我们当初做那个试管的时候,就问周医生能不能辨别男女,给我(的孩子)做成女的,我不要儿子,周医生说这个不可能哦,我们这样子是要犯法的。"

叶红梅笑了,她知道医生不可能这样做,但她发自内心地希望生个女儿。不仅她如此,身边的其他再生育家庭大多也有类似的期待——生一个和逝去的孩子性别相同的娃娃,这样会让他们感觉过去的孩子没有真正失去,这个生命又"回来"了。他们当中有不少人相信"轮回",相信"投胎转世",相信自己和上一个孩子的缘分并未结束,孩子会换一种方式"回到"身边。

"假如生成儿子的话,给我的感觉就是,我女儿再也回不来了。"叶红梅如此表达。祝俊生完全认同,只是他知道妻子身心受苦,对这类话题常常隐忍不谈。但叶红梅很清楚,祝俊生渴望女儿"回来",这样他内心的愧疚也可以稍稍缓解。

渴望再次做母亲的叶红梅

摄影 / 臧妮

不等甘霖，只需地润

2010年6月中旬，叶红梅第二次试管生育快要出结果了。成功与否就在于她体内的囊胚能否在子宫着床，就像种子能否在土壤中生长一样。对于她和祝俊生而言，这像是一场"考试"，第一次试管生育是"期中考试"，他们"考砸"了，现在面对"期末考试"的结果，他们压力更大。这个比喻是祝俊生对朋友说的，在医院等待结果的两周，祝俊生夫妇和另外一对也在地震中失去女儿的夫妇住在一起，他们同病相怜，成了朋友，两个女人相互诉说身体的疼痛，两个男人喝喝酒、吹吹牛，很快就彼此许诺有了新的孩子就称呼对方为"干爹干妈"，他们叫作"亲家"。小小的病房里，两家人亲密得像一家人，彼此分享着忧愁与憧憬，我也常与他们喝酒聊天，像兄弟一般。

此时，还在重庆上大学的21岁的臧妮加入了我的拍摄，他们非常喜欢臧妮，也许是两家人都失去过女儿的缘故。祝俊生偶尔打趣我："我们在医院没法洗澡，这么热的天，可不可以去你们住的宾馆洗澡？"还没等我回答，叶红梅笑着制止了丈夫的疯话："人家两个在要朋友，你们去打扰啥子？"

没过几天，朋友的妻子检测为阳性，囊胚着床成功，看着朋友喜滋滋的样子，祝俊生说："你们考试已经及格了，我们的成绩还不晓得。"说完，他眉毛一扬，嘴角一撇，一副听天由命的神色。

"考试及格"的朋友高高兴兴回家了，祝俊生送走了朋友，回病房的路上，他的身影有些落寞。我从背后感觉到他情绪有些不对劲，他在用手背轻轻擦眼泪。进了病房，前些日子的喧嚣一下没有了，电视兀自播着汽车广告，驾车的中年男子露出踌躇满志的表情。祝俊生看看电视，又看看躺在病床上的叶红梅，她满脸憔悴，嘟囔着："我的腰杆，要断了哦！"一句话要掰成两半说。叶红梅这十几天在病房表面上看是"躺平"，但一点也不轻松。她要一直平躺在床上，保持相对固定的姿势，大腿和膝盖还要微微抬起，腰部和背部的肌肉一直不得放松，这样做无非是为了囊胚在一个稳定的环境下着床，就像子宫里摆着几颗容易滑落的珍珠，得小心伺候。

四十七岁的祝俊生看着老婆，竟然哭出声了。

叶红梅看到丈夫这般模样，脸上露出"你又来这一套了"的表情："你哭啥子哭？"

祝俊生边抹眼泪边说："他们成功了就走逑[1]了，不管我们了。"

叶红梅有点哭笑不得："你这人好笑人，人家还要留在这里等你吗？"

祝俊生继续抹眼泪。叶红梅哂笑他："男人家的，你好笑人。"

---

[1] 四川方言，语气词，加重"走"，有戏谑感。

别说叶红梅见怪不怪，我都见过好几次祝俊生掉泪，用他自己的话说："我这人眼泪花有点多。"作为妻子的叶红梅则完全相反，她性格非常坚忍，这么多年来，我几乎没见过她落泪，不管是日复一日在医院打针治疗，还是每年"5·12"去公墓祭奠女儿。唯有一次见她落泪，是2017年在都江堰的公墓，一群女人抱在一起哭，叶红梅也被拥在其中，她们彼此是关系很近的朋友，大概是受群体情绪的影响，叶红梅也哭得伤心。作为夫妻，叶红梅和祝俊生性格上有很强的互补，也可能正因为老公泪点低，叶红梅才要克制住自己的情绪。但真正的压力其实在她身上，毕竟在近两年时间里，是她一直在身体的疼痛和紧张中接受生育的挑战，是她在面对周遭的目光。某种程度上，这个四十岁的女人也想证明自己。

过了两天，期末考试结果出来了：阴性。没成功。

接到护士给的化验结果，叶红梅只轻轻"哦豁"了一声，并无更多表情。在四川话里，"哦豁"是个微妙的语气词，意味着面对某种意想不到或不愿接受的事情，意思是"怎么这样啊"，或"太倒霉了"，这个很轻的词有时也可隐藏深深的无奈。

祝俊生走过来看了化验单，干笑两声。叶红梅问："你笑啥子笑？"祝俊生依旧咧着嘴，努力让自己的笑容维持得久一点。"没得那我们就走了嘛。"他风轻云淡地说。

看似在不该哭的时候哭，在不该笑的时候笑，这就是祝俊生。他了解妻子，在这个时刻，叶红梅虽然表面平静，但稍有刺激，她的内心就可能崩溃。第二次试管生育失败相当于给叶红梅的生育之路下了死刑判决，她基本不可能尝试第三次，而在这之前，除了借卵以外的别的方法全都试过了。祝俊生这个时刻只能故作轻松，控制住自己的情绪，不能给老婆丝毫压力。关键时刻，这个男人还是稳得起。

看完化验结果，夫妻俩去医院食堂吃早餐，一大早顾不上吃饭先去看结果，这会儿终于饿了。祝俊生给妻子买了馒头和稀饭，自己跑去外面抽烟，也许他是不想让妻子注意到他的表情——欲哭又笑的，很不自然。叶红梅并没有注意老公，她沉浸在自己的情绪里，沉默地吃着稀饭。她用筷子一点一点地挑着稀饭里的米粒，仿佛那些米粒很坚硬，如同一颗颗石子，难以下咽。这个早餐极其漫长，很小的一个馒头，叶红梅一块块掰着吃，吃掉一半就吃不下，祝俊生走过来抓过剩下的两口吃掉。

偏巧此时一个亲戚打电话来问候叶红梅。

"没得啊？"亲戚在电话那头一时不知道该说什么好，也"哦豁"了一声，"你光查了血啊，要不要再查查尿？"叶红梅拿手机支吾着对方，目光有些游移。祝俊生一把抢过电话："拜拜了。"迅速挂掉了电话。

一晃四个月过去了，2010年10月初，一个在都江堰做心理援助的志愿者忽然跟我联系，说叶红梅怀孕了，是自然怀孕！和叶红梅同病房的朋友——本来受孕成功，"甩"了叶红梅夫妇喜滋滋回家的那对夫妇，几个月后女人体内的胚胎停止发育，胎死腹中，真是造化弄人！

可是，辅助生育的各种医学手段都拯救不了的叶红梅的身体，怎么就能自然怀孕呢？

叶红梅、祝俊生夫妇再次和朋友们相聚，这次是在朋友家，大家一起见证和庆祝叶红梅夫妇创造的小小奇迹。这几个朋友都属于地震后再生育家庭，他们先于叶红梅家生下孩子，大一点的孩子已经能走路了。

祝俊生穿着红色短袖衫，上面写着几个英文单词："I think I can"。虽然胡子和头发有点长，但他从内到外都透着喜滋滋的感觉。当晚喝的不是高粱酒，而是用大碗装的啤酒，人们碰杯，有人道喜："你们终于剪彩了！"有人高兴地捏着祝俊生的脸："我今天看了叶老三的CT单子，看见了你们那个受精卵，哈哈哈，那么小！"祝俊生任由朋友们说笑，颇为自豪地说："最终还是靠我们自己！1964年中国自己把原子弹造起，不靠别人，自己成功发射了原子弹。"

祝俊生露出造了原子弹的胜利表情，旁边一个光头男人附和着："还是自己的科学先进。"

祝俊生对叶红梅说："后面就看叶老三的了。"

十月份的夜间有点凉，饭桌上的叶红梅穿上丈夫的深灰西装外套，袖子很长，她挽了起来。听着男人们的疯话和荤话，她偶尔露出羞涩的笑容，和半年前在医院面容黯淡的她相比，像换了一个人。

当晚的主菜是魔芋烧鸭，配着香辣调料满满一大盆，凉菜是泡菜拌鸡爪和折耳根。叶红梅正要夹泡菜吃，被祝俊生劝住了："泡菜含有亚硝酸盐，怀孕的人最好莫吃。"

一个刚会走路的孩子递给叶红梅一瓣柚子，似乎也知道此刻的她是应该被关照的。还有个抱着孩子的女人坐到叶红梅身边，拍了拍她的肩膀，笑着说："以前都是心理原因造成的，放松了就对了。"说罢，也像男人们之间那样捏了捏她的脸。叶红梅笑得很灿烂。

放松了就对了。当晚这个房间里，很多人都这么理解叶红梅身上为何发生"奇迹"。在过去的两年里，叶红梅的身心一直处于紧绷的状态。她不是那种爱说笑爱哭闹的人，生育失败了，只是闷头一粒一粒吃稀饭,眼泪都不见一颗,这样隐忍、压抑,恐怕也影响了身体的机能。

祝俊生对此的比喻非常形象:"不怕天干,就怕地不润,地都不润,天下再多雨也没有用。"

大家都笑了,附和着:"现在来点大雨最巴适。"

祝俊生比谁看得都清楚:"要顺其自然,船到桥头自然直。天无绝人之路嚯。"他抽了口烟,转念又说:"应该感谢我们祝星雨,她又回来了!不是感谢,是感动、感激!"

叶红梅听了这番话,沉默着,轻轻喝了口水。

十个月后,她和丈夫将要面对一次意义全然不同以往的"考试"。

好多朋友先于叶红梅生了孩子,这既是压力,也是动力

摄影 / 范俭

永失我爱

叶红梅的预产期是 2011 年 5 月 20 日，一个很特别的日子。

我提前一天来到都江堰医疗中心，叶红梅的病房里已经有好几个朋友围着她了，大多是再生育的女人。叶红梅半卧在床，肚子高高隆起，要是坐直的话，她会下意识地用手托着肚子，似乎担心肚子里的生命下坠。祝俊生穿一件红色 T 恤，嘴里叼着一根烟忙前忙后，烟并未点燃，斜在嘴角，他只有这一点像周润发了，瘦削的身体和略弯曲的脊背背负着生活的重量。

叶红梅明天要做剖腹产，我问祝俊生是否会进手术室陪老婆分娩，他摇摇头："算了，我不进去，我在外面等。"原因他不愿多说，好像在回避着什么。我小心翼翼询问叶红梅："叶姐，我明天上午进手术室拍你生孩子可以吗？"

"没得问题，你拍嘛。"叶红梅没有一丝一毫的犹豫。

第二天早上，医生想在七点半把叶红梅推到手术室，但之前她和我约定的是八点，我们还没赶到医院。叶红梅对祝俊生说："我们还是等等小范，跟他说好了的。"他们知道这是一个历史性的时刻，我这个陪伴了他们将近两年的人应该在场。

剖腹产手术进行得很顺利，二十分钟后，我透过摄影机看到一个包裹着血液和羊水的新生命被从母腹中抱出，和母体连接的脐带被剪断，就此要作为一个独立的生命来面对这世界了。医生问护士："几点钟？"护士答："九点十六分。"这是新生命来到这个世界的时间。当婴儿发出第一声啼哭时，叶红梅出奇地平静，目光追随着孩子。新生儿被护士抱到旁边擦拭，哭声一开始有些阻塞，大概被羊水呛住了，皮肤还有点发紫。护士轻拍了几下，孩子终于大声哭了出来，皮肤的紫色渐退，红润渐显。

新生儿是个男孩，并非叶红梅和祝俊生一直期待的女孩。叶红梅没有兴奋和喜悦，轻轻地对我说："这下祝老四要不高兴了。"她的话语淡淡的，像是气力消散了一般。其实叶红梅早前做B超时就知道这个结果，一直没敢告诉祝俊生，也许她在手术台上还抱着那么一点点侥幸。后来叶红梅跟我说，有的地震后再生育的女人"生反了"（生下来的孩子和之前的孩子性别不一样），就在手术台上大哭，因为那一刻她们觉得逝去的孩子永远永远失去了。叶红梅不会这样，从我认识她第一天开始，她一直都隐忍而沉静，没有那么戏剧化的情绪。但她内心的悲伤不会亚于她的丈夫，只是多年以后才慢慢发酵。

叶红梅和婴儿被送回了病房。祝俊生仍然穿着前一天那件红T恤，仔细端详着婴儿车里的新生儿，目光谈不上温柔，而像某种疑问。婴儿哭了很久后睡着了，鼻翼轻轻翕动，眉头微蹙。祝俊生喃喃自语："还是像叶老三。"医院过道里,赶来祝贺的亲戚和朋友挤了一堆,有人说:"今年生男孩的多。"还有人说:"生儿子是建设银行,生女儿是招商银行。"亲戚朋友们努力营造着喜悦的气氛,"那祝老四就赶紧'建设'噻"。不知道祝俊生听没听进去这些嘈杂的语言,他端详孩子的目光慢慢收拢,表情越来越复杂,一开始还努力想挤出一丝假笑,接着迅速收了笑容,脸上笼罩着迷茫和悲伤的神情。

第二天中午,祝俊生回了趟家。他家已不在板房区,而是搬到了一栋公租房的顶楼。顶楼房间较高,祝俊生用木头隔板做了间小阁楼,只有两米见方,最醒目的位置摆了女儿祝星雨的大幅装裱的照片、祝星雨玩过的玩具,还有一张小小的床。"我有时候睡那上面,"祝俊生说,"喝酒喝麻了,就睡上面。"从木楼梯走下阁楼,是一间很小的客厅,电视机上仍然摆着祝星雨的两张照片,照片旁有三块小石头。"那是她捡的,"祝俊生指了指照片上的女儿,"你看,有一块石头像核桃,有一块她说像蜗牛,我说不像。"大概是中午喝了点酒的缘故,看着女儿的照片,他慢慢开始落泪,越哭越伤心,对着女儿的照片说:"幺儿,你回不来了!"

就在这一刻,我很想知道,或者说担忧,未来祝俊生会怎么对待自己的儿子,怎样建立全新的父子关系?叶红梅会对儿子有怎样的情感投射?还有这个孩子,他未来怎么理解自己来到这个世界的缘由?他如何认识自我?他如何建立和父母、和世界的关系?一切都是未知。而唯一可以确定的是,他已经来了,并且将要长大成人。

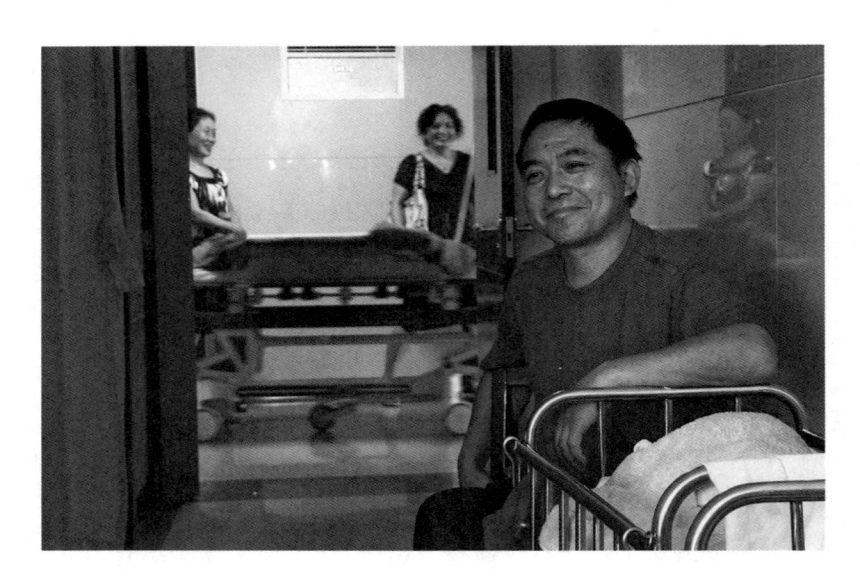

看到新生的儿子，祝俊生表情复杂

纪录片《两个星球》截图

在江边呼唤你的名字

2012年的上海南京路,诺基亚手机的醒目广告在街上闪烁,巨大的"周大福"招牌下人流如织,熙熙攘攘。叶红梅穿着鲜艳的粉红上衣,烫卷的头发高高挽起,在人群中略为扎眼。她的身材比两年前略胖了点,毕竟已没有生育压力和劳累奔波。她的臂膀里是一岁的儿子,现在他有了名字,叫祝叶安澜。这名字是祝俊生取的,他喜欢的一位著名抗日将领戴安澜,当年作为中国远征军将领在缅甸立下赫赫战功,祝俊生希望儿子未来能有戴将军的勇武。把父母的姓氏都放在名字中,也是祝俊生的小创造,在都江堰这座小城,很少有人这么起名。

祝俊生穿了一件蓝格子短袖衬衣,剃光的头上刚刚长出少许短发,胡子剃得干干净净,显得格外精神。一家人应一个电视节目组的邀请来上海录节目,这也是他们第一次来上海、第一次逛南京路。祝叶安澜穿着小小的背带裤,戴一顶小红帽,双眼皮,眼睛很像妈妈,嘴唇微微上翘,五官长得很好看。抱孩子逛街确实有点累,四十二岁的叶红梅抱不动了，交给祝俊生，四十八岁的祝俊生抱了一阵也抱不动，给我抱了一会儿。小家伙肥嘟嘟的，颇有分量——已经有二十多斤了。

在这之前，一家人不止一次去北京录过电视节目，有次还是接受央视著名主持人柴静在《看见》栏目的访谈，某种意义上他们成了都江堰的"名人"。因为去参加节目，他们第一次坐飞机，第一次去北京、上海和其他很多地方。当然，夫妻俩每次都带着祝叶安澜。之所以愿意参加这类节目录制，一是可以免费旅游，二是节目组或多或少会给嘉宾费；更重要的一点是，他们想让安澜从小就能去到姐姐当初没机会去过的地方——在祝星雨仅七年有余的人生里，父母没带她去过多远的地方，连都江堰附近著名的青城山都没去过。

华灯初上时，一家人逛到了外滩，一直被大人们抱着的祝叶安澜玩累了，睡了一路。我给夫妻俩当着蹩脚的导游："这里是外滩……这里是曾经的租界，海关大楼……这条江是黄浦江，对面就是浦东……"我并不了解上海，就用极为贫乏的语言介绍着眼前的风景，即令如此，夫妻俩也听得入神，看得入神。如此开阔的江水，还有水上色彩斑斓的游船，是他们未曾见过的景色。晚上有点凉，祝叶安澜身上裹着我的一件绿色外套，叶红梅抱着他，轻声呼唤儿子看风景，江上湿润的风吹来，安澜睁开了惺忪的眼。我想象一岁孩子的视角，他一睁眼看到如此壮阔的江河，以及从未见过的亮闪闪的摩天大楼，还有从视线中缓缓划过的通体透亮的大船，周围人声嘈杂，充满听不懂的语言、很多未曾见过的不同肤色的脸……对这个孩子来说，该是很震撼和魔幻的吧，要不是爸爸妈妈在身边，那更像一场梦境吧。

安澜的红帽子被绿外套裹住了，祝俊生把帽檐翻起来弄整齐，红帽檐、绿衣服和安澜稚嫩的小脸搭配在一起很好看。祝俊生笑着说:"像解放军啊!"他从妻子怀抱里接过安澜,一只臂膀抱着,另一只手指向远处的海关大楼,楼顶上巨大的钟缓缓计算着时光的流逝。

回去的出租车上,叶红梅看了会儿车外的风景,缓缓对我说:"刚才我好想对着黄浦江吼两嗓子,好想大声地吼祝星雨的名字,但是旁边人太多,就算了。"她不好意思地笑了一下。

我扭头看她:"为什么?"

"就觉得,咋个说呢,"叶红梅叹了口气,"不是因为她走了,我们永远不可能来到这种地方,永远不可能坐啥子飞机,去啥子北京天安门,还有啥子外滩啊,是因为她我们才享受到这些。可是她从来没出过远门,也永远没得机会去这些地方了,就感觉好对不起她,好想她!就想吼。"

我怔了半响,努力感受她内心的撕扯。我未曾有过他们的经历,那种隐秘角落里的愧疚,我难以感受到。祝俊生在旁边,一直沉默着,想必这种撕扯在他的内心有不同的变奏,未来岁月里会时常闪现。祝叶安澜又睡着了,可能进入了另一场梦境,他并不知道自己会在父母这些情绪的包裹中渐渐长大。

"要不咱们把车开到比较远的江边,你去吼?"我问叶红梅。

"那不用了。"叶红梅笑了笑,接着看窗外的夜色。

今天恰好是 5 月 20 日,祝叶安澜的一岁生日。

圆圈不圆

祝叶安澜与祝叶桂川

2017年，我和妻子臧妮从北京搬到重庆，离都江堰不远。5月初，我给祝俊生打电话，说过两天去都江堰看望他们，并参加祝叶安澜的六岁生日聚会。他非常高兴："明天能来吗？你和妮子（臧妮）想吃啥子？我煮。吃火锅鱼还是海带猪蹄髈？"

"能不能两样都煮？"我和他开玩笑，"好久没吃你做的菜了。"

"可以噻。我们一起喝点酒噻。"

我们有五年没见面了。

几天后，我和臧妮到了都江堰，原本很小的城市现在有了二环线，叶红梅夫妇住二环外的一套公租房，在震后新建的一大片住宅区里。叶红梅下楼接我们，她穿一件黑白横条纹连衣裙，黑色裙摆及膝，以前经常烫卷的头发剪短了，变成直发，身材稍有发福。臧妮远远看见叶红梅,喊了声:"叶姐!"叶红梅跑过来紧紧抱住她。嘘寒问暖间,我总感觉我们是在走亲戚。

祝俊生穿了件黑白竖条纹短袖衬衣,像是和叶红梅商量好的。他还留着和以前一样半寸长的短发,因为一直做装修活路,身材"匀称",虽然常喝酒,但没有发福,身上还有几块肌肉。他果然既做了火锅鱼,又炖了海带猪蹄髈,里面还有我最爱吃的大白豆,炖得扒软。祝俊生尝了一口,觉得淡了点,抓起盐袋子撒盐进锅,他做菜的口味还是像以前那么重。两样硬菜也不只招待我们这一拨客人,还有几家人来做客,都是地震后再生育家庭。地震后这么些年,他们一直保持紧密的交往。其中包括七年前我们拍过的刘江琴,她在地震中失去儿子,之后费了三年周折做试管婴儿,终于生下一对龙凤胎,起名"亚亚"和"舟舟",也不知道诺亚方舟和这家人的命运有怎样的对应。时隔七年,刘江琴的眼睛中还是有那么一丝忧郁,尽管她已有了一对儿女。

"快叫'妮子姐姐',还有'范叔叔',你出生的时候就是范叔叔拍下来的。"叶红梅让祝叶安澜过来跟我们打招呼,忽然觉得有点不对,问我:"该叫你范伯还是范叔呢?你现在多大?"我心里想,叫臧妮"姐姐"、叫我"叔叔"就已经辈分够乱了,叫"范伯"岂不更乱?

"我刚四十,还算年轻人,肯定是叔叔噻。"我回应道。

祝叶安澜穿一件黄色套头衫,六岁的他略显瘦小,眉宇像妈妈,有时微蹙,五官曲线很柔和。他很听妈妈的话,小声喊着:"妮子姐姐,范叔叔。"他说话怯生生的,显然不记得我们是谁,完成妈妈要求的"喊大人"任务后,便迅速溜开,从客厅的拐角跑出去,那里有一道门通向露台。

叶红梅夫妇住的新公租房只有一室一厅，没了以前的阁楼，但有一个很大的露台。祝叶安澜活跃起来，踩着一辆小滑板车，和一群六七岁大的孩子玩在一起。他们大多数是震后新生一代，相互很熟悉，大声呼唤着彼此的名字。这群孩子中，有个小女孩年纪明显比别的孩子小，四岁左右，皮肤黑，眼睛大。叶红梅告诉我，那是一个被收养的孩子，她的养父母地震后一直怀不上孩子，就领养了她，但孩子并不知情，一直把养父母当亲爹娘，并且非常爱哭，非常黏妈妈。

祝叶安澜拿一把新生代奥特曼用的欧布圣剑在空中比画了两下，戳向另一个女孩，被站在远处的祝俊生吼了一嗓子，昨天这两个孩子刚打过架，祝俊生随时"监护"自己的孩子。

我忽然注意到祝叶安澜有两个名字，祝俊生叫他"澜澜娃"，叶红梅叫他"川川娃"，其他孩子则用一个我完全没听过的名字呼唤他——祝叶桂川。后来叶红梅告诉我，这名字是她特意找人改的，因为祝叶安澜从小一直体弱多病，经常感冒发烧，伴随连绵的咳嗽，每年秋冬都有不少时间在医院里待着，很磨人。有人说安澜这名字太"大"，小娃娃镇不住，并且和"淹烂"谐音（四川话里"淹"读"an"），水多成灾，得改名。相比其他同龄孩子，六岁的安澜确实略显瘦弱，于是叶红梅背着祝俊生把名字改成"祝叶桂川"，并立即去派出所改了身份证和户口本上的名字，她觉得儿子在上小学前一定要有个新名字，上学后就不容易改了。祝俊生显然不会同意她这么做——安澜这个名字是他取的，他希望儿子未来能成为戴安澜大将军那样的勇武角色。得知儿子被改名后，祝俊生勃然大怒，和妻子吵了几天，但也无济于事。他还是按照自己的习惯叫"澜澜娃"，叶红梅则用新名字呼唤儿子，有时看祝俊生实在不高兴,也会随着他喊"澜澜娃"。

  我有点迷惑,不知道在他们面前该怎么称呼这孩子。川川(或者澜澜)会不会也对自己的这些名字感到迷茫?父母各用一个名字称呼他,意味着他们在用不同的认知方式对待他,背后也是各异的期待和情感投射。后来的岁月里,我慢慢感受到这种不同——"桂川"没有"安澜"的气魄和勇武,但有一种温柔的气质,"川"是河道,"桂"是桂花,长长的河岸旁满树的桂花,挺美的名字。

  那晚,祝俊生不出预料地喝多了,也许是因为很久没见到我们,也许是因为酒友太多。客人们渐渐散去,叶红梅和几个妈妈带着孩子出去散步,露台上只剩下祝俊生独坐饭桌前,面前仍有一杯酒,手上的烟燃掉了一半。喝酒喝热了,他解开短袖上衣的扣子,敞开吹风,下意识用手摸了摸肚子,既没有肚腩,也没有腹肌。西北方向的天边出现了奇诡的云霞,变幻着各种形状,那是公墓的方向,祝星雨就埋在那里。祝俊生一直注视着那个方向,吸了口烟,淡淡地说:"那就是她的天国。"

  此后的半小时(也许更久),祝俊生又跟我描述了一遍地震那天的经历,和七年前的讲述大体一样,只是细节不同。

  "我把她同学都抱出来了,没把她抱出来。"祝俊生把酒杯在桌子上使劲一蹾,"不管谁的娃娃都会抱出来,这是人的天性。我就从那儿底下缩过去,"他指着桌子底下,"我把娃娃抱起来,递给他们。他们消防队的没有钻过去,武警也没有钻过去,预制板下面,板凳挡着路,他们找来钢锯条,把凳子腿锯断。消防队的人和武警都戴着头盔,钻不下去,我就缩下去,把娃娃抱出来。"他两手做了一个抱的动作,"我抱了好几个!听娃娃们喊'叔叔,救我',我说'马上,马上,不要慌',我就这一荡缩下去，就一直刨啊刨，整了几个出来。"

祝俊生不停挥舞两手，比画现场的情形，眼神中既有自豪，也有怅然。

"十三号她还活着的。"

他顿住，倒了满满一杯酒。这次讲述比七年前有了更多懊悔。上次的描述结束在"我这辈子对不起她"，这次则结束在"我这辈子都忘不了她"。

之后，祝俊生把话题转到女儿和儿子的比较上。"祝星雨那时候成绩好好啊，也喜欢读书，《格林童话》倒背如流，也许我先入为主了，就感觉比她弟弟聪明些。澜澜娃太贪玩，玩完也不收拾他的那些玩具，乱甩。"他加重了语气。

"祝星雨好听话哦，'5·12'那天中午她回家吃完饭，喊她去上学她就去了，要是她不听话还好一点。澜澜娃不听我的话，听他妈妈的。"

"他妈把他名字改坏了，我不认这个名字，家长签字的时候我只签'祝叶'两个字，后面两个字他自己写……"

"他一直挨着他妈妈睡觉，不挨着我睡……"

祝俊生越说越有些懊恼，烟抽得更凶，眼角的鱼尾纹似乎更重了。此时，楼下一群小孩经过，玩滑板的声音传来，精力旺盛的男孩们尝试着一些危险动作，阵阵雀跃。祝俊生看了看楼下，摇摇头："澜澜娃咋个就不如这些娃儿活跃呢，小时候生病生惨了，也不咋爱开腔，就像是扶不起来的阿斗。"

"慢慢来嘛，等他长大就好了。"我安慰他。

"慢慢等？我可等不及了，我都五十三了，他才六岁，要等好久嘛？本来当初我们都放弃生小孩了,他要跑来找我们。"祝俊生的语气有点急迫。

我认真地问他:"祝哥,我知道当初生他的时候你不太高兴,可是六年过去了,你也没转变一下?"

"有些事情一辈子都转变不了。"他斩钉截铁地说。

祝俊生此番酒后直言让我多少有些震惊,时间没有打磨出温柔的情感,所谓"慢慢接受"这种事好像也没能发生。还有两个生命的比较,我相信不只他如此,叶红梅内心可能也常常衡量姐姐与弟弟的相似与不同。至于其他那些家庭,他们会不会也把眼前活生生的生命和逝去的那个叠印在一起?

如父如子

老李家收养了一个四岁女儿,和祝俊生家在同一个小区,两家时常互相串门。九月的一天,叶红梅带川川去老李家做客,他家楼层高,没电梯,爬楼的时候,川川紧紧攥着妈妈的衣服后襟,妈妈则抓住楼梯栏杆,左手叉腰,爬得很吃力。六岁的川川身高只及妈妈的腰部,如一株山峰旁还未成形的小树。他听到楼上孩子们的喧闹声,是他熟悉的朋友,瞬间活跃起来,松开抓着妈妈的手,蹿了上去。

祝俊生先于母子俩到了老李家,已经在和老李喝第二杯高粱酒。饭桌上还有两家在地震中失去孩子的朋友,分别生了儿子和女儿,孩子和川川年纪相仿。两个妈妈也和叶红梅关系很近,她们都没有"生反",但生了儿子的妈妈有时抑郁症发作,会找一点借口狠揍儿子一顿。

饭桌上人太多，桌子大，川川站起来，小心翼翼地夹菜到碗里，他喜欢吃肉。旁边老李的老婆搂着收养的女儿，夹菜没夹稳，带着热油的菜不小心落在川川的右手背上，不一会儿烫起了泡。川川一开始还忍着，手背鼓起泡后感到钻心的疼，大哭起来，边哭边喊："妈妈！"

叶红梅捧起川川的手，轻轻吹了吹，安慰他："这样对了嘛，我去给你抹点清油吧。"扭头对饭桌上的人说："人家嫩嫩的手给烫红了。"

祝俊生看看儿子，没作声，继续和老李喝酒。

叶红梅带川川进了厨房，倒了点菜油抹在川川手背上，安慰他："妈妈昨晚上才遭得惨，妈妈遭香烫到了，烫红了。"她在老李家的阳台四下寻找芦荟，想用芦荟汁液给川川治烫伤，但寻了半天没寻到。川川止住了哭声，眼角还有点泪花，左手仍然拿着自己的筷子。

饭后，大部分人都散了，只剩祝俊生还在喝酒吃菜。旁边的老李早已不喝了，作为主人家，礼貌地陪他坐着。老李有点胖，脸上总带着笑，说话和气，喜欢和孩子们玩，这几个孩子都挺喜欢他。

叶红梅焦急地想带川川回家，也不想占用老李陪女儿的时间，催促丈夫："就剩你了，整快点。"

祝俊生不为所动，高粱酒换成了雪花啤酒，慢慢自斟自饮。

叶红梅皱着眉头，愈发着急，问老李几点了。老李看了看手表，快八点。叶红梅继续催丈夫："娃娃该回家睡觉了。"老李这会儿轻轻把女儿搂进臂弯，女儿刚刚因为和小伙伴抢玩具哭了一鼻子，来找爸爸撒娇，老李哄着她，她立刻止住了哭声。

狭小的客厅里，川川一个人坐在老李女儿用的白色画板前，背对着祝俊生，拿起黑笔画了一些弯弯曲曲的线。正端着碗喝汤的祝俊生突然对儿子发话:"你这画的是三岁娃娃画的东西吗?"

叶红梅了解丈夫的脾气,试图制止他对儿子的干预。祝俊生大声回了句:"要引导嘛!他这样乱画,是心电图嗦?"

"草。"川川头也不回地喊了一句。

叶红梅告诉祝俊生:"人家画的是草。"

"草是这样画的吗?"祝俊生对川川单薄的背影吼了一句。

川川没理睬父亲。在草的上面,川川画出更大更圆滑的曲线,祝俊生盯着看,似乎看明白了,自言自语道:"画山的话就要画桂林的那种山,我不懂画也晓得怎么画。"

川川沉默地在山的曲线下画了一棵树,祝俊生在他身后继续指导:"要注意远近,你的树要比山大了。"旁边的老李笑了笑,女儿已经完全平静,坐在川川身边看他画画。

叶红梅看着祝俊生,叹了口气。她生气的时候会眉头紧皱,压抑着怒气:"祝老四,你真的是……"

祝俊生用小拇指抠了一下牙缝里的菜,仰脖子喝完最后的酒,终于酒足饭饱。叶红梅对儿子喊:"川川娃,回家。"祝俊生不服气地回了一句:"啥子川川娃!安澜娃。"

叶红梅生气了:"我就喊川川!"

"学校里喊川川,屋里喊安澜娃。"祝俊生争辩着。旁边的老李有点尴尬,去厨房了。

祝俊生的这种坏脾气,四川人的说法是"装怪",大概就是找茬、没事找事、阴阳怪气。他不只对儿子"装怪",时而还会借着酒劲对叶红梅"装怪"(得喝几两才发作,平时他没这个胆)。有些时候他甚至也对朋友"装怪",发些莫名其妙的脾气,说些莫名其妙的话。这是他酒后的性格,有时得罪了人,事后又主动示好,请人家吃饭。六岁的川川还没有反抗之力,渐渐适应了父亲的怪脾气,一般都沉默以对。

有一天饭后,祝俊生要求川川把桌子上堆的纸巾收拾掉,不停训斥川川擦鼻涕用多了纸巾:"你整了两堆纸哦,快点弄走,好烦!你知道这么多纸值好多钱?值两角钱你知不知道!"

叶红梅白了丈夫一眼,脸上出现"你又来了"的表情。

川川乖乖收拾饭桌上散乱的纸巾,一句话不说,舌头微微舔舔嘴唇。爸爸语气不断加重,他站在原地,身体左右晃动,手臂上下交错摆动,一副做错事的样子。

父亲与儿子的关系并不只有一种旋律,它会出现变奏。人心复杂,情感也因此变得复杂。秋天,川川所在的小学开运动会,以往都是叶红梅送孩子去学校,恰好这一天早上她有事,祝俊生又正好这一天不做活路,于是父亲头一遭送儿子去了学校。

这天上午,各个班级轮番在操场上表演节目,一年级的川川穿着橙色和黑色拼贴的班服,两手攥着金黄色的啦啦花球走在队伍中,有点没精打采,挥舞花球时也比旁边的孩子们显得蔫一些。前几天连着下了几天雨,早晨妈妈让川川穿了厚毛衣出门,这会儿太阳出来了,川川在阳光下眯着眼睛。祝俊生一直跟在队伍旁边,用手机拍川川,皱着眉头,冲他喊:"安澜娃要有精神哦!"川川似乎没有听见,运动场的高音喇叭有点嘈杂。

别的班级表演时,川川和同学们站在旁边等,太阳升高,气温一下子蹿上来,川川站累了,蹲了下来。身后一个男孩不停拽着他的后脖领子推搡他,川川任由人家拉拽,没作任何反应。站在他们身后的祝俊生有点看不下去了,拍着那个男孩的肩膀问:"你咋个欺负他呢?"男孩不再推搡,祝俊生冲着川川喊:"你站起来嘛。"川川背对着爸爸,没理睬他,仍旧蹲着,太阳照在祝俊生的额头上,他显得有点焦躁。

  各班级表演结束后,要进行亲子赛跑比赛,家长和孩子分别有一条腿被绑在一起,一同奔向终点。祝俊生脱掉他常穿的深灰色西装外套,卷起衬衣袖子,做起了热身,伸臂向上,弓步屈膝。川川在他身边重复着爸爸的动作,伸臂向上,弓步屈膝。这时祝俊生的表情仍然很不舒展,似乎还没进入和儿子一起贴身做运动的状态。

  川川的左腿和爸爸的右腿被绑在一起,两人身体贴得很近,川川的头刚及祝俊生的上腰部。两人需要互相抓得很紧、步调一致地奔跑。川川左手试图抓爸爸的腰,发现爸爸的腰太庞大,就紧紧抓住腰带,祝俊生则用右手紧紧搂着儿子右臂腋下。一声令下,两人开跑,祝俊生尽量减小步履的幅度,川川紧跟爸爸的步伐,左手攥住爸爸的腰带不撒手,父子俩跟跟跄跄地向前。

  跑到终点后,祝俊生表情舒展了很多。阳光下,他的额头渗出一层汗珠,他终于露出笑容,川川也在身边开心地笑起来。

  中午回家,川川坐在沙发上玩手机游戏,妈妈在他身边缝一个拳头大小的沙包,明天川川要在运动会参加单项比赛——扔沙包。祝俊生坐在茶几旁的塑料板凳上,一边看手机一边略严厉地冲川川说:"今天我看你真的是鬼火冲[1],你像是拽瞌睡[2]一样,二目无神。"

---

1 四川方言,指生气。
2 四川方言,指打瞌睡。

"有没有神气，他就是这种眼神。"叶红梅戴着老花镜，边缝沙包边说。

"他是双眼皮，单眼皮才有点杀气。"

川川不理睬爸爸，头靠着沙发靠垫，一直玩手机。祝俊生凑到儿子身边坐下，给川川看手机上的视频："安澜娃，你自己看自己有没有神气。"川川不看。

"是不是昨晚上瞌睡没睡好？"叶红梅自言自语。

"你看你，东张西望。"祝俊生继续拿手机给儿子看，川川头都不抬。祝俊生在手机上翻了半天，终于找到一条可能引起川川兴趣的视频："这个胖娃是谁？打起嚯害[1]了。是哪个？"

川川终于看了一眼爸爸的手机，笑着说："王红瑶（音）。"

"跑步他是不是最后一名？"祝俊生语气温和地接着问。

"嗯。"

"你是第二名？倒数第二是不是？"

"嗯。"

"他要是不来你就是'第一名'了是不是？"祝俊生笑着调侃儿子，川川也笑了。

吃完晚饭，叶红梅缝制的沙包也完工了，她让祝俊生带川川去露台上扔沙包。

露台上，祝俊生找到了"露一手"的机会。他像模像样地做着示范动作，先单脚着地跳两下，身体往后仰，然后如掷铅球般使劲甩出沙

---

[1] 四川方言，指打哈欠。

祝俊生让儿子拔他的白头发,川川认真拔起来,这是父子俩难得的亲密时刻

摄影 / 于卓

父子俩晨跑，川川渐渐把爸爸甩在身后

摄影 / 于卓

包,沙包在空中抛出完美的弧线,落在川川脚下。川川兴奋地捡起沙包,拷贝爸爸的动作甩出沙包,效果不错,沙包落在爸爸脚下。川川高兴得咯咯直笑,爸爸冲他竖起了大拇指。以前祝俊生几乎从来不参与儿子的任何锻炼活动,叶红梅倒常常陪儿子晨跑。而祝俊生此刻不但很主动,而且极有耐心,不断鼓励儿子:"可以可以。明天你是 number one(第一名)。"

扔沙包似乎激起了祝俊生和儿子互动的极大兴致,回到屋里,祝俊生让川川给他拔白头发。川川趴在爸爸的后背上,仔细寻找细小的白头发,父子的身体靠得更近了。爸爸问:"你看到没看到?"儿子腼腆地笑着摇摇头。爸爸引导他:"有还是没有,都要开腔,要说话。"

此时的祝俊生和严厉时的他判若两人。孩子终归是孩子,父亲严厉时,川川报以沉默;父亲温柔时,他报以微笑;父亲亲昵时,他报以更多的亲昵。

第二天早晨,祝俊生竟然神奇地起了大早陪川川晨跑!两人从晨曦初露跑到天色大亮,一开始祝俊生还能跟得上儿子,后来川川越跑越快,父亲渐渐跟不上了……

"现在我还吃得住你"

爱这件事很复杂，它是情感，有时也意味着权力。

一年过去，我们再次去到都江堰，祝俊生已经不陪儿子晨跑了，当然，也不扔沙包、让儿子拔白头发了。每天喝的酒似乎多了一点点，即便没人陪着，他一个人就花生米都能喝半晌。喝酒后依旧会呵斥川川，川川多半时候仍是沉默的，但他和妈妈说话则越来越多。晚饭后母子俩待在客厅或卧室（卧室里有川川的小书桌，妈妈常常盯着儿子做作业），祝俊生则一个人跑到黑漆漆的露台上，一边抽烟，一边看手机上的"快手"。"快手"上有很多装修工拍的小视频，他可以看一两个小时不进屋。我问他："怎么不在屋里看？""他们不喜欢我抽烟嘛。"七岁的川川到晚上仍然怕黑，明明已经分床睡了，熄灯后他还是时常钻到妈妈床上，要腻在妈妈身边睡觉。叶红梅并不阻拦，嗔笑他："羞死先人了！"

六一儿童节时，我们给川川送了乐高拼装积木玩具。从跆拳道馆回家后，川川迫不及待打开玩具，饶有兴致地开始拼接装甲车，试着找装甲车上的士兵应该安装在哪个位置。叶红梅在旁边沙发上看着川川，轻声提醒："幺儿，修房子先从底下修，你为啥从尖尖上开始修？"川川身穿跆拳道馆统一的白色短袖T恤，衣服套在他瘦小的身体上，显得像超大码。

祝俊生仍然穿着去年那件黑白竖条纹短袖衬衣和一条很旧的牛仔裤，嘴上斜斜地叼着一根烟在客厅转悠，烟一直没点燃。川川在盒子里一堆五颜六色的积木中翻来翻去，找一个零件，祝俊生看了看，有点着急:"先把颜色分开,各是各的形状铺开嘛,你在那里哈[1]个屁。看嘛,哈地上了,就放桌子上摆起噻。"川川撇了撇嘴,没说话,依旧哈自己的,偶尔跟旁边的叶红梅说:"妈妈,你看这个是干啥的?是停车位。"

川川越是不理祝俊生,祝俊生就越是盯着他看,看他手上的动作,时不时摇头。川川认真组装着停车位,祝俊生俯过身去,伸出手来要"帮忙":"你这样不行,我教你。"川川不情愿地"哎呀"一声,扭过半边身子阻挡父亲。叶红梅在旁劝祝俊生:"让他自己弄嘛。"祝俊生站也不是,坐也不是,有点尴尬,索性发起火来:"他自己弄不走嘛,一点都不稳当。"他再次伸出手要抓川川手里的积木底板,川川用自己的小手使劲把爸爸的大手甩开,大声地喊:"哎呀!"这个时刻,他还没找到合适的语言表达自己的态度,就用这样的语气词来表示反抗。

儿子小小年纪这般"忤逆",似乎让爸爸有点下不来台,祝俊生如去年一样开始了呵斥:"你弄个屁弄,弄不稳当嘛!"他继续伸手干预,川川试图用胳膊挡爸爸,螳臂当车,自然处于下风,祝俊生还是"成功"按了一下积木零件,然后叉腰站着,得意地说:"你看,这就稳当了撒。"此时母子俩谁都不理他,叶红梅无声地帮川川准备一些小零件,祝俊生像是个局外人,尴尬至极,他哭丧着脸,颓然坐到沙发上。

在家庭内部,如果从川川的角度来理解"我""你""他",很多情形下妈妈是"你",爸爸是"他"。比如,川川常和妈妈一起做作业,睡觉时黏在妈妈身边,却不会和爸爸做这些。爸爸对他发脾气时,妈妈常理解他、向着他。他依赖妈妈的保护,不管被谁欺负了,都首先告诉妈

---

[1] 四川方言,指乱翻。

妈，因此他也尽量服从妈妈。妈妈要求他早起跳绳，尽管很不情愿，他还是服从，每天早晨睡眼惺忪地爬起来去露台跳绳。川川和爸爸保持着距离，但并不真正惧怕他，爸爸的"凶"终究有个限度，动嘴不动手。他真正惧怕的是妈妈，妈妈凶起来会动手，川川太不听话时，她抓起细竹棍就往川川身上抽。被抽了之后川川立刻认错求饶，哭得稀里哗啦，必要时躲到爸爸身边，这时爸爸变成了"你"，妈妈成了"他"。

川川已经上了一年小学，和没上学前慢慢有了变化——他渐渐学会组织语言。晚上脱衣服准备睡觉时，他忽然跟妈妈说："妈妈，今天早上我屙屎的时候有一坨屎变色了，一半是棕色，一半是白色，我屙的是香蕉屎。"

"香蕉屎！"叶红梅被逗笑了。

"爸爸说是把病毒屙出来了。"川川刚刚感冒了几天，这会儿恢复了生气。

夏天，川川做了包皮手术，痛得哇哇大叫，回家后为了减少对痛处的刺激，没穿内裤和长裤，穿了件爸爸的大号黑色跨栏背心，遮住屁股。吃晚饭时，祝俊生看到川川松垮垮地穿着他的黑背心，找了个夹子夹在川川背后，嘴里嘟哝了一句："垮着像什么！"

吃完饭，川川忘了疼痛，又生龙活虎起来，玩起了舅舅送他的一把绿色玩具手枪，这枪能射出不太硬的橡皮子弹，可以粘到玻璃上。川川站到沙发上，冲着墙角有玻璃门的柜子瞄准，身上长长的黑袍子似乎给了他身临战场的感觉。柜子的玻璃门上画了个小圆圈，子弹"啪"的一声射出，正中"靶心"。川川欢呼着，黑袍小战士准备射出第二发子弹，忽然听到仍在吃饭的爸爸劈头盖脸的一句："哪个买的枪？"

川川扭头看了一眼祝俊生,没回答。

祝俊生手中端着一杯酒,继续问:"我问你呢,哪个买的?"

川川继续玩弄着手里的枪,回答一句:"不说。"

"为啥子不说?"祝俊生马上问。

川川停顿了几秒:"不想说。"

祝俊生放下酒杯:"枪不能对着人打,知道吗?你没有定准,你打这边,子弹可能飞到那边,会把人的眼睛打爆。"

川川沉默以对,祝俊生又盘问了一会儿是谁买的枪,川川拒不坦白。

"你跟我有啥子秘密嘛,"祝俊生语气渐渐软下来,用并不强硬的威胁口吻说,"我让你明天早晨看不见这玩具,除非你今天晚上抱着他睡。晓得不?只要你不说。我至少现在还吃得住你,再过几年我吃不住你了,对不对?"他嘴角一撇,有点无奈地看着儿子。

川川还是不理睬爸爸,祝俊生只好继续闷头喝酒吃菜。这次的下酒菜是火锅鱼,少量火锅底料用菜籽油炒热后,加小葱和配菜做出。叶红梅和川川都早已离席,川川在吃饭方面和妈妈基本步调一致,口味也相似,吃得略清淡。祝俊生的口味则和他们完全相反,爱好重油重辣,做菜放很多佐料,常遭叶红梅批评:"你做的菜让我们娘俩怎么吃?"

此时,一小盆泡在红彤彤油汤里的鱼已被祝俊生吃掉不少。祝俊生一筷子下去,挑出一块奇特的"配菜",很大片,裹着红油,仍有点发白,但不像菜叶子。他看不清楚这是什么,从抽屉里翻出一副黑框老花镜戴上,仔细观瞧,"配菜"上竟然还有字,"四川省医疗卫生事业单位——这是哪里来的发票呢?"祝俊生喊道。

旁边的风扇呼呼作响，川川扭头看到爸爸哭笑不得的表情，哈哈大笑。叶红梅走了过来，问川川："我昨天买的书你放到哪里去了？"

川川继续笑，指着爸爸："妈妈，你看爸爸吃出来个啥子？"

叶红梅严肃起来，加重了语气："我问你呢。书放哪里了？"

川川立刻收了笑容，手挠了挠脖子，乖乖回答妈妈："书？我不晓得在哪里。"

祝俊生其实"吃不住"儿子，更"吃不住"老婆。在外面，他也"吃不住"任何人，常被包工头拖欠工钱。但他吃得住酒，吃得住家里大露台上他独自占用的黑沉沉的夜色，以及一个人沉浸在手机里的喧闹世界。

加点盐加点蒜加点糖

转眼川川八岁了，家里多了一个"家庭成员"——一只白色小贵妇犬，它大部分时间被关在厨房和露台之间的小铁笼子里。这是叶红梅从朋友家里抱来的小奶狗，让川川多一个玩伴，母子两人也一起给它洗澡。遛狗、喂狗的任务多半由祝俊生来做，除此之外，祝俊生也常和"贵妇"说话。傍晚，在"贵妇"吃晚餐的时候，祝俊生会拿把椅子坐在露台上，一边抽烟一边对它说话。

"你叶妈妈喜欢你，川川喜欢你，我不喜欢你嘛，你看你拉的屎好臭。"

"吃完这几天就把你送走，太不听话了，到处拉屁屁。"

"贵妇"并不知道祝俊生在说什么,只知道这个男人喜欢和它交流,就不停摇尾巴,瞪着大眼睛看着他。祝俊生俯下身来握了握"贵妇"的"手",又抓了把狗粮给它。

八岁的川川食量大增,尤其爱吃肉,他长高也长胖了,身高已经接近爸爸的肩膀。家里给川川报了游泳培训班,在泳池里,他露出浑圆的胳膊和大腿,蛙泳蹬水时,双腿非常有力。

周末,川川在家里磨蹭着不想做作业。"你不做作业就去买菜。"川川从没有自己买过菜,叶红梅想将他一军。

川川倒来了劲头,只要不做作业干什么都行。"买点啥子?"他已经在门口蹬上了凉鞋,问妈妈。

"你称点胡豆回来嘛,再买点你想吃的。走路靠边边,过马路要小心哦。"

川川下了楼,手里攥着妈妈给的一小叠纸币,妈妈从二楼窗户探出头,继续对他叮嘱:"把零钱捏好啊。"

"先用整钱买,还是先用零钱买?"他仰头问妈妈。

"钱多的就用整钱嘛,钱少的就用零钱嘛,把账算好啊。"

川川穿了一件红色短袖上衣,胸前的黑色五角星下写着白色英文字母"boy"(男孩)。他打了一把浅蓝色的伞,这会儿并没下雨,但很闷热,随时会有一场雷雨来临。川川左手紧紧地攥着零钱,走得飞快,绕过一个街区就到了菜市场。

菜市场里,川川径直走到卖豆角的摊位前,没看到摊主。他逡巡了好一会儿,右手捏了一下左手的纸币,确认没少任何一张,冲着远处怯生生地喊:"有没有人?"

不一会儿,一个女摊主走来问他:"买点啥子?"

"要豆豆。"

"豆豆要四块钱一斤,你要称好多?"

"一斤。"

"你自己装还是阿姨给你装?"

"你装嘛。"

川川还不知道买菜要自己挑选,摊主随便抓了两把豆角放在塑料袋里。他仔细数出四张纸币递给摊主,小声说了句:"谢谢!"

转了一圈,川川买了一包豆角,一把木耳菜,一大块南瓜和一块豆腐,然后去干果店称了五元钱的乌梅干和一斤炒胡豆。从市场出来,一场雷阵雨刚刚下完,地上湿漉漉的。川川左手拎着伞,右手手指上挂着几个沉甸甸的塑料袋。没走一会儿,他就感觉到了重量,右手臂向上弯曲到肩膀,想借助上臂和腰部的力量。但走了一会儿还是有点吃力,豆角也钻破了塑料袋要漏出来,他停下来,把探出头的豆角塞进去,匀了一个袋子给左手,继续向前。

回家的路并不远,他走走停停有二十几分钟,但自始至终没找旁边的我们帮忙。

回到家,叶红梅准备做饭,交代川川去旁边扯豆角须须。川川非常小心地把豆角上的须须撕下来,像扯一根丝线,生怕扯断。

叶红梅在厨房煮着豆腐,对川川说:"你看你买的豆腐,没得豆腐味。"祝俊生做完装修活路回家了,每次干完活他都驼着背,步履沉重,毕竟是五十几的人了。他穿一件绿色短袖,上面还粘着点白色的灰,坐在餐桌旁倒了杯高粱酒,拿出炒胡豆,问叶红梅:"他去买的嗦?"

"喊他做作业他不做,情愿去买菜。"叶红梅在厨房回应着。

看到爸爸喝酒,川川拿起一盒牛奶用吸管吸起来。"筷子,"祝俊生使唤着儿子,"去厨房拿筷子去。"

"你咋不自己拿呢?"川川继续喝牛奶,磨蹭了一会儿,才去厨房拿来碗筷,也把妈妈炒好的豆角端上了桌。

"你买这些豆角用了好多钱?"祝俊生问儿子。

川川伸出四根手指。

"四元钱,就这点?"祝俊生看着盘子里的豆角。

"还有。"川川大声说。

"买了几样菜?"祝俊生声音倒比以前小了点。

川川右手拿筷子,支着腮,仔细想了想今天买了哪几样菜。

"豆角,豆腐,还有呢?"祝俊生问。

"南瓜。"

"还有呢?"

"这个和这个。"川川指着桌上的胡豆和乌梅干。

"看着都酸。"祝俊生还是忍不住拿起一个乌梅干咀嚼起来,慢慢皱起眉头,喝了口酒。

叶红梅端着一小盆炻炻菜[1]上桌,里面有豆腐和木耳菜。祝俊生挑起木耳菜尝了尝,对叶红梅说:"没盐!"

"有蘸水的嘛。"

---

[1] 四川特色清水煮菜,口感软糯,搭配蘸水食用。

"菜里也该阔¹盐。"

"阔了的,要阔好多吗?"

祝俊生又吃了口菜:"纯粹没得盐味。"他用筷子沾了蘸水就着青菜吃,吩咐川川:"去把盐罐子端过来。"

"啥子盐端过来哦。"叶红梅不太乐意。川川把筷子放在嘴里,看看妈妈,又看看爸爸。

叶红梅对儿子说:"可以尝一下香肠。"四川人饭桌上的香肠通常是冬天熏制的腊肠,多半是麻辣口味,川川尝了一片,嫌辣。

"有好辣嘛!那就没你吃的(肉)了。"

这时祝俊生起身去厨房,把盐倒在手心,回到饭桌,叶红梅还没来得及阻止,祝俊生已经把盐撒到粑粑菜的汤里,边撒边说:"绝对不咸!"然后用自己的筷子在粑粑菜盆子里搅拌着。

"你硬是……"叶红梅有点无奈。

祝俊生又夹了口木耳菜就蘸水吃:"嗯,有盐味了。"川川仍然把筷子含在嘴里,眼睛瞟着妈妈,忽然哈哈大笑起来。爸爸妈妈都很诧异,看着他。

"你瓜²了嗦!"祝俊生说。

川川看着妈妈,笑着说:"你筷子拿反了。"叶红梅有点尴尬,夹了口香肠:"我看看这香肠到底有好辣。"

祝俊生觉得蘸水的味道仍然不够,扭头请示叶红梅:"拍瓣蒜在里

---

1 四川方言,指搁、放。
2 四川方言,指傻、笨。

面嘛?"

"你看有没有蒜。"

"蒜少了,不黏。"

"你干脆把蒜拿来咬嘛。"

川川看着爸爸,露出不解的表情。

祝俊生吃了块豆腐蘸蘸水,还是不太满意,再次起身,拿着蘸水碗去了厨房。叶红梅念叨着:"烦得很,整那么多蒜,明明拍了蒜在里面的。"

"少了。"厨房里,祝俊生拿了三个独头蒜,切开放进蘸水碗,端回客厅餐桌,自言自语:"看一下这次的味道。"

叶红梅看了一眼蘸水碗:"盐也多,味精也多。"她夹了一筷子木耳菜放在川川碗里,没蘸蘸水,"你尝尝你亲自买的菜。烫哈,吹一下。"

祝俊生用自己的筷子飞速搅合蘸水碗里的佐料,里面也多了一些酱油。搅合完,又用筷子头轻敲碗的边沿,筷子上的蘸水飞溅回碗里。祝俊生咂摸了一下筷子尖,很满足,冲着川川说:"安澜娃,尝一下。"

川川站起来,夹了块豆腐,没有尝试爸爸的蘸水,直接放在手里的一块饼子上,又夹了根豆角放上去,似乎在做三明治。

祝俊生觉得这蘸水还不足以吸引儿子,又一次扭头请示叶红梅:"阔点白糖?不然他不喜欢吃。"他再次端起蘸水碗起身去厨房,自言自语:"这个不辣。"

叶红梅没搭理他。

转眼,祝俊生端着碗回来,继续用自己的筷子飞速搅合着里面的蘸水,再次用筷子头拍了一下碗的边沿,咂摸了一口筷子,整个动作浑然一体。这次他没发出很满足的声音,而是用筷子挑了点蘸水给川川的"三明治"。川川赶紧拿开自己做的清淡版"三明治":"等会儿。"他婉拒了爸爸。

祝俊生又尝了一口蘸水,咂摸着,自言自语:"弄出来一股怪味,不该阔糖。"

川川开心地吃起"三明治",笑了起来,眼睛瞟着爸爸。

祝俊生带着一丝丝乞求对儿子说:"尝点儿嘛?"

何谓轮回

作为母亲的叶红梅

　　清晨六点钟,叶红梅就把睡眼惺忪的川川叫醒,起来做"早课"。秋日清晨空气清爽,天刚蒙蒙亮,先是二十分钟到半小时不等的体育锻炼,叶红梅会陪着川川在露台上跳绳,帮他数数。有时母子俩也在小区周围绕着圈跑步,叶红梅身材偏胖,跑得很慢,儿子渐渐把她甩在身后,母亲则努力追赶儿子。

　　体育活动后,叶红梅会督促川川读英语,2017 年还是用姐姐祝星雨曾经用过的一个复读机来跟读,后来则基本用手机了。七点十几分,祝俊生做好了早饭,川川吃早饭的过程中,妈妈仍须尽职监督,不然儿子会拖拖拉拉吃很久,忘记上学的时间。川川并不是个很细心的孩子,常常丢三落四、张冠李戴,有时会把同学的课本放进自己的书包,有时则会找不到铅笔,叶红梅总是帮他寻找和整理这一切。七点四十左右,叶红梅骑上电瓶车，带川川去上学。都江堰多雨，电瓶车上安装了一个蓝色的雨棚，川川坐在后座，前面有妈妈宽阔的后背挡风，头顶有雨棚遮雨。这个时间点的都江堰街头，送孩子上学的家长满街都是，花花绿绿的雨棚下面都有一个在成年人身体庇护下的小孩子。

叶红梅这段时间常去学校和教育局"理论"，因为和川川同班的一个胖胖的小孩有严重的多动症，没法专心听课，课堂上常常"寻衅滋事"，有一次差点用铅笔戳到川川同桌一个女孩子的眼睛。这个多动小孩颇有些蛮力，女老师基本拿他没办法，叶红梅担心下回被戳眼睛的就是川川。对于一般的男性家长来说，这只是个不起眼的危险，但在叶红梅眼里，在她控制范围外、威胁到川川人身安全的潜在伤害行为都是极大的危险。特别是来自于学校里其他孩子的，完全不可控。像叶红梅这样失去过一个孩子的人，特别害怕再次出现"闪失"，尤其在川川八岁之前，这种担心尤甚。叶红梅相信一种"古老"的说法：因为姐姐祝星雨在八岁去世，她可能"召唤"八岁前的弟弟去陪伴她。不只叶红梅如此，我认识的都江堰的另外几位再生育妈妈，也有同样的焦虑，特别是在每年5月12日到来前的十几天。

叶红梅和多动小孩的家长理论过，请他们给孩子换班，或转到特殊教育学校，家长不同意。于是，叶红梅联合两位同样忧虑孩子被"戳"的家长去教育局，直接找局长讨个说法。去一两次没什么用，局长总是说孩子们都有受教育的权利。叶红梅就一而再再而三登教育局的门，有时还给局长打电话："王局长，我们娃儿的事你给解决一下嘛，要不给我娃儿转学？"

几个月后，叶红梅告诉我，多动小孩已如她所愿离开川川那个班了,班上其他同学的家长都松了口气,连班主任都松了口气。我没有打听那孩子去了哪里,只是惊讶于叶红梅强大的母性所产生的巨大行动力,她本人也颇得意于自己的"战果"。

只是,叶红梅并没有把她的行动力用在自己的职业规划上。她身体不太好,腰受过伤,不能干重活,前些年苦于生育,身体遭了不少罪,如今忙碌于带孩子,里里外外都是活儿,也不轻省,所以没法出去上班,家里的开销主要靠祝俊生做装修活路的收入来支撑。妻子掌握家庭财权在川渝是常见的事,老祝会"乖乖"上缴大部分工资给叶红梅。

2017年有几个月,祝俊生的"订单"很少,家里收入吃紧,叶红梅终于"出马"——她准备做保险业务。在周围姐妹的怂恿下,叶红梅决定去保险公司一试。这个小城市的保险行业几乎没有门槛,像她这样学历低的人,参加完简单的培训就可以上岗,只要三个月内做到一定的业绩,就可以转正,有基本工资,也不用坐班,听上去这是个很适合叶红梅的工作。早上送完川川上学后,叶红梅穿上白衬衣和职业套装,蹬上黑皮鞋,去保险公司参加培训。但要在三个月内达到保险公司要求的业绩一点都不容易,要么自己和家人买,要么从周围熟人下手——这基本是个"杀熟"的工作。叶红梅先是给自己买了一份比较贵的医疗保险,离业绩要求还有挺远的距离,她继续找周围朋友推销,但她和老祝的朋友收入水平大多和他们相似,买不起那么贵的险种。叶红梅的朋友圈只有几十个相对熟悉的学生家长,这里面有些人也在卖保险,行业竞争在几十个人中展开,三个月里她的业绩推进非常缓慢。有一天,我们在叶红梅家里拍摄,她刚参加完每周例行的培训,白衬衣和黑色职业套装裹在身上,有点紧,头发烫了大卷。正在发愁业绩的她把目光转向我们:"小范,我这里有几个险种挺适合你们的。"

我乐于为叶红梅创造点业绩,从她手里给几个摄制组成员买了意外伤害险,但这对她来说只是杯水车薪。三个月后,她仍没有达到公司的业绩要求,没能转正,工资就别想了,自己还投入了几千块钱。保险公司本来答应她只要卖出一个保单就给提成,这个承诺也没有兑现。叶红梅才知自己被忽悠了,她脱下并不合身的职业套装,彻底告别了刚刚起步的保险生涯。

此后,我再也没见过叶红梅找工作,她的生活重心几乎完全放在家庭,确切地说,百分之九十的精力放在川川身上。对她而言,把孩子培养好才是最重要的工作。

祝俊生仍然有一搭没一搭地给家里挣着零用钱,有时钱不够用,他们就用"花呗"等借贷工具拆东墙补西墙,补不过来的时候祝俊生也找我们借钱,每次三百五百的。有趣的是,他每次都找臧妮借钱,不找我。在他眼里,女人在家里的财权不容置疑。

叶红梅越发坚定地围绕孩子的作息时间来运行自己的生命:下午四点多去泡桐树小学门口接川川放学,在花花绿绿的雨棚装饰的电瓶车流中穿过蒲阳路和彩虹大道,回家后监督孩子做作业,无微不至地照顾孩子。随着学校交给家长的任务越来越多,叶红梅从下午到晚上的时间也被填得越来越瓷实。她已经接近五十岁,戴上了老花镜,每天要用智能手机来帮助川川检查作业,常常显得力不从心,但从无推脱。作为一个没有正式工作的母亲,她把与孩子有关的一切当成自己的"工作",从不懈怠。日子如此一天天流淌,叶红梅建立起安宁而有序的日常。

生命不逝，圆圈再圆

生命不息，如车轮般转动不止，循环往复，这就是"轮回"。虽然叶红梅对此理解并不清晰，但她在地震后的朴素愿望就是：要让逝去的那个孩子"回来"。最容易让她理解的观念（或者说方法）就是"投胎转世"，也就是"轮回"。于是，她开始了生育之路。

那么，"轮回"之于叶红梅究竟是什么？是让时间回溯。确切地说，是回到2008年5月12日下午2点28分之前。在那个时间点之前，叶红梅拥有完整的家庭，拥有一种被生活细节填满的幸福感。而在那之前的八年，她在生育和抚养女儿的过程中建立起自己作为"母亲"这一重要的存在。她希望再生一个女儿，就是希望复刻那时的自我。并不是所有人都能接受时间直线向前，有些人想重构时间，有些人则希望未来的时间能复刻过去的时间。

时间并没有均衡的质感和重力，有的人会陷在时间的漩涡里，比如祝俊生，他时常掉入2008年地震那天的记忆漩涡，在黑暗中摸索，听见那些弱小生命的呼救，那漩涡有极大的引力，让他无法逃脱。有的人则会刻意回避记忆中的某个时间点，你无法和他谈生命中的那一天、那一刻，他会绕开，他不想让自己无限下沉。

从更大的时间范围来说，自2000年祝星雨出生到2008年她去世，这八年对于叶红梅和祝俊生都有极大的重力，期间他们生命里的很多细节都是丰满而沉甸甸的，像塞满了馅儿的汤汁鲜美的包子。时间也似乎因此放慢，八年的时间缓慢流逝。2008年5月12日之后，包子只剩空壳，他们的生命一下子失重了，时光如断线风筝般快速流动。

回溯时间，能让人找到继续存在的意义。叶红梅如果不能生育，在漫长的生命里，她便不知将要向何处去。虽然她未曾亲口说出这一点，但地震十余年后，当我看到都江堰的极少数生育失败的女人，她们眼神里的晦暗，让我读懂了这种生命处境。只有重新处理时间才能让一切变得更有意义，不只经历了地震的人会这么想，人类在不断经历磨难和创伤的过程中早已学会了这种生存技能。

那么，他们期待的"轮回"到底是实现了，还是落空了呢？

如果我们把时间点放在2011年5月20日上午9点16分，就会发现，川川来到这个世界时，祝俊生表现出明显的失落，叶红梅虽然面色平静，但内心的怅然是明摆着的——她看到儿子后的第一句话就透出忧虑："这下子祝老四要不高兴了。"叶红梅的性格非常隐忍，她不轻易用语言道出内心情绪，丈夫祝俊生了解她，说："她心里想的其实跟我是一样的。"

他们认为"轮回"已落空了。祝俊生面对女儿的照片哭泣："幺儿，你回不来了！"

六年之后，2017年5月的一天下午，叶红梅告诉了我她那时内心所想："不接受也没办法，已经生了，不可能返回去重新来过嘛。"她坐在自家露台上，穿着黑白条纹连衣裙，前一天刚给川川过了"隆重"的六岁生日，请了几十个亲戚朋友到农家乐聚餐。

叶红梅捋了捋在风中摆动的头发。"我看他小时候的照片，还是姐姐的那个样子，有时候他自己看照片的时候都分不清楚哪个是姐姐哪个是他。我有时候逗他，幺儿你变成女子算了。"她有点难为情地笑了笑，"他小的时候我给他打扮成女孩子，穿裙子，扎小辫子。我其实就是在

叶红梅有时会从儿子身上寻找女儿的影子

摄影 / 于卓

找那种感觉，明知这样做不对，但内心就是克制不住这样的想法。"

叶红梅这样做像是在"制造"一种视觉上的"轮回"，从而完成某种心理补偿，也就是她所说的"那种感觉"。这种感受她在别的时刻也体验过。川川在分床睡之前，晚上基本都挨着妈妈睡。叶红梅不止一次跟我说，将睡未睡时，人总是有点恍惚，那时她摸着川川的手，总觉得像是摸着祝星雨的手，也是胖胖的、软软的。在那一刻，她体验到了某种意义上的"轮回"，并不是说弟弟变成了姐姐，而是她对于时间的感受——十几年前某一个时刻的生命体验，在摸着川川的手的时刻又"回来"了，至少在那一刻，她恍惚中回到了过去，和女儿在一起，那是她特别想要的"一刻"。

人们不仅需要复刻过往的心理感受，也常常不自觉地复制过去的行为模式。在费力地做试管生育那两年，叶红梅多次表达很后悔当初打过女儿。祝星雨那么短暂的生命，没来得及好好被母亲对待，还被打过。叶红梅想想就懊悔不已，她不希望自己在孩子心里留下施虐者的印象。看到那些打孩子的家长，叶红梅会说："你们不晓得失去是什么滋味。"那时候她想：如果再有孩子，一定不会打他，只会好好爱他。

可是，她并没有做到。

叶红梅家里有根细竹棍，专门用来在川川捣蛋或制造了很大麻烦的时候对付他。她并不经常揍川川，但只要揍他，就挺狠，用她的话说："揍一次要管很久。"听祝俊生说，有一次叶红梅揍儿子把竹鞭子都抽断了，他不得不出手阻止。

我看到过一次叶红梅揍儿子。2018年的夏天，川川过完七岁生日没多久，做了切除包皮手术，回家后叶红梅要给他的小鸡鸡那里喷消炎药，川川一个劲儿地喊"疼"，不让喷。一小时前在医院做包皮手术前，他就很怕疼，最后叶红梅和医生连哄带骗给他做了。叶红梅觉得儿子有点虚张声势，坚持要给他喷药，并耐心解释："这个药喷了，一下子就好了。"川川一个劲儿往后缩，像是躲避"刑具"。妈妈一次次靠近，川川一下下躲闪，如此三番五次，叶红梅火了："我要让你晓得哪样更疼！"

叶红梅转身去另一间屋子，川川马上就猜出妈妈要"出大招"了。虽然川川常看《奥特曼》，也经常想象和比画着不同奥特曼使用的各种强大武器，可此时他怎么也比画不出来他的武器，只能声嘶力竭地喊："不要！不要！"妈妈早就猜出了儿子的心思，以为在外人面前妈妈不会揍他，她要让儿子知道妈妈的权威在任何情况下都不容置疑。竹鞭子毫不留情落在了川川身上，叶红梅没有用太大力，川川已经痛得叫苦不迭。为了加强"记忆"，叶红梅又抽了一下，吼道："到底哪个疼？"

川川只能乖乖就范。

也许叶红梅当初并没有对女儿这么"狠"，但她确实动过手，此种"棍棒教育"的行为仍在重复，当初女儿对妈妈"暴力"眼神的害怕和如今川川对妈妈眼神的畏惧也许是相似的。祝俊生对川川偶尔发作的"暴力"只限于语言和情绪，几乎没对他动过手，早年间他也从来没打过女儿。如今我们看到祝俊生不愿陪儿子去游乐园玩，其实早年他也不会带女儿去公园玩，他对待孩子的行为特征也没有大的变化。成年人秉性未变，他们会重复多年前的行为，会不断启动过去已有的经验模式，多年前的一些生活场景会在这个家庭"重演"。

让叶红梅困惑的是，川川的年纪超过姐姐当初去世的年纪——也就是八岁之后，她越来越不知道该怎么教育和对待这个孩子，这是她没有

071

过的经验。孩子超过了八岁，而且是男孩，胳膊和大腿在变粗，饭量明显增大，尤其爱吃肉，个头早已超过当初的姐姐（从他长高的速度看，身高应该会超过父母），性情也明显不同，小竹棍终将降不住他。"轮回"只是一种短暂的、颇有时间界限的心理体验，新的生命终究是全新的，也终将带给成年人截然不同的生命感受。人们希望"生命不逝，圆圈再圆"，但生命终究会逝去，圆圈也不会再圆。生命有时会螺旋绕圈，但不是回到原点，而是去往另一个方向。

两姊妹，两封信

粉色博物馆

四川大邑县安仁古镇的僻静处，一片葱绿的树林掩映下，有一个单独的房间，二十几平方米，墙壁和天花板全被刷成了淡粉色，地上有个粉色塑料板凳和一个粉色水桶，这片粉色像是树林里的一场梦境。粉色的墙上挂着"梦中"的所有细节：一个耐克书包，一副羽毛球拍，一件跆拳道服，一条粉色围巾。"梦中"一角有张小书桌，上面摆着一束绢花，紫色和粉色的花瓣，还有几本书以及一个女孩的照片。照片上的女孩蹲在雪地里，脸蛋粉粉的，短发浓密蓬松，她微笑着，似乎在享受清冽的空气。周围墙上挂着一些相框，里面是和这个女孩有关的一切：照片、作文、证书等等。其中一篇作文叫《拥抱未来》，开篇写道：

"我知道我的未来不是梦，我认真地过每一分钟……"妈妈的话随着这激荡慷慨的歌谣不时飘荡在了脑海,"不要被放逐在眼底,要着眼于未来"。多么简单质朴的话,多么深切、关怀的提醒,它们包含着的人生哲理,正待我去探求。

房间里安装了一台壁挂式空调,上面贴着粉色的小贴纸,这些实实在在的物件和笔触证明着一个生命的存在,但又充满梦幻感。

这其实是一个纪念馆,叫胡慧姗纪念馆,是地震后常见的救灾帐篷造型,由建筑设计师刘家琨设计,于2009年建造。它隐藏于大邑县建川博物馆建筑群中,门口种着一棵金桂树,是胡慧姗的妈妈刘莉选的,寓意女儿之于她的"金贵"。2017年11月初,金桂仍在开放,香气飘进了那淡粉色的房间里。

刘莉端详着房间里的所有物件,思绪已被填满,无暇顾及花香。她四十多岁,穿一件短款暗红色夹克,搭配绿色高领毛衣、黑裤子和黑皮鞋,穿着打扮很利落。刘莉戴上一副黑框眼镜,仔细看着挂在墙上的一张海报大小的素描,上面是胡慧姗的头像,画中的她微笑着,短发微微蓬松。这素描是四川著名画家何多苓的画作,似乎是临摹那张雪地里的照片。头像位于整张画的中心,占比很小,周围是大面积的灰色,是画家特意的留白。

"你想象后面如果是大草原,开满鲜花,好美丽!"刘莉对身旁一个七八岁的小女孩说。小女孩仰头仔细看这幅画,似乎在想象,也似乎在感受刘莉的情绪。

"还有呢,姐姐还可能在哪里?"刘莉问她。

女孩缓缓说道:"也可能是大海,有船。"

粉色博物馆

摄影 / 于卓

刘莉对女儿恩恩说:"你想象后面如果是大草原,开满鲜花,好美丽!"

摄影 / 于卓

"这是妈妈给姐姐织的毛衣，"刘莉从地上的塑料储物箱里拿出一件织了一半的白色毛衣，上面还有毛线签子，"本来应该都要织起了，但是，姐姐不在了，织起都没人穿。"

女孩叫胡慧恩，是刘莉的女儿，她的姐姐，也就是胡慧姗，2008年汶川地震时在都江堰市聚源中学上初三，不幸遇难。胡慧恩在地震后出生。

地震后的一段时间里，刘莉揣着女儿胡慧姗的脐带和乳牙发疯了一般在废墟上寻找与女儿有关的一切。她在那里遇见了设计师刘家琨，后者答应为她的女儿建造一个小小的纪念馆，存放这个女孩短促一生中的私人物品，小至一颗乳牙，大至一个书包，统统放在这个房间，让姗姗的气味、形象与文字仍然存在于这个世界。这个纪念馆不仅为一个普通女孩，也为所有地震中逝去的普通生命而存在。

地震九年后，刘莉和她的第二个女儿胡慧恩再次走入这个"世界"，母亲蹲在地上，抱着姗姗用过的围巾，掩面而泣。恩恩站在她身边，看着母亲抖动的肩膀，用小手轻轻拍着妈妈的后背，门外的金桂花香偷偷飘了进来，两人并未注意。

一封天堂寄来的挂号信

地震后,刘莉开启了和叶红梅相似但又不同的故事线。她比叶红梅大几岁,怀孕过程却还算顺利,2009年9月成功生下第二个孩子,如她所愿,是女儿。生之前她就很有把握,因为她在梦里曾求姗姗投胎转世,姗姗答应了。"医生从肚子里抱出娃儿的时候说:'对了,你愿望成真了。'当时我那种笑,可能是眼泪一下子流出来那种笑。然后抱出来的时候恩恩已经没有哭声了,医生说:'赶快抢救!'我立马就休克了。"刘莉有多年的哮喘病,脸色有点暗,但眼睛大而明亮,讲起这件事,眼睛更加有光,"等我抱她的时候已经是一个月以后了,那种感觉我说不出来,觉得自己又当妈妈了,真的是太幸福了。"

刘莉本来想给新到来的生命起名胡慧姗,和姐姐完全一样的名字,但又觉得不好,后来起名胡慧恩,寓意感恩,这一点和叶红梅对川川的教育如出一辙:"你要感谢你姐姐,她走了,才有你来到这个世界上。"同样的意思,刘莉会这样告诉恩恩:"你的生命是姐姐换来的,你说姐姐有多爱你!"

不过,在这样的家庭,"姐姐"的存在仍然是近乎神圣的,这个形象超越了那个具体的人。"说起来有点笑人,恩恩牙牙学语的时候,我教她第一个喊的称呼,不是'爸爸妈妈',是'姐姐',她第一个学会喊的是'姐姐'。"对于幼年的恩恩来说,虽然能遵循妈妈的引导喊出"姐姐",但理解这个概念还很难——姐姐是谁?姐姐在哪里?于是刘莉讲了一个童话给她:"我就跟她说姐姐到天堂上面去读书了。她当时不晓得天堂是啥地方,我就说你晚上看天上嘛,最亮的一颗星星就是姐姐。

到现在只要她看到天上有星星,就会指着最亮的一颗说,姐姐在看我。"

妹妹的到来并没有消除刘莉对姗姗的思念,她让姗姗已经不能更新的QQ空间重新"活跃"起来,在里面上传姗姗所有的照片,如果做了姗姗爱吃的食物,也会拍照片放进去。当然,妹妹恩恩的照片也被刘莉整理了放上去。配合这些图片,刘莉会写日志,让它们抵达"天堂"里的姗姗。在这之前,刘莉不会打字,也不会用电脑上网,为了把女儿生前写的一部叫作《冰凝橙夏》的剧本上传到QQ空间,刘莉一个字一个字敲了很久,那时候还没有智能手机,她逼自己摸熟了电脑。她还寻访姗姗生前的同学,要来他们和女儿合拍的大头贴,一张一张传进电脑。"我想不起女儿长什么样子了,我生怕把她忘了。我就找啊找,找她以前的东西。"刘莉说,"不管怎么说,姗姗是幸福地在这个世界上生活了十五年六个月零二十三天,我一定要让以后所有人提起胡慧姗,至少晓得她来过,幸福过,我唯一能做的,就是在网上给她建一个QQ纪念馆。我晓得姗姗有灵魂,有时候上网,我感觉她就在我的身边。"

刘莉和丈夫用不同的方式来排解对女儿的思念,丈夫的方式是喝酒,这一点和祝俊生有点像,但他情绪内敛,没有祝俊生话多。刘莉的方式就是在电脑上一个一个地敲字,细心挑选照片上传,整理QQ空间的每一处细节。夜深人静时,丈夫和女儿已经熟睡,她一个人投入这一小片天地中,心绪逐渐平静。

到了恩恩快两岁的时候,刘莉忽然发现一个问题:眼前明明是恩恩,她也爱这个鲜活的生命,但她内心想着姗姗,"恩恩是姗姗的替代"这样的念头也时常在大脑回旋。可这样不对,这对恩恩不公平。

"恩恩以后会恨姐姐吗?"这是刘莉脑中不时闪过的疑问。"如果姐姐回来，就没得妹妹的位置了，妹妹怎么办？故事编不起走噻。"刘莉仍旧戴着她的黑框眼镜，皱着眉，觉得这是一道难解的题。

于是，在恩恩两岁生日当天，胡慧姗的QQ空间里出现了一封名为《一封天堂寄来的挂号信》的日志。信中写道：

> 亲爱的妹妹恩恩，你好，我是你的姐姐姗姗。今天是你的生日，首先姐姐祝你生日快乐！姐姐不能在现实生活中陪伴你长大，但你放心，姐姐会在天堂里为你遮风挡雨，为你祈祷，祝你健康成长。

信是刘莉以姐姐的口吻写给妹妹的，她找到一种奇特的方式建立起三人之间的沟通，她必须要让姐姐和妹妹沟通，解除误会。

> 妹妹，我听妈妈在我面前说起你很多次，妈妈说你很乖，很聪明，也很体贴。妈妈说那天她生病了，你紧紧地抱住妈妈的脖子，使劲地亲吻咱们的妈妈。……妹妹，妈妈有你我就放心了，我好喜欢你好喜欢你哦！妈妈常常对我们两个说："女儿们你们要团结，要相亲相爱。姗姗，你不要以为妈妈整天无微不至地关心你的妹妹，就不爱你了，就分心了，妈妈的心永远都是和你们黏在一起的。恩恩，你也不要恨你的姐姐，不要埋怨妈妈心里分分秒秒都只装着姐姐。你的姐姐很可怜，她只能得到妈妈心灵的爱，而得不到妈妈的照顾，她一个人无依无靠的，就像个孤儿。"……爸爸妈妈，你们也要保重身体，你们的女儿从来就没有离开过你们，妈妈你感觉得到吗？……妈妈，勇敢点，坚强，坚强，好好地活下去，我会

永远陪着你们。

信写完,刘莉内心开解了很多。"我觉得她们两个已经听到了我的这种心灵呼唤的声音了,她们两个也沟通了。"

一封发往天堂里去的 E-mail

情感的天平其实很难平衡,作为一个心思细腻的母亲,刘莉一直在找那个平衡点。每天和小女儿恩恩耳鬓厮磨,几乎每分钟都被她填满,妹妹的成长让母亲获得满满的富足和快乐,这时刘莉发现天平又滑向了另一边。"姗姗原来是独生子女,我怕姗姗误会,不高兴。"于是,刘莉内心的撕扯又开始了。怎样能给她们均衡的、平等的爱?她必须要再做点什么。

写第一封信的五年后,2016 年 5 月 11 日深夜,姗姗的忌日到来前,她的 QQ 空间里出现了第二封信,叫作《一封发往天堂里去的 E-mail》,是妹妹恩恩写给在天上的姐姐的心声:

你走了,我还没有来。是我没有赶上,还是你走得太快?这让心碎的爸爸妈妈不知所措。……为什么要选择离开,一家子在一起不是挺好的吗?我好想有一个姐姐,自己一奶同胞的姐姐。我还没来得及叫一声姐姐你就走了,妈妈告诉我,姐姐身不由己地离开,才换来天真无邪的你。……我不自觉地向妈妈打听你的点点滴滴,你是那么的优秀,又是那么的顽皮,那么的开心,那么的快乐,那么的健康,那么的聪慧!……亲爱的姐姐!你在天堂还好吗?不要忘记饿了就吃点,累了就歇会,困了就睡睡,天凉了衣服多穿点。至于爸爸妈妈,你就别担心。有我在,他们就不会寂寞和孤单。明天你就离开我们八年了,妹妹我只想对你说:姐姐,我爱你!你在那边一定要好好的!我会请天使替我去爱你!

这封信是刘莉以妹妹的口吻写给姐姐的,写完这第二封信,她的内心才渐渐安宁,"不然我要疯掉"。

无论是姐姐写给妹妹的信,还是妹妹写给姐姐的信,其实都只是刘莉内心的对话。她的内心一直住着这两姊妹,像在内心的花园种了两棵并不茁壮的树,都要得到养分和阳光雨露的滋润。所谓的"一碗水端平",在她内心就是十分强烈的自我反省,于是她像园丁般不停修剪两棵树的枝丫,补充养分,并让她们不会阻挡彼此享受阳光雨露。刘莉一人分饰三角,在内心不停对话,爱渐渐茁壮,恨永不滋长。

在有了恩恩之后,这位母亲用了八年左右的时间来平衡内心的情感。2017年我拍摄刘莉时,她认为自己已经处理好了姐妹关系,把身心投入到恩恩身上。"现在全心全意爱妹妹,QQ空间都好久没看了,没有时间看,要管妹妹吃饭上学,姐姐已经是成年人了,不需要我过多呵护她了。"在刘莉眼里,离开她的姗姗仍在渐渐长大,现在已是二十几岁,姗姗的好些同学已经结婚生子。她希望两姐妹互相理解,彼此爱对方,思念对方。

对于年幼的恩恩来说,她是否会思念未曾谋面的姐姐呢?

想起与想念

　　八岁的恩恩眼睛分外明亮，转动得也快，非常喜欢观察。她异乎寻常地善于和人交流，包括我们这样的相对陌生的成年人，她能看着我的眼睛有条不紊地交流，一点都不怯。她内心的情感触角很敏感，当妈妈流露出任何异样的情绪时，她一直仔细地观察妈妈，眼睛明亮闪烁。妈妈悲伤时，她会自觉地贴近妈妈，用她的手和脸颊安抚妈妈；妈妈开心时，她会黏在妈妈身上不下来，放任自己的顽皮。有一回，妈妈和胡慧姗的初中女同学在家里聊天，这个同学已经结婚，刚生下小孩几个月。女生抱着孩子说，这娃儿晚上睡觉必须嘴上含着东西，妈妈马上联想到了姗姗，说姗姗很小的时候必须要咬着被子才能睡觉，结果被子东一坨西一坨都是湿的。恩恩坐在两人中间，仔细聆听大人们的对话，观察着她们说话时的表情，不知道她在很小的时候是否也得咬着什么东西入睡。

　　"有一天我做了个梦，梦到姐姐回来了。"吃晚饭的时候，恩恩给妈妈讲起了梦中的姐姐，"姐姐还戴了一根翅膀的！"

　　妈妈很高兴："真的啊！姐姐漂不漂亮？"

　　"漂亮！特别是那个翅膀好漂亮啊。"恩恩认真地描述着。

　　妈妈也很愿意启发女儿更多的思考和想象："是啊，她变成天使了。我坐飞机时，我在天上就在想，我为啥子在天上找不到你姐姐呢？不是说天使在天堂吗？"

　　恩恩睁大眼睛看着妈妈，仔细思考她说的话，在想如何作答。

　　去刘莉家次数多了，恩恩和我熟络起来，我想也许可以找个机会和她谈谈"姐姐"这个话题。在叶红梅家里，我也想过和川川聊这些，但总觉得还不是时候。刘莉家里的气氛不太一样，几乎没什么压力感，让我觉得可以放松地和母女俩说话。十月的一个下午，恩恩在家做作业，刘莉在旁边的沙发上给恩恩织毛衣，一大团粉红色的毛线放在地上的手提袋里，袋子外面印着英文单词"TIME"（时间）。恩恩穿一件鹅黄色的毛衣，坐在她的粉色小书桌旁，长头发披在肩膀上。

恩恩做完作业，把作业本放进书包。我尽量温柔地跟她说："你好像挺小的时候就到山上公墓去看姐姐对吧？那个时候你觉得姐姐生活在哪里？"

恩恩仰头思考了一秒："天堂。"

"你为什么会觉得她生活在天堂？"

恩恩眼睛冲着斜上方转了一圈，说："因为她很乖，不欺负人。"

"你怎么知道她很乖呢？"

"妈妈教给我的。"

"姐姐长什么样子你知不知道？"

恩恩没那么确定地说："应该……知道吧，但我不知道她到底是长啥样，因为妈妈手机上她的照片有一张戴眼镜，有一张没戴眼镜，我就看不清楚。"

"你觉得姐姐长得好看吗？"

恩恩嘴巴上翘，点了点头。

"有你好看？"

"没有。"

"没有你好看？"我笑着问。

恩恩忽然发现自己说错了，赶紧纠正："有有有。"

"你们俩都挺好看的。你觉得姐姐有没有什么优点?"

恩恩不假思索:"到处都有优点。"

"比方说?"

"她成绩有优点。"

"她成绩有多好?"

"全校第二名。她很聪明。"

"这都是妈妈讲给你的?"

"对。或者是妈妈给别人说的时候我听到的。"

"妈妈跟别人讲姐姐的时候你都会认真听?"

"不是,我边耍边听。"

"你是想了解她多一些是吗?"

"嗯。"

"你喜欢有姐姐吗?"

"我喜欢有个姐姐。"

"为什么?"

恩恩眼睛转动,思考了两秒:"没有为什么。"

"但是这个姐姐她也不能陪你玩,你还不能够见到她,为什么觉得有她好呢?"

恩恩把头歪向一边,仔细思考了好一会儿,用手捋了捋头发:"反正有她就好。"

"妈妈说姐姐成绩比较好,你会怎么想怎么做?"

"我就像她一样加紧学习呗,坚持能超过她。"

"爸爸妈妈一般会在什么时候讲姐姐讲得比较多一些?"

"我不乖的时候,爸爸就说姐姐怎么怎么乖,爸爸喝酒的时候会说这些。"

"那你有没有主动地去问问妈妈或者爸爸关于姐姐的事?"

恩恩摇了摇头:"不想问。"

"为什么?"

"因为那会有烦恼。只有妈妈给别人说的时候我才会听。"

"我看你那次画的画,你们在家里吃饭,过生日,姐姐在天上,有翅膀,你会感觉到姐姐一直在这个家里面吗?"

"我就觉得有她的灵魂陪我们。"

"你怎么感觉到的?你是想象还是做梦?"

"做梦是挺少见的,画画的时候我可以想象。"

"做梦梦到过?"

"有时候会梦到,但很少,有时还要做噩梦。"

"什么样的噩梦?"

恩恩两手支着腮:"反正就关于妈妈的梦。"

"你这个梦很吓人吗?"

"终极吓人!"

"能告诉我们是啥样子吗?"

恩恩眼睛闪烁了一下:"搞忘了。"

我笑笑说:"一般这种事情会记得的。"

"就是好像妈妈被什么抓去了。我总是在走楼梯,然后被什么东西绊到了。不过我相信梦是反的,现实世界里妈妈总是在织毛衣,就像现在一样。"恩恩扭过头,看了看旁边沙发上仍在织毛衣的妈妈。

刘莉想必听见了恩恩和我的对话,不过并不打算插话,手里的毛线长针飞速穿梭。

我继续问:"你在梦里也见到过姐姐是吗?"

"梦里反正就是见到姐姐回来了,我就很惊讶。"

"她是什么样子?"

恩恩做出一种稍有惊恐的表情,嘴巴张大,没发出声音地说了一个词,然后又马上恢复笑容。她似乎不想让妈妈听见这个词,我点点头——但其实我也没"看懂",只是不便追问。

"然后,她有说话吗?"

"反正我没梦到她说话。"

"然后她是怎么进来的?是来敲门吗?"

恩恩煞有介事地说:"没有敲门,直接从门窗穿过来。本来她就是一个灵魂,灵魂就穿过来了。"

"然后你怎么办?"

"我吓了一跳,就惊醒过来了。"恩恩仍然微笑着。

我试探着继续问:"有的时候会不会想爸爸妈妈对姐姐更好,还是对你更好?"

恩恩很确定地点点头:"有。"

"一般是在什么情况下会想?"

"有时在家无聊的时候会想。我就问妈妈哪个是她心中最爱的?她有时候说第一个是我,第二个是爸爸,第三是姐姐。有些时候又说第一个是爸爸,第二个是我,第三个是姐姐。第三个每次都是姐姐,是因为姐姐已经不在了,所以怎么爱她呀?爱她只能在心里爱。"

"那你内心是不是挺希望爸爸妈妈爱你多一些？"

"反正两个都爱就是了。"恩恩扭头又看了一眼妈妈。

"你知道地震是什么吗？"

"地震就是灾难。"

"地震这个灾难会发生什么？"

"地震就会把房子弄塌，房子弄塌的时候就会砸到人，那个人就死了。"

"妈妈有没有教过你怎么去跑、去躲？"

"老师教过，妈妈也教过。"

"在第一时间应该怎么做呢？"

"在第一时间如果可以跑就快跑，如果已经跑不掉了，你就躲在坚固的桌子底下，或者没有障碍物的那种墙拐角，然后，或者躲在厕所里面。"

我决定问一个重要的问题："你通常会想姐姐吗？一个人的时候会想念她吗？"

恩恩撅着嘴巴，想了好一会儿，说："只会想起她，不会想念她。"

我也思考了一下："那是什么时间会想起她？"

"无聊的时候。"

"你觉得妈妈爸爸是想起还是想念？对姐姐。"

恩恩比较确定地说："想念。"

我和恩恩谈完后，她开始画画，她很小就擅长画画，画里经常出现飞翔的小人和小鸟，也多次出现妈妈的形象或妈妈形象的比喻——盆很大的花，花盆上长出一个巨大的如多肉植物的圆形叶片，叶片是红色，里面有深蓝色的三角形，深蓝色三角形里有浅蓝色的三角形，叶片和三角形里都点缀着一些斑点；红色的巨大叶片上长出几种大小和颜色不一的花，有的花绽放了，有的还没，圆形的花苞里也有不同的三角形。这天，恩恩画了一栋大房子，房子里有妈妈、爸爸和她，没有姐姐，姐姐在天空，长着翅膀，像天使一样守护着房子，周围有一些飞翔的小鸟。

语言只能有限地表达一个八岁孩子的内心，我相信这些画作才是一个孩子更为内在的世界的投射。

拍摄刘莉一家的片子播出后，刘莉在微信上给我发来一段话：

> 我终于领悟到了妹妹的那句话，关于她的姐姐，她说"不会想念，只会想起"，是因为想念只是对我们的过去或者离开了的亲人，而这些都是不复存在和不能回来的过往和故人。而想起却不一样。有一种莫名的期盼，很亲切，很贴心。是指姐姐从未离开过我们，她不仅住在我们心里，还留在了我们脑海里。也许她是在地球的某一个角落工作，或者是在世界的某一个城市里读书。总之她是会回来的。

恩恩的画

摄影 / 刘莉

杂货铺的日与夜

《悲忆 5·12》

女儿满三岁了,该去上幼儿园了。今天去都江堰市妇幼保健院做了全面体检,一切正常,稍微有点超高超重。三年前(2010年6月13日)女儿出生了,七个半月的早产儿,体重三斤,当时我们心都凉了。现在,作为父亲四十三岁的我,感到无比的欣慰和自豪:我们算是帮助女儿走好了人生的第一个阶梯。

时间过得真快,女儿一天天地长大了,一天天地愈加懂事了。我们也一天天变老了,一天天地糊涂健忘了。也许今后的某一天,女儿会问:"爸爸妈妈,别的小朋友的爸爸妈妈是那么地年轻,你们怎么都这么地老啊?"我的女儿,我们该怎样来回答这个问题啊?趁现在还有许多没有忘却的记忆,慢慢写写,整理整理,留给你以后慢慢地看吧。

和刘莉一样，地震多年后吴洪也在"为女儿"写作，也是一个字一个字码了很久。

写完后，压在吴洪心口的一块黑沉沉的巨石放了下来，不然他也会像祝俊生那样，心里不断闪回地震那天的画面。就在他家的小小店铺旁边，世界坍塌了，有人被掩埋，有人在呼喊，有人长久地哭泣、发呆，烟尘四起，明晃晃的白昼在向黑夜奔跑。

那天，他失去了唯一的儿子。孩子上小学六年级，和祝俊生的女儿祝星雨在同一个学校——都江堰新建小学。

地震五年后，吴洪写了长达三十几个小章节的《悲忆5·12》，记录了他和妻子在2008年地震那几天的经历，他把这篇长文叫"回忆录"。文字非常平实，这是属于他的"非虚构"写作，虽然有很多细节描述，但文学色彩很弱，所有的文字修饰都很节制，尽可能不加偏颇地"记录"他个人视角的历史。一万两千余字的长文写的大多是目之所见，心理描述很少，不像刘莉的文字有太多情绪的铺排。

文字虽朴实平淡，但对于看的人是很大的挑战，因为画面感太强。他的文字一下子把我拽入那些与地震相关的场景中，我虽未亲历汶川地震，但他写的那些地方、那些人我都很熟悉——我无法不去想象那些场景。我几次想要中断阅读，克制情感的起伏，不想让自己的情绪崩塌，但还是不由自主地看下去，并坚持看完。我不出意外地落泪了，情绪起伏了好久，不过还不算"破防"。

其实写的人也不轻松。"一天大概写个很短的两节，但是可能要花去我一天的时间，而且晚上还是失眠，就在想这个事情，这样子去回忆，我都要崩溃了！"吴洪在电脑前看着自己几年前写的文章，眼神中有一些说不清楚的东西。他方脸大耳，寸头，穿一件黑灰格子外套，坐在自家杂货铺里。这是2017年的秋天，已近深夜，周围出奇地安静，空气中流动着一丝凉意。

现在，我把吴洪费了极大气力写的《悲忆5·12》摘录一些章节如下。

（04）

……

当时我正在都江堰市红庙巷干休所的家里午休。每天在店铺吃过午饭后，老爸上街溜达，我回家午休，老婆看店，生活规律十分顺畅。

突然几下剧烈摇晃将我惊醒，随后摇动停了下来。停顿几秒钟后，更加剧烈的摇晃来临了……

本想飞身跑下二楼，此时只穿着一个裤头，光着脚丫的我，实在不想以这个形象突然出现在干休所婆婆大爷们的眼前。

现在该怎么办！？我迅速躺到了床下，平静的等待地震过去。这里最安全，地震常识还是有的。

这么久了还不停下来？我都有些不耐烦了。四周的墙壁开始扑哧扑哧的不断开裂，我开始感到了事态发展的严重性。

照这样下去，上面的水泥预制板会掉下来的！这个木质床能承受得住吗？下面的我会怎么样！？算了，不考虑那么多了，我现在已经是无能为力了，听天由命吧！

在生死之间摇摆，快四十的我已经经历过好几次了。我迅速恢复了平静……

(05)

几十秒的剧烈摇晃终于停了下来,我迅速地穿好衣服冲出了危楼。干休所的几栋宿舍虽然都被严重破坏,却都还屹立不倒,只有作为活动室的平房完全坍塌了。这个修建于 20 世纪 80 年代末期的干休所,几栋六层房屋之间形成的院落十分地狭小,如果楼房全部倒塌,已经逃到院落中央的居民也只有全军覆灭。

此刻,余震接连不断阵阵来袭。干休所的婆婆大爷们都围坐在院落中央的花台上,口中念念有词。随耳一听,全是"阿弥陀佛,阿弥陀佛……"有的手上竟然还拿着一串佛珠。晕!你们可全都是老共产党员,都是无神论者啊!真是不可思议。

……

(06)

看着已经完全坍塌的干休所活动室,我突然想到了我的店铺,夹在两幢楼房之间的平房建筑。店铺很可能已经坍塌了,老婆还在店铺啊!我顿时高度紧张了起来。

余震中我快步出了干休所,此时的红庙巷由于垮塌了几幢楼房而变得昏天黑地,可视距离还不足一米。我一只手护着头,一只手不时刨开立在街道上幽灵般的人们,高喊着:"让开!让开!!"疾步向店铺方向奔去。

出了红庙巷,天空逐渐开始明朗。过了小桥,我很快来到了店铺所在的街道。这个不长的小街道不少房屋已经歪歪斜斜,还好,都没有坍塌。不过,街道朝向小河边的两个单位三米高的围墙都砸向了街道中心,几具覆盖着一些砖头的尸体还横躺在街道上。

街道上那个医务室的医生护士们还在小河边抢救那些重伤员。

还听见远处有人在不断高喊:"天然气管道泄漏了!大家别抽烟!大家别抽烟!"

远远地看见妻子站在店铺门口的街道中央发呆,店铺也没有坍塌。

我长长地舒了一口气……

……

(08)

我收拾完货物,关上店门的时候,老爸也安全回来了。

安顿好老爸后,放心不下的我也向儿子就读的都江堰市新建小学赶去。

去学校,要经过长长的外北街,此时的外北街也坍塌了一些楼房,街道上到处都是跌落的砖头和水泥块,再加上正在燃烧的餐饮店和呼喊哭泣的人们,活生生一幅战争的景象。

路上碰见了干休所的会计小周(一个藏族女孩)。

"吴哥,你的儿子,我的女儿都没有啦!学校的教学大楼垮塌啦!!"

我怔了一下。

"小周,你现在去哪里?"

"所长去汶川出差还没有回来,只有我去组织和安顿干休所的老革命们了。"

"哦,注意安全。"

小周的女儿是幸运的：5月13日凌晨5点，她被武警官兵从废墟底层救出。

据小周讲，她的女儿在地震以后很长时间都不敢坐软的东西，比如沙发。因为在废墟里，在跌落的水泥预制板偶然形成的狭小空间里，她被迫坐在死去的同学身上度过了漫长的十多个小时。

……

（10）

新建小学的四层教学大楼左边教室部分已经全部坍塌，成为一层楼左右高度的建渣残堆，与右边没有坍塌的楼道教师办公室形成了鲜明的对比。

比我先到学校的老婆已经哭成了泪人。

"地震时，儿子他们六年级二班有一半的同学在教学大楼前的操场跳舞，他们都说没有看见他跑出来。"

"那些同学在哪里？我怎么没有看见？"我也急了起来。边问，边扫视着并不大的校园。

"老师刚刚带着他们，全部去了农业大学田径场。"

"你现在就去农业大学，找到他们老师把情况问清楚。然后立即回到店铺，以防万一儿子到店铺找不着我们，到处乱跑。"

"我这就去。你呢？"

"你别管我，我在这里参加救援。你出去时，一定要走马路中间。记住！走马路中间最安全！！"

（11）

随着废墟顶部的砖头，水泥碎块被救援者们快速移走，下面巨大的梁柱和大块的水泥预制板杂乱无章地显露了出来，之间还露出了很多细小的缝隙。

刚才还死寂的废墟下面传出来许许多多幼小的呼救声，到处都是——

"叔叔，救救我！"

"妈妈，妈妈，我疼！"

"挤着我啦，让开！让开！"

"把我身上的东西拿开，快拿开！"

"我口渴，要喝水！"

由于小学生身体娇小，很小的空间就能满足他们的生存需求，再加上他们反应灵敏，所以生存几率相当地高。

毫无生机的废墟下面竟然热闹非凡，救援者们就像刚被打过了鸡血，一下子都兴奋了起来。

"快快快！需要钢钎！要用钢钎！"

"我去找，我就去找。"

"还需要那个能剪断预制板上的钢筋的什么大钳子。"

"这个东西五金店好像有，对了，附近还有工地。"

"多去些人，分头去找，只要能用上的东西都拿回来！"

"喂——我这里要用千斤顶！"

"你等着，我马上去找。快！来几个人，跟我去街上拦车，很多车上都有千斤顶！"

……

（13）

随后，一具具幼小的遗体也被陆陆续续抬了下来，放在操场边那排梧桐树下面，放了一排又一排。在废墟上干得精疲力尽的我，不经意向操场望去，突然看见了妻子的身影。不知道什么时候她和女性家长们聚在了一起，每抬下一个受伤的孩子，她们就迅速地围了上来，很快又失望地散去。

她们还不时转悠到那排梧桐树下面，找寻着。

有找到的，刚进校园看见废墟时还嚎啕大哭的她们，此刻已不再发出任何声响，找个东西轻轻地将孩子的脸盖住。

然后静静地坐在孩子的旁边，守候着她们曾经的希望……

废墟上的救援者们累得都有些虚脱。"不能停，不能停下来，多干一下就多一分希望！"每个人都在心里不停地暗示着自己。

就在这个时候，跑来了一队赤手空拳的解放军战士，人数不多，四十人左右。

解放军！亲人解放军！我想，这是当时很多人的感受。

"解放军来啦！"人们欢呼了起来！

（14）

训练有素的士兵干起活来一个顶俩。

"你们是哪里的部队，怎么知道我们在这里救援？"

"我们驻扎在怀远，地震发生时正在野外搞拉练。我们进城后就问哪里受灾最严重，市民们说是新建小学，我们就直接赶过来了。"

不久，学校又涌进来了大批的武警战士，救援现场愈来愈拥挤。

"请市民们全部撤离救援现场！请市民们全部撤离救援现场！救援任务交给部队来完成！救援任务交给部队来完成！"

武警指挥官不断地大声重复喊道。

"留下几个熟悉情况的。"指挥官又补充了一句。

我幸运地被留了下来。

紧接着，武警指挥官对救援区域进行了大致划分：最左边，也是相对最安全的那一块划给了那支先期到达的陆军小部队。其他的，包括右边靠近还未倒塌楼道最危险的那部分，都由武警部队来完成。

……

（16）

天渐渐地暗了下来，由于没有照明，救援也开始变得困难起来。

在废墟不远处守候的学生家长们立刻行动了起来，断断续续地给救援部队送来一支支各式各样的手电。不知是谁从工地上搬来了发电机和照明设备，救援现场一下子变得灯火通明。

都江堰市新建小学地处闹市中心，学校四周被没有垮塌的高楼大厦包围得严严实实。

学校没有消防通道，唯一能进出学校的通道其实就是一个六层居民楼底层中间的一个铺面。

救援车辆为了进入校园，打掉了通道口上面那根横梁，再掘地三尺。最后勉勉强强挤进去两辆吊车和一台小型挖掘机。

现在救援实现了半机械化，进度也开始大大地加快。随着水泥预制板一块块被吊开，救出的学生也越来越多。

此时，呈现出的尸体也在不断地增长，场面一度惨不忍睹。

（17）

天已经亮了很久很久。

国家救援队端着仪器，在废墟上进行了多次梳理，多次确认毫无生命迹象以后，撤离了现场。救援部队也开始在准备撤离。

一直没有儿子的任何消息，我决定再上废墟看看。仍然在废墟四周警戒的兵士对我已有些熟识，没有进行阻拦。

废墟上还散布着几十具难以取出的遗体，他们身体的某一部分被重物紧紧地压住，有的也只是露出一个头，一只手。

我孤零零地站在废墟边上，看着眼前已经凝固的历史，不由地发出一声长叹……

吴洪后面的文字，记述了他后来如何发现儿子的遗体，以及他和妻子如何去到殡仪馆，和新建小学遇难学生家长们一起为各自的孩子清洗遗体、穿干净衣服及火化的过程，也目睹了两百多个骨灰盒在殡仪馆大厅排成一个黑压压的巨大方阵的场景。这些场景几乎都在视觉上极具震撼，也有极其凝重的情绪在现场流动，一定会强烈地停留在亲历者的大脑中，让他们无法忘却。也许现场还有特殊的气味和空气的温度，也会在他们的脑海中挥之不去。

"这就是历史！"无论是文字叙述，还是口述，吴洪都常常以这句话来作结。注意，他不会说"这就是我的经历"，而是"这就是历史！"

吴洪的写作不是为了把记忆放下,而是为了记住这段历史

摄影 / 于卓

这种叙事里，吴洪身在其中，另一部分自我却在其外，即理性的自我、观察者的自我、历史书写者的自我。这确实给人比较强的抽离感——几年后的"我"注视着那一刻的"我"，舞台下的"我"注视着舞台上的"我"。在拍摄中，我请他读一些《悲忆5·12》的段落，他坚持要用普通话读，而不是四川话，虽然他的"川普"听上去实在有点怪。我百思不得其解，现在大概明白了，他写的时候就是按照普通话的感觉写的，遣词造句尽量去除了方言的痕迹，这给他一种庄重感和仪式感，毕竟他是在书写一段严肃的历史。最重要的是，说普通话的他有了另一个自我。

吴洪对于这段历史的叙述和祝俊生的口述在某些细节上可以形成呼应，比如当时祝俊生等家长被要求离开救援现场，之后，祝俊生痛失女儿，留憾一生。而那一刻，吴洪"意外"地被留在现场继续救援，祝俊生只能在旁远观。即令如此，吴洪也没能救出自己的儿子，他和祝俊生在同样的历史场景中做过同样的选择：营救生命，不管是谁家的儿子或女儿。两人的命运在时空中交错，但都最终抱憾，他们再次同时出现的场景应该就是殡仪馆。不同的是，吴洪的叙述有明显的抽离感，而祝俊生即使事隔多年后仍然没有丝毫的抽离，每次描述他都深陷回忆的倾盆之雨。这雨如同地震那一夜的滂沱大雨一样，从苍穹一泻而下，冲刷着大地上苦苦寻找和救护生命的人们，一直流到地层深处那些蜷缩着的幼小生命身边。

吴洪身在雨中，心在雨外。

"其实你不要看我每篇只写这么短，可我当时的回忆可以铺满整面墙。"吴洪扬起手来，对着货架对面的墙画了很大一个圈，"我是不断地浓缩、精华,把主要的内容用最简洁的话表达出来,不去东拉西扯。就像自行车一样,除了几个力学杠杆,其他的不必要的花哨的东西,全部扔掉。主要就是为了骑行轻便,其他的能扔就扔,我是这样把它写出来的。"说完自己的"独家"写作方法,吴洪爽朗地笑了起来。

如果仔细读吴洪的文字,你会发现他多次描述别人(包括妻子)的哭泣、愤怒、晕倒、崩溃,这些再正常不过的情绪他自己却没有,至少在他的叙述中没有,顶多就是"我发出一声长叹",或"我和妻子恍恍惚惚地过了几天"。高度概括,力学杠杆。即便在废墟上发现"疑似"儿子的脚和鞋时,他也没有半点"激动",只是理性地描述如何证明遗体上的鞋子就是儿子的鞋——他让妻子去辨认里面的鞋垫。

吴洪的妻子蒲姐曾经说丈夫是"世外高僧",妻子还是了解丈夫的。

"你什么时候哭过?"我问吴洪。

"我也哭过,那是很久以后了。地震当时我还来不及悲伤啊,死去的人已经没法了,现在问题就是我老婆和老爸咋办,我们儿子走了,他最亲的人要过这道坎儿,会不会出现意外?我在想这些,根本顾不上其他的了。地震可能过去一年左右了,他们就比较平静了,我就一直平静不下来。地震两年了,我的心情和刚刚地震的时候相差无几,晚上做梦还是经常梦到那些场景。就相当于他们这种是热得快也冷得快,我这个就是一直保持着恒温。"

恒温,我努力理解着,还是追问了一下吴洪很久以后的哭泣是怎么一回事。

"就是地震后可能几个月了吧,半年了嘛,我老婆有个啥事情对我冒火,把我气得不得了,我就骑电瓶车跑出去,就骑到新建小学那个废墟那里，但是门是全部封闭了的。然后我就从旁边那个宾馆的墙上趴着看里面，校舍废墟都已经被铲掉了，我就趴到墙上，一下忍不住大哭起来了，好像是我第一次大哭。哭了可能起码有半个多小时，就发觉旁边站了不少维修宾馆的民工，在后面说：'大哥，你不要哭了，事情都过去了嘛。'我才缓过神，说：'谢谢，我没事。'就赶快骑电瓶车走了，但是经过这个过程好像心情一下就舒畅很多了。"

"就哭过这一回？"我问。

"还有一回是给我儿子去上坟，我就骑车过那个隧道，就忍不住了，我因为戴起头盔，忍不住就放声大哭，哭的声音是悬起悬起的。出了隧道过后我发现，过路的人，还有对面来的骑自行车的人在看我，哎呀！我说这么远他们也听得到，算了不哭了，就是这样子。"吴洪不好意思地笑了笑，补了一句，"我跟我老婆没说过这些。"

吴洪很在意别人怎么看他——一个人高马大的男人怎么可以哭成这样！当他发现别人注意到他的哭泣时，就马上控制住自己。这是很多男性从小被"训练"出来的能力——不能轻易哭泣，要控制甚至压抑自己的情绪。吴洪把没有告诉过老婆的这些事情告诉了我们，他不想打破在老婆面前的"人设"，即便老婆因此常常不理解他。

理性再怎样强大，也不能完全控制本能。一个人的时候、手上没事情做的时候、夜深的时候，各种画面和情绪会不断"袭扰"吴洪，让他无法很好地对待当下的生活。他必须要"安放"那段记忆，"凝固"那段时间，不能让它无序地流动。于是，他在地震三年后选择了写作这种方式。

"我以前想一直记在心里，不能忘了，害怕时间冲淡就淡忘了。后来就想到干脆把它写出来,写出来我反而放下,我就不去想了。另外,这是给我女儿长大后自己去看,自己去了解这段历史。"

"你是想把这段记忆放下,然后翻篇吗?我在都江堰遇见不少人都想让这事翻篇。"我问。

"不是翻篇。我从来都不想忘记,写下来就是要记住它。"吴洪很坚定地告诉我。

减少损失,争取翻盘

吴洪的妻子蒲姐,是我在都江堰认识的唯一一位表示不想再生育的女人。

"生第二胎有啥子意思嘛!已经失去了,你再重新来过的话,如果是原来那个失而复得,那样我真的高兴。可这不可能啊,就像一个人到河里去,你第二次下水永远不可能是头一次的水。虽然是同一条河,但永远不可能是头一次的水。是不是嘛?"

蒲姐戴着眼镜,穿着厚厚的冬衣,还戴了顶毛线帽。坐在自家杂货店里,窄窄的巷子里洒着初冬的阳光,气温并不低,可蒲姐像是有点怕冷的样子。地震前她在附近的诊所里做护士,地震后她的身体和情绪很长一段时间都不太好,需要调理,就不做了。这间杂货铺是夫妻俩的主要收入来源,大部分时间是吴洪在经营、看店,蒲姐会在每天下午的午休时间来替换吴洪,让吴洪回附近的家里休息一下。

蒲姐对于生育的态度一度让我很惊讶,在那样一个小城市,周围熟识的朋友都是儿子同班同学的家长，大多都在生孩子或备孕，她很难不被别人影响。蒲姐一家并没住在灾民集中安置的板房区，她几乎不参加板房区的集体活动，这种物理上和人群的远离也许给了她独立思考的空间。但她还是有自己社交小圈子，我见过她的几个朋友，也都是地震后再生育家庭。其中关系最好的也是一对在地震中失去儿子的夫妇，丈夫做厨师，妻子刚刚重新怀孕，夫妻两人感情很紧密。作为朋友，他们经常劝蒲姐再要一个孩子，有一次厨师朋友说："不要放弃啊，不然等你们老了怎么办？家里就你和你老公，你看看我，我看看你，好恼火。"蒲姐听着听着眼泪就绷不住了。

几年后，吴洪跟我道出了蒲姐不想生孩子的真实原因。"其实蒲姐特别喜欢孩子，当时她嘴上说不想生，其实是因为当时医院检查出来她有子宫肌瘤，医生都在劝她要想得开，能怀孕的可能性恐怕没有了。也就是她知道自己当不成母亲了，所以说不想生，就相当于吃不着葡萄说葡萄酸，'我本来就不想吃葡萄'。我认为她可能是这种心理。"

"你觉得她还是很想做母亲？"我问吴洪。

"那是肯定的，领养都要养一个，不然她过不了这个坎。"

以吴洪对妻子这么多年的了解，这话应该没错。蒲姐和儿子的关系也非常紧密，就像前文提到的，儿子的鞋垫是什么图案，爸爸不知道，但妈妈知道。

2009年秋天，蒲姐和朋友一起去成都的医院检查，有一家医院在她做了CT后告诉她有子宫内膜息肉，另一家医院则认为可能是子宫肌瘤，建议她做宫腔镜检查。每次医生诊断完，蒲姐都露出异常焦虑的神色，对朋友说："还要做宫腔镜检查哦，太麻烦了，我不想医了。"蒲姐学过医，做过护士，她应该懂得这些检查和治疗是需要的，她只是在情绪上抵制这些。

蒲姐没有上班，也没有动力去参加任何群体活动，和同样遭遇的朋友在一起时，还有说有笑，回到家一个人时，情绪就很低落，脸上像挂着层霜。那时蒲姐常把一句话挂在嘴边："已经四十岁了，活到哪天算哪天。"

和妻子的"失序"不同，吴洪是活在秩序中的人。他喜欢下围棋，店里没什么顾客的时候，他要么在看围棋书，要么在电脑上和"棋友"切磋，已是业余选手里的"高段位"。他会用下棋的思路来分析灾难发生后一个人该如何决断："下围棋就是两人都不断犯错，如果哪步走错，或出现巨大的损失的时候，一般人想的是后悔啊，之前本来是赢定了的，该咋办？但是作为一个优秀的棋手，你不能这么想，以前的棋怎么走错我不管，就现在这个局势，我要减少损失，争取翻盘。"吴洪坐在店铺里一台老旧的电脑前，自然地用棋手思路描述灾难发生后他的反应："地震第二天天亮我就已经发现儿子的遗体了，我当时就在想咋个办，像我老婆这种生育过的，比较重感情的怎么办？我当时就在想再生一个，实在生不了就去领养一个，她才完全过得了这个坎。她那个性格，不然就是晃晃荡荡过完一生。发现孩子遗体两三个小时，我就在考虑再生育的问题。"

"这点你的确有点……"我停顿了一下，想到一个词："超前。"

"是太超前！毕竟下半生还有几十年，这咋过？不过我当时不可能和她讲这个事情。"

在吴洪的《悲忆5·12》中，我注意到一个细节，地震发生后，他冲到店铺，确认妻子没事后，他先是把倒塌在路上的货物收拾到店铺里，关了店门，之后再冲向孩子所在的学校。也许当时收拾货物只花了很短的时间，但也可看出一个"棋手"下意识的选择——首先要止损。

吴洪的爸爸曾是四川阿坝州小金县某个机关的干部，退休后住到了都江堰干休所的宿舍楼。吴洪的母亲去世得早，吴洪一家和爸爸住在一起。他二十几岁时在国营造纸厂上班，1997年厂子停产了，赶上下岗大潮，之后去超市做了一段时间营业员，从2000年开始"创业"——开杂货铺。十几年间杂货铺只关过两回，一次是母亲去世，关了四天，另一次就是2008年的大地震，都江堰几乎所有商店都停摆了。地震发生不到半个月，吴洪的杂货铺又重新开张。

"地震之后我们整理铺子的货架，倒了，我们就把它扶起来，人家说：'地震你不怕吗？还在弄。'我说：'没事，还是为了生活，生活还要继续嘛。'"刚刚卖给顾客一包烟的吴洪笑呵呵地说。

减少损失，争取翻盘。

吴洪是喜欢建构秩序并生活在秩序中的人，蒲姐的性格几乎是他的反面，她在地震后并不关心铺子能不能开，生活能不能继续，而是沉浸在自己的情绪里，找不到做任何事的动力。蒲姐常常不喜欢丈夫的性格，过于冷静，缺乏趣味，不善交流。有一次蒲姐去医院做检查，吴洪陪着去，拿本书在走廊看，对妻子不够"殷勤"，让蒲姐介怀很久："好像我这些事和他没关系似的。"蒲姐出门见朋友也不喜欢叫上吴洪一起。"她说我情商低。"吴洪这样解释。但大地震过去几年后，蒲姐也在我面前承认，丈夫当初迅速把杂货铺开起来是正确的决定，他有他的远见。

大地震对婚姻的影响也显而易见，本来情感基础不稳固的，就可能被"震荡"得更松散,作为情感纽带的孩子一旦失去,则可能导致家庭的分崩离析。地震后的失独家庭常有离婚、重组的。真正考验婚姻的是患难可否"与共"。

吴洪和蒲姐性格差异巨大,吵架拌嘴几十年,地震后也经历了情感关系的"颠簸"。但在我看来,每个人都不可能接受长久的"失序",求生的本能让他们在自我情绪的漩涡中还是想挣扎"上岸"。或融入群体生活中,或接受亲密关系建立的秩序,或完全构建属于自己的秩序。对于蒲姐来说,最后一种很难,她还是接受了群体和亲密关系建立的秩序——杂货铺要开,孩子要生,日子还是要过下去。

她像一只小猫

2010年1月下旬,我去都江堰拍摄,偶然听说蒲姐已经怀孕接近三个月了,是意外的自然怀孕。生命无常,当时的叶红梅正在忧虑自己的身体能否经得起第二次试管生育的折腾,而蒲姐至少在口头上是那个最"不想"生育的女人,但她怀上了,且完全没采用任何辅助生育技术。在自家的杂货铺里,蒲姐和正在洗碗的吴洪开着玩笑:"你知不知道现在奶粉好多钱哦!要不就买牛,或者买羊,报纸上说羊奶比较有营养。这下子你就联系哪里有羊卖。"看到吴洪在傻乐,蒲姐又调侃了他一句:"要买对母羊哦,你不要买成公羊回来哦!"

蒲姐脸上曾经挂着的那层霜没有了。

2010年6月,蒲姐和吴洪来到成都的华西医院生孩子。剖腹产是个小手术,都江堰本地医院就可以做,为何要跑到省城呢?原因在于蒲姐患上了严重的妊娠高血压,几乎危及生命。

> 因妊娠高血压住院的妻子,血压又升高了一个台阶,这个县级市医院已经是无能为力了,决定立即转院到省城。医院的救护车闪着警示灯,送我们去了五十多公里外成都的华西医院。经过华西医院急诊科医生初步检查后,安排了妻子去住院部。主治医生进行了简单检查并看过我们带来的病历和以前的检查化验单,填写了一个通知单让我签字。"病危通知书!"我看了一眼坐在不远处(的)妻子,她此时正看着别处。

这是吴洪写完《悲忆5·12》三个月后续写的一篇文字。本来写"5·12"那些天的经历就已经让他精疲力尽,为什么还要接着写?

"因为她是冒着生命危险去生孩子。"吴洪十分平静地回答。

生孩子这件事已经不是大地震中的"历史性"场景,但对这个家庭来说,是重要的家庭史事件。作为历史的亲历及记录者,吴洪的视角延伸到家庭后,文风有了变化,加入了很多个人情绪的表达。

> 在病房把妻子安顿好后,妻子躺在病床上开始了休息。我来到了住院部空无一人的天台,双手握着护栏,望着天际。两年前失去了我们十一岁的儿子,现在又面临着可能失去妻子,我泪水狂泻而下……曾经听说:为了保住肚子里的孩子,拖延了时间,妊娠高血压产妇死在手术台上的比比皆是。不能照这样继续下去了,思绪良

久，我决定去找主治医生。"医生，我决定保大人，不要妻子肚子里的孩子了。请立即进行手术。"

"你冷静些，我们要保住大人，也要保住肚子里（的）孩子。你妻子肚子里的孩子才七个半月，多在母亲肚子里待一天，就多一分生存的希望。这方面我们医生有经验，把握得住。请相信我们！"

过了三天，也就是2010年6月13日。睡眠一直不好的妻子，突然间变得奢（嗜）睡了。经常在网上查阅有关资料的我立刻意识到：妻子已经进入最危险的时期了，死亡的大门已经徐徐打开了。对此很有经验的医生决定：立即进行破（剖）腹产手术……

中午两点，一直在手术室外面守候的我，终于等到了消息："手术顺利，母女平安！"此刻，我在想：外面的天气一定很好，一定是阳光灿烂……

蒲姐冒着生命危险生下了一个早产儿，发育得很不充分，生下来只有二斤九两！对这个家庭来说，这是在大地震后又一个性命攸关的时刻，我完全可以理解吴洪的惴惴不安。在蒲姐诞下女婴后，我也赶到了医院。吴洪正在高危新生儿病室门口，穿一件短袖，胡子好久没剃了，眼神中满是疲惫。护士把新生儿抱给他，交代："这孩子发育不完善，还需要用药，还好你们是'再生育'家庭，该用就用，可以报销。"吴洪询问妻子的状况，回答是仍在病危状态。

护士让吴洪抱孩子去拍一个CT，等电梯的时候，吴洪怔怔地盯着襁褓中的孩子，只比他手掌大一点点，眼睛闭着。他忽然冒出一个字："瘦。"

到了 CT 室，护士一点点解开襁褓，孩子的身体逐渐呈现在眼前。这是我第一次看到这么小的婴儿，像一只猫一般，她的整个脚掌似乎只有我一个拇指般粗细，皮肤的颜色有点青紫。孩子身上还贴着心电监护电极片，护士小心翼翼地撕下贴在婴儿极嫩肌肤上的电极片，皮肤下的微小神经被牵扯着，婴儿忽然放声大哭，小小的手足用力地挥舞，这是我第一次体验一个如此弱小的人类生命的力量。这让我想起川川来到这个世界的样子，他们的到来都有某种奇特的命运感——不期而至，兀自生长。

十年与一日

"你不是要拍我出门吗？早晨六点二十五到我门口就行，不用太早，也别晚了，我定的每天的闹钟就是六点二十五的。"吴洪强调，他是极守时的人。在 2017 年我拍摄的半年多时间里，他确实如此。

偶尔会早一分钟，或晚一分钟。吴洪店铺的卷帘门总会在六点半左右打开，他已穿戴整齐，骑上"永久"牌自行车，飞驰出门。每天出门后骑行的路线也完全一样——穿过外北街，奔向壹街区的人工湖。他的骑行速度飞快，不是为了赶时间，而是为了热身，十五分钟的高速骑行足够热身了。

人工湖周围是个小型公园，天热的时候，早晨七点前已有不少人跑步、打拳、跳舞。到了冬天，这时候天还没亮，锻炼的人就很少了。但无论春夏秋冬，人工湖里总有一些人一大早来游泳，吴洪就是其中之一。9 月份的时候，天气温暖，他下水迅速，游得惬意；到了冬天，他

吴洪和初来人世的女儿，这片绿地曾是都江堰人口稠密的住宅区
摄影 / 肖毅

在下水前要用手泼水到身上适应一下，游得也略慢，但绝不偷懒，每次横穿湖面一个来回，至少五百米。都江堰最冷的时候能到零度左右，面对黑黢黢的一大片湖水，他要吼一嗓子才能下水，这像是一个暗号，周围其他冬泳的人也吼一声回应。

七点半，吴洪准时回到店里开门营业，这也是雷打不动的。此时街巷里有不少背着花花绿绿的书包出门上学的孩子，还有送孩子上学的父母，有的步行，有的骑五颜六色的电瓶车。那些色彩来自于车上花花绿绿的雨棚，为大人身后的孩子挡风遮雨，就像叶红梅的电瓶车一样。

蒲姐和女儿薇薇也在这时出门上学，他们的家就在店铺旁边，一个六层楼房的小社区，母女住家里，吴洪住店铺。薇薇七岁了，个头已经到吴洪的腰部，很难想象她就是七年前我在医院的CT室里抱过的那个小猫般的婴儿。薇薇扎着两个马尾辫，穿粉色底子碎花图案的上衣，路过店铺，冲吴洪咧嘴一笑，叫了声"爸爸"。吴洪答应着，正在吃他的早餐，电饭锅煮的挂面，里面放了自家店里卖的火腿肠。隔壁开小诊所的老夫妇养的灰纹虎斑猫闻见火腿肠的香味就凑过来，冲吴洪叫，吴洪会丢一点沾了肉香的挂面给它，偶尔也大方地丢一块火腿肠。这猫也是店里的熟客，吃东西虽不付钱，但也许能招财。

蒲姐母女往学校的方向渐渐走远，吴洪望着她们的背影，若有所思。忽然传来一阵浑厚的男中音歌声："最美不过夕阳红，温馨又从容。"吴洪扭头看向旁边麻将店拐角的路口，一个六十来岁的男子正面对街头深情歌唱，头顶半秃，身体微胖。这附近有家干休所，这老人有可能是退休干部。行人们匆匆从他面前走过，一个穿黄色工作服的打扫卫生的大姐停下来，当了会儿听众，老爷子的美声唱法吸引了她，吴洪也远远站在店铺门口听他唱。有了这两位确定无疑的听众,老人更加投入了,右手往前方一挥,头颅用力摆动,唱起了高音:"夕阳是迟到的爱,夕阳是未了的情……"

吴洪几乎每天早上都这样度过,他和这个巷子里的人似乎都生活在循环的时间里。上学的孩子、唱歌的老人(老人不见得每天唱,如果身体抱恙,发挥不好,宁可不唱,但他经常出现),还有开诊所的老夫妇、卖鲜牛奶的小贩,几乎每天都会在固定时间做同样的事。甚至包括那只灰纹虎斑猫,大致也在每天固定的时间找吴洪要火腿肠,每天下午会在太阳下睡大觉,晚上回到它在诊所阁楼的住处。唯一不同的是,它找别的猫"约会"的时间非常不固定。

这些人还有一个共同的特征:他们都是"5·12"大地震的亲历者,也可以说是幸存者。要知道,离这个巷子不到一百米的一溜围墙就曾在地震发生时砸死不少人,很多人家里都经历了亲人离世。与灾难时隔近十年,你会发现他们中的大部分人都过着极平淡的生活,面容也平静。他们建构了新的生活秩序,有规律,有细节,有烟火气,这在吴洪身上表现得最鲜明——每天在同样的时间做同样的事,重复就是最好的秩序。他极少离开店铺,用他的话说:"出去吃饭见朋友一两个小时,心里是慌的。"在平武巷里,吴洪的店铺每天开门最早,营业时间也最长,一直开到晚上十二点。吴洪每周固定日子出去进货,中午十二点蒲姐准时送来午餐,下午半躺在店里的椅子上小睡,但顾客随时可以叫醒他。生意淡时,他就在铺子里的电脑上下围棋,段位逐渐提升。来店里买东西的人多半是熟客,街坊邻居,还有附近一所学校的学生,有的顾客还没走进店里,吴洪就已经准备好顾客要的某种牌子的啤酒或香烟。

晚上十一点，吴洪开始收拾铺面，把放在卷帘门外的香烟货柜搬进来。然后他钻进货架背后的狭窄角落，那里放着一张仅容他一人躺下的床，罩着蚊帐，他猫着腰铺床。吴洪说，睡在铺子里是为了防小偷。我看看周围那些香烟、方便面、火腿肠和小袋装的洗发水，猜想着什么东西会让小偷铤而走险。家就在一百米不到的楼上，吴洪却不住家里，不和老婆孩子共处，而是和这十来平方米的杂货铺在一起，每晚在巴掌大的硬木板床上入睡。这种生活方式我不太理解，但他乐此不疲，享受独处。确切地说，他不是独处——屋檐下的一窝雨燕，还有天花板上结网多日的蜘蛛，一直陪伴着这个男人。

吴洪对"男人"这个身份有自己的理解："什么是男人，就是努力挣钱，然后看着老婆孩子花，就很开心，这才是男人。"说罢哈哈一乐，正在吃饭的他从饭碗中爽快地夹出一块火腿肠，甩给两米开外的灰纹虎斑猫。

晚上十二点，吴洪准时洗脸洗脚，关门睡觉。第二天早晨，他仍旧六点半出门，踩着"永久"牌自行车飞奔，纵身跃进水中，一直游到湖水变冷。

生活似乎循环往复，其实又滚滚向前。这种平静、恒常的生活可以建立足够的安全感，能修复大灾难后留在心底里又长又厚的阴影。吴洪和他的杂货铺像是平武巷里的定海神针，守护着属于他们的宁静与安稳。

吴洪的铺子里有个鱼缸，里面养了六条小鱼，吴洪会用挂面喂它们（挂面成了他、虎斑猫和六条小鱼共同的食物）。待春天来到，吴洪要去给他的鱼儿放生。他养的小鱼几个月来几乎看不出在长大，但其实它们在一点点成长。春天的产卵季，吴洪要把鱼儿放归大河，它们应有它们的轮回。

十年如一日的吴洪

摄影 / 于卓

二

被遗忘的春天

世界突然安静下来了

2021年1月23日,我请武汉一位出租车司机随机问一些乘客:"今天是什么日子?"

一半以上的乘客听到这个问题都有些惶惑——1月23号是什么日子?

司机启发道:"去年的今天你在干什么?"

乘客想了半天,终于恍然大悟。

这个日子是武汉封城一周年纪念日。

也有少量乘客记得,比如一位护士长记得很清楚。一年前,她在武汉某家医院的"前线"。但她说,她们单位上上下下的医务工作者都不提这个日子,像是形成了某种默契。

封城令是在2020年1月23日凌晨两点发出的:十点钟将正式封城!当日早晨,汉口火车站内人山人海,那些幸运地买到十点前车票的人,正在逃离这座城市。十点刚过,武汉客流量最大的汉口火车站迎来1898年建站以来的第一次封站。大批特警进驻站内外维持秩序,仍有很多人驻足在站外广场，带着失望至极甚至有点绝望的表情——他们没法离开武汉了，武汉成了中国的一块"飞地"。

那时的我，想进入这块"飞地"，记录这一历史现场。这个想法和汶川地震后我想去四川拍摄相似：我希望用影像记录我所经历的时代大事件，并要身处现场。

去武汉的难度可想而知。铁桶般的城市，骇人的病毒，需要足够的准备和保障，还需要天时地利人和。

这个想法直到3月初才真正可行，澎湃新闻找我合作，去武汉拍纪录片，我才有了底气：毕竟我要带团队去那样一个深陷困境的地方，要深入社区和家庭，有时要去到医院的"红区"，有太多的风险和未知，需要有一个机构给我们提供保障。这保障既是物质上的，更是心理上的。

我第一时间联系了摄影师薛明，他和我一起拍摄了《摇摇晃晃的人间》，彼此的信任和默契无需多言。但我请他不要着急做决定，和家人商量一下，考虑好了再说。毕竟他上有老下有小，此番行程不同寻常，我们完全不知道返程日期，以及——能否返程。薛明的妻子于卓也是摄影师，对他说："你去吧，这个时候应该去武汉拍摄！"薛明家住西安，出发前三天，他吃了西安最好吃的几种面食：羊肉泡馍、岐山臊子面、油泼辣子裤带面。他是面食爱好者，跟我笑言："万一去了武汉有个什么闪失，一时半会吃不上这些咋办！"

2020年3月11日，武汉封城已逾一个半月，我们坐火车去往武汉，在武汉下车的人需要提前和列车长打好招呼。见到列车长时，我发现不只我们几个有工作在身的人要到武汉，还有一个抱孩子的妈妈和另外两人,他们是武汉口音,看上去是要回家。

临近晚上八点,车外天色已暗,火车慢慢靠近武汉,一幢幢黑黢黢的建筑从车窗外划过,远处的街头杳无人迹,我感觉心在往下沉。我心里有个大大的疑问:这还是我熟悉的武汉吗?

20世纪90年代末,我在武汉上了四年大学,在这之后也常来武汉,最近的一次是2019年的"五一"假期,大学同学毕业二十年大聚会。那时的武昌街道口,车辆水泄不通,我们在热热闹闹的烧烤店流连,浓郁的香味可以从武昌飘到长江对岸的汉阳和汉口。聚会最后一天,大伙儿在饭馆大快朵颐,差点误了火车。谁能想到数月后,武汉就成了新冠肺炎病毒人传人的发源地!

每次拍片前,我都有不同程度的焦虑,但这次多少有些不同。虽然这时的武汉已经相对安全(新增确诊病例只有十三例),我们要拍摄的社区也早已排查过各类人员,但病毒对人心理上的影响仍然非常强大。我和摄影师薛明说,我们要互相提醒对方放轻松一些,只有这样才能获得比较好的休息和睡眠,身体才不会出问题。但理性不是总能控制得了情绪,这我很快就知道了。

在武汉高铁站下了火车,气温并不低,可一阵风吹来,我打了个寒战。我似乎嗅到了空气中一种特别的味道——缺少人的温度的味道。空荡荡的站台上,下车的乘客和工作人员都少得可怜,在高铁站的建筑里穿梭,像置身于一个巨大的当代艺术博物馆,只是展品并不吸引人,观者也寥寥无几。

更巨大的博物馆在后面——这座城市。

开车去宾馆的路上,我忽然发现武汉的高架路比以前增加了很多,且极为通畅，路面非常宽广。过去几年武汉为了迎接世界军运会，在基础设施建设上狂飙突进。以前来这里，我总会抱怨烟尘四起的工地带来的拥堵和烦躁，而现在到处都静谧且通畅，这让人多少有点不安。交通信号灯仍在工作，我们在红灯前停了下来，四下没有一辆车和一个行人，整个世界突然安静下来。我怀疑信号灯的存在还有什么意义，而它不会和我探讨意义，只是在尽职尽责地读秒：十，九，八，七，六，五，四，三，二，一。

城市主干道上的路灯大多亮得出奇，营造出一种白晃晃的夜晚氛围，像是置身于另一个星球，或是一个极不真实的世界。车开到窄一点的道路上，到处可见巨大的黄色隔离路障，背后是紧闭的商铺。路灯变暗了，偶尔有几只流浪狗窜过，有的是一两个月大的小狗——如果仔细看街头暗角，有时会看到影影绰绰的狗群。车开到光谷广场的大转盘，路过巨大的"星河"雕塑，庞大的钢结构编织成高低起伏的环形"河流"，闪烁出耀眼的灯光，颇具赛博朋克风格，像是《银翼杀手2049》里的景物。

以前来武汉时，我喜欢小街，夜晚的小街上有许多苍蝇馆子，烟火气很重。我对武汉有浓重的气味记忆，早晨的热干面，晚上的烤干子、烤凤爪，散发出武汉这个城市特有的气味，就像重庆街头四处弥漫的火锅味一样。武汉是"吃货"会喜欢的地方，如果你在这里生活过，那些气味会夹杂着情感烙印在你的记忆里。

那时我还不会想到，从今往后，我每天都要在"现实"和"超现实"之间穿梭。白天的城市虽然也没什么生气，但阳光之下的事物看上去都还是"现实"的，加之我们还要深入社区内部接触各种现实人生。

晚上则彻底不一样，我们离开有人气的社区，穿城过江，得一遍遍看那些充满无力感、未来感的"风景"，很不真实。通常我们都是拍摄小团队一起行动，如果只有我一个人，这种感受也许更强烈。

到武汉当天晚上，也许是因为兴奋，也许是所谓"着凉"（对凉飕飕的空气的感受是心理意义上的），我发热了，额头的温度明显升高。

第二天一早，我写了工作日记：

> 昨晚睡后发热，他娘的。盖了两床被子发汗，到凌晨四点左右好转很多。但身体仍略有发热感觉，现在感觉手心有些热。当然，这个发热完全破坏了睡眠——难道刚到这里就感染病毒？这显然不太可能，我想这是普通的感冒发热。昨晚酒店房间里一个睡眠灯没关，睡眠中房间有一点点亮，且感觉越来越亮，总感觉已经到了白天，要出发工作了，但实际上还是沉沉黑夜。
>
> 很担心我如果第一天就发热会很影响工作，牵连队友。万一隔离15天，则会耽误太多。……

几乎一夜没睡踏实，第二天上午我想找一个体温计测温，也没找到。不管那么多，我们必须要出门工作了。开车穿过东湖隧道，然后从二七大桥过江到汉口，一路上我非常忐忑，担心在社区测温后被"拿下"。到了社区门口，额温枪对准了我——36.8度，心里的石头落地。感谢这把"冷静"的额温枪，我可以顺利开始工作了。后来，我们在这里拍摄的纪录片被命名为《被遗忘的春天》。

我们在这个小区开始长达一个月的拍摄
纪录片《被遗忘的春天》截图

被遗忘的春天

自我坦白

这个小区在汉口北部,有九百多户人家,绝大多数居民都窝在家里不出门,有的老年人自封城以来一直没下楼,已经有四十多天。置身于小区中庭,只看到寥寥几人戴着口罩颇为警觉地走过,偶尔看到遛狗的人,狗异常活跃,主人则神色忧郁。一阵笛声传来,有个中年男子在自家阳台吹笛子,还有位阿姨在阳台上做伸展运动,一二三四,二二三四。

小区里的花兀自开了,白色的玉兰花和粉红的桃花,偶尔还能瞥见紫色的玉兰。我去的头一两天开得还不多,没过一周,它们就争抢着在春天绽放,红的一簇,白的一簇,到处都是。鸟也叫得欢愉,在不同的树枝上荡秋千,俯冲到地上找虫子吃——虫子也从土里钻出来感受春天的温暖。

武汉人错过了这样的盎然春色,只有偶尔下楼的人,才能短暂窥见春天的一角。在我拍摄的这个小区,居民们显然无法怡然欣赏春色,这里确诊了二十二个新冠患者,还有九个疑似患者,在当时的武汉属于疫情严重的社区。

小区里平时不太容易看见人影,买菜时是例外。在小区中庭,社区工作人员正在派发平价菜给居民,每家一个代表,排起了长队,人与人的间隔都在一米以上,所有人都戴着口罩,有人戴了两层。五十多岁的蔡大姐就是戴两层口罩的人,她问一个买了一大包菜的大姐:"郭姐,这个菜我可以领吗?""要提前登记了才可以领。"姓郭的大姐解释着,向她靠近了一步,蔡大姐忙不迭后退了两步,不想让人家靠她太近。郭姐说:"你问一下社区的人。"说罢转身离开。

蔡大姐冲着郭姐的背影说:"好啊。谢谢你挺我!"蔡大姐穿一件厚毛衣,短发烫过,不少头发已灰白,高个头,看上去不像五十多岁的人。

乍一看,我还以为蔡大姐在躲闪小区里的疑似新冠患者,其实恰恰相反,蔡大姐的丈夫是确诊新冠患者,现在还在医院治疗。即便丈夫只是轻症,即便蔡大姐本人作为"密接"早已隔离了很久并检测为阴性,她仍然感受到小区内部弥漫的对他们这样的家庭的歧视。蔡大姐自我感觉小区里很多人都躲着她,害怕她,所以她主动避开和人的近距离接触。那个郭姐是对她较为友好的,所以才有了那么一句"谢谢你挺我!"

居民们议论纷纷:我们这个小区,到底谁得了新冠?我们这栋楼里,到底谁得了新冠?大家从社区和街道得知的只有病例总数,以及他们所

排队买菜的蔡大姐,和居民彼此保持一米以上的距离

纪录片《被遗忘的春天》截图

在的楼栋，具体的门牌号和身份信息无法知晓，也不会公布，结果就是谣言与猜测满天飞。从我到达这个小区头一天起，就听到各种"传言"："十七栋一楼的那对夫妻最近行动异常，是不是他们得了新冠？""楼顶那家人一直不在微信群里说话，估计他们也有嫌疑。"有的居民甚至会主动靠近我，请我帮忙从社区那里了解一下他住的这栋到底哪家得了新冠。我当然不会为他们做情报员，我只是好奇他们的好奇心如何得到满足。

听上去有点拗口，我确实好奇他们的好奇。

他们的方式是：排查。

排查的方式很简单：自我坦白。

每个楼栋的每个单元都有微信群，"我"先在群里自曝家里没有人得新冠："我是住×0×的，我家两人都健康哈。"然后，"他"（和"我"约定好了）也自曝"他"家都很正常。一栋楼只有七层，每个单元十四户，只要有两家人自曝，就会有第三家跟进"坦白"，其他家也不好意思遮遮掩掩——我家清清白白也没什么见不得人的。排查工作偶尔会遭遇"阻力"，比如某一户跳出来说："如果愿意报就报，别人不想报的也别勉强，免得说我们侵犯隐私，大家看看社区疫情通报上，虽然提到了我们这栋有疑似病例，但也写着依法不侵犯隐私。抱歉啊，搞人事工作长了，习惯了紧扣法令法规。"这个态度，没毛病，不过仔细看看，这并不意味着排查遇到"阻力"，毕竟他的措辞里用到了一个关键词"我们"。"我们"表明了什么？至少说明"我"和大家是站在一起的，另外，"我"家也没有疑似病例，就把自己撇清了。对于这样有点"和稀泥"的态度，作为"我"和"他"的群众会回应一句："做领导的就是不一样。"

这个小区兴建于 20 世纪 90 年代，基本上都是七层板楼，没有电梯，没有地下停车场，小区设施比较陈旧。在这个不怎么"高大上"的社区里，觉悟高的"领导"是极少数，只愿自保的群众占大多数，群里的"自查"之风依然是主流，每个人都陷入半强制的"坦诚"中。到最后，最不愿"坦白"的那家也只好乖乖就范：

> 如果大家说的是疑似病例，应该是我！不过，我早就被安排到酒店隔离了，已经十多天了，不会对大家造成任何影响，大家不用担心！现在我家就我爸爸一个人，他也没有任何症状。我每天都打电话问我爸爸的情况，我配合社区做核酸检测两次都是阴性，而且我的情况也就是仅仅有一点点咳嗽，没有别的任何症状。我爸爸每天在家也用 84 消毒液消毒，请大家放心，不会对各位邻居造成困扰！

够具体，够坦诚！

排查效果明显，"真相"水落石出，这时"领导"又在群里说话了："我们这个'小家庭'所有的人都能够健健康康、平平安安地度过疫情，加油！亲们。"几乎所有的"亲们"都纷纷点赞，节奏"和谐"，"小家庭"更加团结了。

蔡大姐家不需要排查，小区里大多数人都认识她家，也知道她老公潘师傅得了新冠。因为潘师傅是小区物业的修理工，去过很多人家里上门维修，所以大家对得上号。加之她家斜对面楼上一个极具侦察能力的嬢嬢（武汉人把中老年女性叫"嬢嬢"）和她有过私怨，结过梁子，只要这位嬢嬢知道老潘得了新冠，那就意味着全小区都会知道，住几栋几号大家也会知道。蔡大姐有一次苦笑着跟我说："我家这事完全不是隐私，所有的人都知道。"她感觉自己成了众矢之的。之所以说这是她"感觉"到的，是因为我无法从其他信息源去足够全面地印证这一点。有时，被孤立的人会自我暗示这种孤立感。

很自然的，居民们有了"我们"和"他们"的区别心。"我们"人数绝对庞大，阴性、健康、正常；"他们"是极少数，阳性、生病、不正常。原本关系好的邻居，也可能因染疫被当成"他者"。有个大姐跟我说，疫情前她本来和楼下那家关系极好，是那种煮了一锅饺子一定会跟对方分享的关系，两家的孩子也经常在一起玩，互相分享玩具。但现在楼下那家是疑似病例，她敬而远之，孩子放在他家的玩具车也不敢拿回来。

蔡大姐住一楼，本来和对门关系极好，现在彼此也不走动了，对门大姐隔着装了防护网的窗子对她说："你也不要怪大家，是这病蛮狠，不是针对你。"且不说邻居，蔡大姐的亲弟弟、弟媳也住这个小区，弟弟还偶尔登门问候，弟媳则完全不敢来，过年前他们在蔡大姐家聚餐，潘师傅也在，那时他还没确诊，这让弟媳很是后怕。

小区里那些好奇心爆棚的阿姨，我姑且叫她们"好奇嬢嬢"。"好奇嬢嬢"们对社区干部和物业公司都有极大不满，认为社区干部不能及时安排蔬菜和肉类供应（尤其听说别的社区分到了免费菜），对于十元一包的平价菜，她们会挑剔菜的品质太差——确实，里面的白萝卜看上去毫无水分。对她们来说，物质分配的公平比什么都重要，如一个大姐所言："我并不是为了那个鱼和肉，我家就两个人，吃鱼吃肉都是小事，但这事做得不公平就不对了。"她们指责物业公司做消杀不及时，业委会形同虚设，和物业公司沆瀣一气。当我们出现在这个小区时，她们向我历数了从社区到物业的各种不作为及不公平的作为，甚至质疑社区不公布新冠患者信息的态度："就应该公布出来啊，公布出来我们才能更好地自我防护。"她们期待我们一定要报道出去，改变一下这里的乌烟瘴气。

疫情破坏了原本的社会秩序和人际关系，人们更有可能带着情绪看待公共事务，就算有偏见，也是"正当"的偏见。有一天晚上，我们拍摄一个社区女干部派发捐赠物资，这批物资是冷冻鸡汤，数量很有限，没法给到所有家庭，她到小区上门发给特困户、重病和残疾家庭以及别的需要重点关照的家庭。我们跟着她从下午发到晚上八点多，社区女干部推着她的电动车，拉着几箱物资，在小区路灯下走着，一个四十出头的女人和我们擦肩而过，突然甩下一句："你们摆莫斯？"我没太听明白，问社区女干部这是什么意思，她笑着说，意思是我们在摆拍送物资。这位居民不假思索地认为我们在摆拍，社区干部在作假。对于这个女人的愤怒，社区干部倒也理解："因为她没分到呗，就认为我们是假的。"

而有些人的怒火无从发泄，会迁怒于那些"弱势群体"，蔡大姐就是其中之一。

慰问

有一天,蔡大姐在小区里买牛奶,这牛奶是另一位叫倩倩的居民团购的,倩倩三十几岁,是热心的志愿者,为小区居民团购过蔬菜等生活物资。倩倩有些同情蔡大姐的境遇,团菜、团牛奶都叫上她,蔡大姐也知道倩倩是小区里为数不多愿意"挺她"的居民。

"对你蛮感谢的,我看这个怕我那个怕我,我都不敢出来买菜了。"蔡大姐仍旧戴两层口罩,穿厚厚的紫色毛衣,在小区中庭的回廊接过倩倩递给她的牛奶。

倩倩非常直爽:"这有什么怕的,你自己先把自己打开。那天你来拿鸡蛋,我前进一步,你后退一步,搞得人心里蛮不舒服。"

蔡大姐苦笑着说:"我是怕对别人有影响。"

"没有影响。你就想,我自身又不带病毒,凭什么?"倩倩戴眼镜,留齐耳短发,个头不太高,做事干练,说一口标准的武汉话:"我妈妈有段时间也突然低烧,其实她就是感冒。当时我第一个想法就是,如果我妈妈不幸感染了,作为家属该怎么办?你自己心里还是要打开。"

蔡大姐点点头,若有所思。"群里有人问我我老公走过哪些位置,这么长时间我早就不记得了,过年前他天天在外面跑(给各家搞维修),我哪知道他去了哪些位置?"蔡大姐两手一摊,眼神中充满了无奈。

这时旁边另外一位买牛奶的大姐慢悠悠发话了:"大家现在到了这个年龄,都想保命,别人有这种想法和行为也可以理解。你难道不知道我们小区感染的是什么人群?"

蔡大姐有些诧异地问:"什么人啊?"

"物业的人啊（潘师傅就在物业上班），唱歌跳舞的人，出去吃年饭的，都脱不了干系。"

这位大姐网名叫"吉祥"，她对于业委会和物业公司在过年前大张旗鼓吃年饭的事很不满，毕竟那时媒体已告知公众新冠病毒会人传人。人们聚在一起团年自然要唱起歌跳起舞，这里面有不少物业的人，小区里第一个被发现的确诊病例就是物业公司的保安。

吉祥大姐继续说："我们小区确诊二十二例，吓不吓人啊！其实你和老潘不属于那种我们讨厌的人，但你家老潘在那个圈子里，唱歌跳舞的圈子是我们小区不喜欢的。懂了没？"

蔡大姐瞪大双眼，显得更加诧异，想要辩护，似乎又没什么底气，弱弱地问："跳舞？我们老潘没有跳舞啊！"

吉祥大姐看出来蔡大姐没完全领会她的意思。"我知道我知道，但你们属于物业和业委会的圈子。"吉祥大姐既要阐述清楚她的立场，又要显得有同情心："我知道老潘得这个病也是受害者，但是只要是那个圈子里的人都这样，小区里的人对他们有想法，所以得这个病，别人肯定会有议论。"

蔡大姐愣在那里，努力消化吉祥大姐的话，这可能是她第一次面对面遭遇标签化评判。她和丈夫感情很好，夫妻俩原本在黄陂做小生意，挣了点钱后搬到武汉。后来蔡大姐生了场重病，家里主要靠潘师傅支撑。老潘擅长修理各种东西，喜欢打扫卫生和种菜，也确实不会跳舞。

倩倩在旁边有点看不下去了，上来安抚蔡大姐："小区里这种人可能是少数，戴着有色眼镜去看人的毕竟是少数，特别是现在疫情慢慢稳定了，更加少了，你别往心里去。"

回到家，蔡大姐坐在自家客厅的沙发上，苦笑着跟我说："小区里几乎所有的人都怕我，躲着我，只有那个疯子不怕我。"蔡大姐指了指窗外一个大摇大摆遛弯的老头，说这人精神不太正常，但从不躲她，那些"正常"的人总躲她。这时蔡大姐仍戴着口罩，不过只戴了一层。

其实，在这个小区里，不躲避蔡大姐的除了那个"疯子"，还有我们。

我从第一次见蔡大姐就知道她是新冠患者家属，也知道她早就经历过酒店隔离和几次核酸检测。理性告诉我，她是健康的，我可以接近她，不需要特殊防护，至于她家里的环境，我不确定是否足够"安全"，只知道老潘离开家里已近两个月，想必已充分消毒过。在2020年3月，我们对新冠病毒的了解还不算太多，恐惧是正常的，但我们仍要拍摄。在我看来，去新冠患者家里拍摄是我们的"规定动作"，必须完成，所以，我能做的就是尽量用理性控制恐惧。

我们的拍摄小组由三人组成，除了我，还有摄影师薛明和摄影助理刚子。我们都已结婚，我没有小孩，顾虑少，他俩都有小孩，顾虑要多一些。以什么样的姿态和心态进入新冠患者家里拍摄，我们要有一定的共识。

和蔡大姐第一次见面是在她家楼下，当时我感觉她有强烈的倾诉欲，她的境遇也很值得被记录，当我跟她提出可否另找时间去她家里聊聊时，她有点惊讶于我的"胆量"，爽快答应了。后来我和薛明、刚子商量，我们进入她家最好不要穿防护服，因为防护太严密会给她一种不信任感，我们的防护也会让她在心理上设防，这是一定的。如果她设防了，我们就拍不到什么深入的内容。我们可以戴口罩和医用手套，每次拍完出来都换口罩、做手部消毒。他俩同意了。

事实上，第一次进蔡大姐家，我连医用手套都没戴，只戴了口罩，想尽量减少"隔着一层"的感觉。在潘师傅确诊之后，蔡大姐家可能只有她亲弟弟进来过，社区干部虽然也拜访过，但通常都穿防护服，也不进家门。像我们这样"大摇大摆"进她家的，估计也要被她当"疯子"看待。

蔡大姐感受到了我们对她的信任，这在当时极为稀缺，因而这种信任在她心底被放大了。而且，我们也愿意听她倾诉，她正在经历着某种程度的心理伤害，太想诉说了，也太需要"支援"了。蔡大姐和大女儿生活在一起，小女儿已出嫁。大女儿环环三十出头，经常宅在自己房间里看电视剧，她的朋友圈都在这个小区以外，她不和小区里任何人打交道，更没有面对面的交流，所以无法体会母亲在小区的社交环境里面对的压力，甚至觉得妈妈有点夸大其词。而蔡大姐那时完完全全生活在小区的熟人环境里，每出门一次，都面对真实且直接的社交压力。

我不觉得蔡大姐神经质，因为我确实看到、听到了别人对她家的非议。我愿意坐下来认真倾听她的经历和感受，也自然地流露出同情，并安抚她："有些人的行为并不是针对你，而是针对所有得新冠的人，你没有做错任何事，你是无辜的。"她不知道这种歧视会延续到何时，尤其不知道丈夫治愈回家后会不会遭遇更多歧视、能不能正常回到物业上班。她因此很焦虑，每天都在看小区微信群的消息，对每个人的发言都很敏感，越看越不敢出门面对物理的社交环境。我笃定地告诉她，这种歧视只会持续一小段时间，不会太久。也许我说的话能起一点点作用，她会平静一点。我把这叫作"心理按摩"，对焦虑型人格（也许蔡大姐只是特定阶段如此）需要给予陪伴、倾听、安慰。这既是我工作的一部分，也是我私人情感上想要去做的，因为，蔡大姐也是为数极少的在这个时期给我们极大信任的拍摄对象。

我在这个小区里见到过十个左右新冠患者家庭，都是跟随社区干部送物资时在各家楼下见到的。他们的眼神中都闪烁着一些焦虑，当我提出采访请求时，绝大多数都拒绝了。有一位让我印象深刻的大叔，他和妻子都得了新冠，也都治愈回家了，见到他时，他神情疲惫，但说话很有礼貌。当我提出第二天是否可以去他家里聊聊时，他犹豫了一会儿，答应了。第二天一大早，我收到了他发给我的短信，大意是：他和妻子昨晚一夜没睡好，想到记者要来登门采访，这让他们非常焦虑，尤其是妻子，几乎一夜没睡。他们还是不愿让更多人知道他们是新冠患者。我回复：“抱歉，给你们造成这么大的心理压力！我们不去打扰了。”

还有一次，我去蔡大姐对门家里，想了解邻居的感受，我请蔡大姐告诉她，只有我一个人登门，也不拍摄，只是聊天。开门的是五十多岁的女主人，和蔡大姐很熟识，同意让我进家门。我坐在沙发上和她聊天，她始终保持"礼貌"的社交距离，家里的男主人一直站在三米开外，戴着两层口罩，有点"虎视眈眈"地看着我。聊了十分钟，我起身告辞，还没等我走到门口，男主人就迅速抄起酒精喷壶朝我坐过的地方猛喷酒精。我回头看了一眼女主人，她有点不好意思，找了一句话来缓解尴尬："你莫介意，我家里有老人。"

除了新冠患者家庭，我在这小区里前前后后也认识了二十多人，绝大部分都拒绝我们登门。

我可以理解他们的心情，也完全接受被拒绝，某种意义上被拒绝是

疫情下，母女生活在不同的世界里，环环不太理解蔡大姐的焦虑

摄影 / 郑景刚

非常合理的，我只能尝试下一个人，任何拍摄的完成都是在被拒绝很多次以后。直到后来遇到蔡大姐，她的接受让我们得以完成"规定动作"，我非常感谢她和她的家人！可以说，这次拍摄和以前最大的不一样就是人情世故不同往日，正所谓"大难临头之下，保命最要紧"，这时候人与人之间的信任与不信任给彼此的感受会放大很多倍。善意如此，恶意也是如此。

看到蔡大姐出门不便，心理压力也大，我想帮她和女儿补充点营养。我从小区外一个超市买了一大块猪肉送给她，是新鲜的，不是冻肉。蔡大姐自然很感动，但我没想到这消息竟然第二天就在小区里传开了。蔡大姐并没有到处讲，大家是如何知道的？我想起这几天总能看到有人站在阳台或躲在窗帘后用手机拍我们在小区的行踪，我猜想，我们的一举一动都在小区"侦缉小队"的掌握之中。而且，蔡大姐家在一楼，前后左右都很容易被观察。所以，当我们在观察别人的时候，别人也在观察我们。我也发现，"侦缉小队"并不只有那些"好奇嬢嬢"，而是什么人都有，有一位头发稀疏的男士经常在窗帘后举着手机对着我们。会拍摄的不只有我们这些纪录片工作者，还有广大"人民群众"。

第二天，我遇到一位嬢嬢，她劈头盖脸问我："小区这么多人，你们为什么只慰问她家，不慰问别人？"

"什么？慰问？！"我真没想到送一块猪肉成了一种"慰问"行为，更没想到我能成为"慰问"别人的人，我脑海中闪现出《新闻联播》里的很多画面，那种"高大上"的身份似乎跟我完全不沾边。

仔细想想，不对，我身上一直挂着一张蓝色通行证，是那时在武汉很高规格的通行证，也许是那块蓝色牌子赋予了我"慰问者"的身份。

在这特殊时期、特殊地点,一块蓝色塑料牌染上了权力色彩。

不管怎样,我被动地成为"慰问"蔡大姐的人,而且只"慰问"了她一人,这可糟了,我触犯了"不患寡而患不均"的大忌。为了平复这位孃孃的怒气,我赶紧安抚她:"我给她买点东西,她就不用出门了嘛,也许就不给大家添乱了。"

这个理由竟然糊弄过去了!貌似解决了我们在小区的公关危机。

几个月过去后,蔡大姐的女儿环环告诉我,她妈妈很感谢我们,幸亏那个阶段有我们相信她、帮助她,这对她很重要。蔡大姐也多次跟我说,只要我们再来武汉,就邀请我们来家里吃个饭。我相信这是她真诚的表达,这一家人都非常真诚!但我确实没想到我们的安抚有那么大作用,我们做的事都很简单:陪伴、倾听——以及"慰问"。可能正如我说的,那个时期的情感交流被放大了。就像下文提到的另一家人,他们看似简单的举动让我无论时隔多久都感激不尽!

鸽子汤

在这样一个十五分钟就可以逛完的小区里,有"好奇孃孃",有"众矢之的",有"侦缉小队",也有其他各种人,比如气定神闲的"逍遥派"——任凭外面风吹雨打,自己的小乾坤照旧运行。在楼顶种菜养鸽子的刘厂长老两口就是这种人。

刘厂长早年从湖北大学物理系毕业,在国营企业当过厂长、董事长,已退休多年,将近七十岁,天天在家照顾老伴、鸽子和楼顶菜园子。他家在七楼，再往上走一层就是楼顶，到了楼顶，别有洞天。首先映入眼帘的是错落有致的菜园子——菜箱培育的莴笋叶片肥大，梗子细，翠绿欲滴，塑料温棚里的黄瓜苗刚刚探出头，靠墙有丝瓜架子和种葱的盆盆罐罐。阳台拐角处有个巨大的水缸，里面竟然有几条活鱼，刘厂长在封城前买了十几条鱼放这里养着，到了三月还没吃完。他对于阳台种菜颇为在行，每年惊蛰过后给黄瓜和番茄下种、育苗，春分前后移盆。现在正当季的就是莴笋，长势极好，如果只是他老两口吃，应该吃不完。想象不到这位退休董事长还是种菜能手。刘厂长的"秘笈"在于他的有机肥料——鸽子粪。阳台的另一个方向，靠围墙有三四平方米的鸽笼，里面有几十只鸽子，其中一部分已经"成家"，它们或一家三口或成双成对待在各自巴掌大的标准间里，"单身"的鸽子则待在笼舍的公共小广场，对那些相互依偎的鸽子"家庭"投出羡慕的目光。这些鸽子有信鸽和肉鸽两种，从身材苗条与否可以看出差别。

刘厂长换上一件深绿色工作大褂，戴上一顶深蓝色棒球帽，钻进鸽笼投食，"鸽子们"呼朋引伴围拢过来。疫情前，刘厂长是"放鸽子"能手，他的信鸽在比赛中拿过奖。封城后，鸽子与人的命运相似，被禁飞，封在笼中。在疫情中真正有实用价值的是那些肉鸽，这是我后来深切体会到的。

刘厂长的老伴有糖尿病，封城后一直不敢出门，已经有五十多天没下楼了，刘厂长也很少下楼。二人守着自己的一方天地，完全可以自给自足，不加入团菜帮，也不抱怨社区物资发放不及时或品质差。他们在灾难中保持了自己原本的生活秩序，除了鸽子不能飞、人不能轻易下楼之外，其他都和疫情前相似——刘厂长围绕菜地和鸽子安排他的作息时间,日出而作,日落而息;老伴每天操持一日三餐,做卫生,看电视。刘厂长有点像我拍摄的汶川地震失独家庭里的吴洪,在灾难发生后努力坚守自己的生活秩序,来抵御灾难对生活和心理造成的破坏。

刘厂长和老伴都是性格温和的人,不会猜测自己住的楼里谁得了新冠:"那是人家的隐私。而且,谁愿意得新冠呢?他们真的不容易。"他们富有同情心,愿意换位思考。当我们提出拍摄请求时,他们也愿换位思考我们的处境:"你们大老远来武汉这个危险的地方工作也相当不容易,我们应该支持。"刘厂长的老伴陈孃孃穿着棉坎肩,每次见面都问我们吃饭了没有,在哪里吃饭。她退休前做社区干部,思想正统,有一次她动情地对我说:"你们是逆行者!"说罢拿起牛奶往我们每个人手里塞,不容拒绝。

打了几次交道后,刘厂长和陈孃孃一致地说:"下次来你们一定要吃顿饭。"

若是平常,在拍摄对象家里吃饭并不奇怪,但在封城期间的武汉,这很不寻常。来武汉后,我们已经有段日子没在饭桌上吃饭了,宾馆里提供简单的盒饭,饭馆大多没营业,只有少量营业的可以点外卖。拍摄需要东奔西走,很多时候我们就在马路边叫来外卖,在车后厢摊开几样菜,站着吃。有时去社区居委会蹭饭,他们的盒饭比宾馆里的好吃一点,而且能讨到牛奶。对那时的我们而言,能在饭桌上用碗筷餐盘踏踏实实吃顿饭是件奢侈的事,来自拍摄对象的邀请更是基本没有。蔡大姐虽然多次留我们一起在家吃饭,我们心存感谢,但还是有点忐忑,不便应允。而刘厂长和陈孃孃,不仅给了我们进家门拍摄的信任,也允许我们"更上一层楼",去菜园鸽笼拍摄,之后还不止一次地邀请吃饭:"我家种的菜吃不完!"不得不承认,刘厂长种的莴笋对我很有吸引力,我已经很久没看到这么鲜嫩油绿的菜了。"好啊,刘叔,明天我们来吃饭,你们炒一盘莴笋叶子就好。"

第二天的饭桌上,炒莴笋叶自然不在话下,陈孃孃也把莴笋梗子切了细细的丝,拌成凉菜(重庆有道著名的凉菜叫"活捉莴笋",把叶子和梗一起生切凉拌,调料不太一样,但都很美味)。等我们洗好手坐到饭桌上,陈孃孃从厨房里给我们每人端来一碗汤,每碗汤里都有一只肉鸽!

"我喜欢做清炖的,调料很少,不知道合不合你们胃口?"陈孃孃仍然穿着她那件棉坎肩,关切地问。

我眼泪都快掉下来了!可能那天饭桌上还有鱼——他们也许还杀了条鱼,我记不真切,因为那碗鸽子汤实在让我印象太深。第一口就品尝到久违的浓郁的肉香味,这种香味不是饭馆里味精的味道,而是家里才吃得到的那种味道。肉也很耙,陈孃孃一定炖了很长时间。吃了那么多天盒饭之后,这碗汤给人的感受美好得有点"过分"。我平时不爱油腻,很少喝肉汤,但这碗汤我喝得一干二净。薛明一直不爱吃家禽,对这碗鸽子汤有点为难,我说:"那我和刚子把你这碗分了!"我们今晚一定要喝完这三碗鸽子汤,一滴都不能剩。陈孃孃坐在旁边,笑眯眯地看我们饱餐一顿,不时问着:"会不会太淡了?"

多年以后,不管我行走到哪里,我会一直记着那碗鸽子汤的味道。

临走时,刘厂长送给我们一只玻璃瓶装的鸽子蛋,叮嘱我:"你们那里上次有个女记者来我家采访过,你带几个鸽子蛋给她,让她也补充点营养。剩下的你们几个分了。"

陈孃孃做的鸽子汤让我觉得美好得有点"过分"
摄影 / 范俭

刘厂长一家的善意和慷慨其实不止这些。拍完他家时，他还送给我们另外一件礼物，我会在后文提及。在武汉的一个月里，我们充分感受着人间冷暖，也了解到更多人的欢喜与忧愁。

就在刘厂长住的同一栋楼里，还有很难被"看到"的受难者，正被其他更严重的疾病困扰，他们的境遇和命运被遮蔽了。当新冠叙事占据人们的注意力时，我们也要为其他隐形的受难者投入一瞥。

死亡，肾，不归路

从刘厂长家下楼梯到二楼，左边的二〇二就是杜进、黄冲家。

杜进1976年出生，比我大一岁，瘦瘦小小，肤色黑，戴着眼镜，头发总是扎成发髻，看上去有些羸弱。她丈夫黄冲比我小一岁，是高个，皮肤比较白，脸的轮廓感很好，是个帅哥。见他们前，社区干部告诉我小区里有一对重症夫妇，我本以为是老年人，进家门的时候，才发现开门的杜进和我年龄相仿，这让我一下子有了代入感——人生刚过一半就突然被拉近了和死亡的距离。我想起两个大学女同学，因为癌症，早早离开了这个世界。

杜进说，黄冲没干过体力活，生病前就是帮人开开车，所以皮肤这么白。杜进的微信头像很长一段时间都是一只瘦小而略黑的手握着一只大而白皙的手——是她的手握着他的手。杜进笑着跟我说，她力气大，因为以前在工厂里做过工人，用车床车零件。她的体力在照顾病人的过程中派上了用场。黄冲得肾癌已经有三年，照顾黄冲的重担都在杜进身上。随着癌细胞的转移，黄冲身体的疼痛逐渐从加法发展到乘法，每隔两三个小时就要服用吗啡片镇痛。四十二岁的黄冲在妻子面前像个孩子，希望妻子一直在视线里，疼痛时他会抓着她的手不放。一旦在房间里见不到妻子的身影，黄冲会很焦虑，一直喊杜进的名字。问题是，杜进没法一直陪在丈夫左右，她也是病人。

杜进每隔两三天就要去一次武汉市第六医院。一个专门的楼层里摆放着几十张病床，上面躺着她的病友，每人床边都有一台正在转动的巨大机器，一圈圈红色管子缠绕在机器外面，里面汩汩流动着人的鲜活血液——他们在透析。杜进是尿毒症患者，两周五次透析，绝不能中断。一次透析要花去至少半天时间，每次透析前她都要百般安抚丈夫后才能出门，毕竟他常被疼痛折磨，一个人待着会很无助。

我们见到夫妻俩是在三月中旬，正是杜进最焦虑的一段时间。疫情打乱了他们的计划，春节前癌症病人就住不进医院了，很多已经住院的癌症患者被要求回家治疗，腾出病房给新冠患者。整个武汉的医疗体系都在忙于应对新冠肺炎，其他重症患者都被暂时搁置一旁。"现在是要不惜一切代价把新冠压住，如果疫情不早点结束，我们就是那些代价中的代价！"杜进这么描述她和丈夫的处境。

眼见丈夫背部的肿块越来越大，却仍然无法住进医院。吗啡片的镇痛效果时间越来越短，杜进找医生开了更为强力的止痛药，能让黄冲晚上好好睡一觉。从外人的角度看，黄冲已非常虚弱，即使能住进医院，情况也未必乐观。杜进则抱着极大的期待，做出最大的努力来救治丈夫。这是一种巨大的爱意，甚至是某种母性——杜进看黄冲的眼神像注视一个孩子，非常温柔。黄冲因疼痛呻吟时，杜进眼神焦灼，含着泪水，可以让人明显感觉到她内心的疼痛。有一次我们拍摄时，黄冲身体痛得有些抽搐，眉头紧锁，杜进绷不住了，但又不想让丈夫看到她的表情，她转身走到窗边，背对着黄冲，努力控制肩膀的抖动，手里攥着纸巾轻轻拭泪。黄冲扭过头来看着杜进的背影，看上去很想去安抚杜进，但又无能为力。顺着杜进的视线，我们看到窗外粉色的桃花正在盛开，春天已自顾自来了。

黄冲是杜进的第二任丈夫。杜进的第一段婚姻不太幸福，和前夫有一个儿子，儿子和亲生父亲关系一般，倒和黄冲相处得很好。没生病前，黄冲曾给杜进带来很多欢乐，他会为两个人的生活做周到的安排，出门吃饭、旅游，都会安排得妥妥当当，杜进完全不用操心。"我们家水电费都不用我管，支付宝我都不会用，密码也记不住。所以他就想了一个办法，所有的密码都是一个，不然我记不住。"

说起这些往事，杜进有掩饰不住的幸福感，她很珍视这段婚姻。如今的情形完全相反，家里的顶梁柱垮了，所有的事杜进都得一人担当，她的母亲和儿子住在武昌，和他们一江之隔，封城的日子里只能电话联络。杜进本来并不是一个强大的女人，但生活让她不得不变强大。每次做完透析，她都迅速赶回家，一般人赶不上她的步伐。她知道黄冲一个人躺在床上的痛苦，也许她在做透析时就已经感受到了。进家门后，她赶紧给手部消毒，来不及撕下透析时胳膊上贴的胶带，就奔向黄冲的床边，嘘寒问暖。

我曾给杜进一个貌似冷静的提醒：现在可能是黄冲人生最后一段时光了，你们想一下如何度过这最后一程（现在回想起来，这个提醒完全没必要）。杜进没有回复我，后来我才知道，当时的她相信奇迹，期待奇迹。那时,她的微信朋友圈有一段话:"就这样想一直牵着你的手,永远不松开,也请你不要放弃,我们最后再一起努把力,期待老天的眷顾,奇迹的出现。"搭配这段文字的,就是"她的手握着他的手"的图片。

在街道办、社区以及我这个拍摄方的努力下,大概一周后,黄冲终于住进了医院。得到这个消息的下午,杜进轻手轻脚走到睡着的黄冲身边,"咕咕,咕咕",轻轻学着布谷鸟的叫声把黄冲唤醒,温柔地告诉他:"可以住院了。"

住院前,黄冲需要做一次CT。他面临的最大挑战是克服从家里床上到医院途中的疼痛,以及躺在CT扫描仪下,背部受挤压产生的剧痛。杜进从医生那里开了强力吗啡片,算好时间,出门前让黄冲吃了一片。虽然医院的救护车可以开到她家楼下,但到了医院仍需用轮椅推着黄冲四处行动,她提前买了一把轮椅。因为杜进没有工作,生活上还需要母亲的帮衬,为了省钱,她买了个很小的轮椅。杜进搀扶着黄冲费劲地坐进轮椅中,黄冲忽然痛苦地叫了一声,面部缩成一团。杜进关切地问:"屁股碰到了是吗?"黄冲仍旧表情痛苦,但坚持说:"没事。没什么。"他身体骨架大,坐在轮椅上像是坐在婴儿车里。某种程度上,如今的他确实如婴儿般需要杜进照顾。

小区没有电梯,120急救中心的工作人员穿一身"大白",搀扶黄冲缓慢走下楼梯,杜进抱着轮椅跟在后面。在救护车的车厢里,杜进一路都握着黄冲的手,对他说:"坚持一下就到了。"一个"大白"问杜进:"他五十岁了?"杜进指了指黄冲,问"大白":"你说他吗?他还没到五十,四十二岁。"已经有一些灰白头发的黄冲对"大白"解释道:"我是癌症晚期。"他声音沙哑，不容易听清楚。"他是因为疫情，癌症一直拖着不能治疗，癌细胞就转移了。"杜进进一步解释着。"大白"陷入了沉默。

三月下旬，我认识了一个叫老陈的志愿者，他和伙伴们专门帮助武汉以外的湖北省癌症患者进入封锁的武汉治疗。他们先在网上了解患者信息，然后对接可以收治癌症患者的医院，只要有一个床位放出，他们就马上通知患者和家属开车到武汉高速入口，老陈和伙伴们则开车去高速路口接他们进来。前提是患者要和所在社区报备，还要有CT及核酸结果证明未染新冠，老陈则需准备通行证。这个流程说起来简单，操作起来可不容易，只要一个环节没对接好，就会失败，意味着某个患者的癌细胞会继续飞快转移。

在黄冲这样的患者身上，癌细胞转移就是切肤之痛的不断扩大和加剧。救护车把黄冲和杜进送到位于汉口香港路的六医院门口，我看到街上有一家拖着行李的病人，刚从武汉以外的地方赶来，从穿着看，可能来自乡镇或农村。这是一家三口，父母年纪有五六十岁，一脸赶路的疲倦；儿子脸色又黑又黄，戴着眼镜，身体很瘦，但肚皮高高鼓起，手里拎着一个装体液的袋子。这个年轻人一看就是病人，似乎不到三十岁。一个医生走过来跟他们寒暄，父母把儿子的CT影像递给医生看。医院门口的另一个方向，两个"大白"把一副担架抬上一辆白色汽车，担架上的人裹着黄色尸袋，车旁边站着一男一女，三十岁左右，神色黯然地看着担架被抬上车。他俩牵着手，像是夫妻。

杜进用小轮椅推黄冲到CT室，他们需要排队，排在前面的也多数是重症患者，有的坐在轮椅上，有的躺在床上，杜进和黄冲只能在走廊耐心等待。杜进一直在计算止疼药的效力时间,她不希望黄冲在做 CT 时陷入巨大的疼痛,那意味着黄冲根本无法躺在扫描仪下面,做不成 CT 则住不了院,大家的努力就白费了。

黄冲坐在小小的轮椅上,穿一件横条纹上衣,杜进站在他身边,手里拿着一个巨大的氧气袋,以备黄冲需要时吸氧。杜进穿一件蓝红相间的格子衬衣和一条洗得发白的牛仔裤,肩上斜挎一个碎花图案小包,里面装着止疼药、水和手机等物件。她俯下身来对黄冲说:"现在叫的是九十四号,我们是一〇一号,还要等七个。"黄冲没应声,杜进担心他没听明白,用手比画了一下数字"七"。黄冲摘下口罩,杜进从包里拿出一瓶饮料,拧开盖子递给黄冲,那是黄冲最爱喝的饮料。

黄冲坐在轮椅上实在有些别扭,不停地调整姿势,杜进在旁边帮忙,也把他的头发抚弄整齐,温柔地说:"是不是对我的服务不满意?你对我要求太高了,我慢慢改进。"

终于轮到黄冲问题做 CT 了。杜进推黄冲进去,搀扶他缓慢躺到扫描仪下,给他接上吸氧袋。做 CT 时家属不能在里面,杜进出门时不断叮嘱黄冲:"坚持一下,坚持一分钟就行。"看得出来,她真的非常担忧。几分钟后,门打开,焦急的杜进冲了进去,一边扶黄冲起来一边赞赏他:"真是好,你太勇敢了!"

黄冲重新坐回轮椅,表情很痛苦,显然他也一直忍着疼痛。杜进把轮椅推到走廊上,对黄冲说:"我去把氧气袋还了好不好?你在这等我啊。我重新拿个口罩给你。等着我啊,我等一下就来。"

杜进一步三回头地走了。黄冲等待的时候,我和他攀谈起来。

黄冲举起他握成拳头的双手,声音沙哑地说:"我要坚持,坚持就不会死！其实很难受很难受，但没办法呀，我要活着啊。"他眉头紧锁，眼神中流露出一种不容置疑的坚持。

我说："你老婆真的特别好。"

黄冲有点悲伤，举起左手强调说："我很留恋她，留恋的东西太多了。"他眼里噙满眼泪，说话也不连贯了，"我，我很……"他停顿了几秒，空气变得凝滞，"我很怕死。我不想死"。

说完这两句话，黄冲像是耗费了很大的力气，他低下头，擦拭眼泪。轮椅上这个正值壮年的生命如此脆弱、易逝。医院门外，人们来来往往，一株红花檵木正在三月的暖阳下开放，温和的春风掠过枝头细小的红花，有些花瓣随风飘落。

2020年9月的平常一天，我收到杜进发来的消息：

> 范导你好，黄冲已于昨天晚上18:26在六医院去世，生前他因病痛受了巨大的痛苦，希望在天堂再也没有病痛的折磨，再次代表黄冲向你给我们的无私帮助表示感谢，感恩！

尽管我心里很清楚这一天迟早会到来，但还是心头一惊。这么快！死神总是比想象中来得迅速。

过去几年，我拍摄过的人物有五位都在拍摄后去世，包括余秀华的母亲以及纪录片《两个星球》中冉冉的爷爷和奶奶，还有2016年拍摄尘肺病患者期间，一位患者在第一次拍摄后没多久就离世了。如果再往前回顾，还有两三位拍摄对象去世。再算上我父亲在2017年年底的过世，和一位大学同学在2019年的离开，我在四十岁后面对了更多生命的离去。这是岁月的必然吧。我今年四十七岁，如果把生命看成一条直线，虽然从年纪上看，我貌似刚越过中线，但感受到的死亡的气息越来越浓了。

从另外的角度说，生命的沉重天然就吸引我的注意，我会主动去拍摄这样的主题，投射很多情绪和思考在其中。臧妮跟我说，纵观你的作品，生命的底色大多比较沉重，她剪辑影片时在那些人物和场景里投入了太多情绪，哪怕只是看素材，时间久了也会喘不过气来。这种沉重对我构成压力吗？当然也构成。但在这种压力还不是太迫近的情况下，我可以控制情感，只有这样才能拍下去。

我又忽然想到，我的纪录片工作的起点，是拍一个注定要死亡的人。1999年，我刚大学毕业，在山东电视台拍一名死刑犯从生到死的过程。这个死刑犯因抢劫被判死刑，之后决定捐献自己的遗体器官来赎罪。我们在他行刑前一晚和他聊了很久，在那之前还拍了他的家人。第二天，我们拍了他去往刑场的过程，然后去医院拍摄他的肾脏被移植到一名患者身上的整个过程。在我的早期职业生涯里，那是最重要的一次拍摄经历。那时我才二十二岁，如此近距离地审视一个生命的消逝和另一个生命的延续，如此深入地思索善与恶之间的人性斑驳。当时我在拍摄中还不太会控制情绪，几乎整夜失眠，大脑异常兴奋，直到现在还清晰记得那个死刑犯轻声说话的语气，还有他非常羞涩的表情，以及他的母亲目送我们离开时，我已热泪盈眶、想扔掉摄影机的心情。后来片子得了一个纪录片奖，我才知道我拍的是纪录片，大概从那时起，我就准备走上拍纪录片这条不归路了。

杜进给黄冲买了个小号轮椅,他终于可以住进医院了

摄影 / 范俭

我还活着

蔡大姐正为小区里一些人对她家的歧视而焦虑,她的女儿环环却完全感受不到。

"我天天都在看电视剧,以前只看美剧、日剧、韩剧,不看国产剧,最近把《庆余年》《琅琊榜》等国产剧全都看了一遍,甚至也看好多年前的港剧。"环环开始给我列举一些我完全没听说过的港剧的名字。

环环三十出头,留着齐耳短发,身材高大,喜欢穿帽衫。疫情前她在一家咖啡店做咖啡师,社交圈子、作息时间都和妈妈完全不一样。封城期间,她一般会在中午十二点起床吃午饭,下午在自己房间用平板电脑看电视剧,补充点睡眠,晚饭后在床上继续看电视剧,深夜洗个澡接着看,持续到清晨五六点,睡觉。

总之,环环大部分时间都在看电视剧,通常不太容易停下来。"这两个月看了几十部了。我比较爱看有犯罪情节的美剧,节奏紧张,不能拖着看。有些国产剧,感情线非常多,写得很无聊,没意思,所以就拖着看,一般两天看一部。"

环环的卧室里有一张高低床,她睡上铺,下铺曾经属于她的妹妹,妹妹已经结婚。环环坐在一把扶手椅上,旁边有张小书桌和一个书架,借台灯的光可以看到上面有挺多书。外面的雨声淅淅沥沥,这种小雨通常会持续到后半夜。

我注意到书桌上有个毛笔架,上面挂着毛笔,旁边的墨汁瓶看上去还比较新。

"这是我疫情前买的文房四宝。本来疫情期间是很好的学习时间,没人打扰，可就是提不起劲来。不知道是不是人变悲观了。"环环抬眼看了看书架上的书，上面有《天堂鸟》《解忧杂货店》《万水千山走遍》等。

"疫情前我每年出去旅游两次，一月份我还跟同事讨论今年去哪里，憧憬好多地方，现在呢，这个想法就没有了。"环环停顿了一会儿，语气中有点无奈，"白天会想特别多的事情，想什么时候复工，以前没那么积极去上班，现在我很愿意上班，站七八个小时都没关系。但现在不知道什么时候能复工，所以就处于没有欲望的状态。"

"你的同事、朋友们都在干吗呢？"我问。

"我表妹在网上卖珠宝，做直播。像我们这种上班族，就很无聊，基本都在家看剧呢。前天我舅舅把我表弟骂了一顿，跟我妈妈抱怨我表弟两三点还不睡，我还开导舅舅，现在年轻人都是这个样子。"

"解封后你想做的第一件事是什么？"

"约上同事到江滩走走，面对面聊聊天，坐在江边，看看江上的船，心胸会开阔一些吧。"环环想象了一会儿，补充一句，"如果能在江边吃点烤串就更好了。"

四月初，环环复工了，她很快实现了自己的愿望，下班后约一个同事，从武汉广场出发，穿过江汉路步行街，一直走到汉口江滩公园。江滩是武汉引以为傲的江景公园，自北向南绵延数公里，有长长的步行道和大片绿地。汉口江滩对岸是武昌的江滩公园，两岸的楼群都做了彩色灯带，形成色彩斑斓的沿江夜景。晚上七点左右，环环竟然叫到了烧烤外卖送到江边，完成了自己的心愿。这时，对岸高楼的灯带上出现"武汉加油""英雄城市"等巨大的标语，不远处的长江二桥上也闪烁出相似的标语。江滩上已有不少市民,有人径直走到水边,冲江水深处吼叫了几声,远处有人也以吼声回应。两个男子往江里投鹅卵石,石子在水面上轻盈地跳跃。一个穿红衣服、扎小辫子的小女孩在沙滩上用一个小铲子铲沙子,似乎要建一座小城堡。远处水边有一对情侣,二人都戴口罩,握住彼此的手,面对面长久注视着,不确定有没有在交谈。他们身后的江水倒映着楼群上的灯火,有时是蓝色,有时是红色。

环环的同事是个年轻女孩,长发,穿白色毛衣。她俩并肩坐在江边,吃着烤串。江上的风吹来,有春风特有的温柔,对她们而言,这真是无比惬意的时刻。

环环和同事聊到妈妈在小区遭遇的歧视,安慰自己:"我相信大家还是善意的,这段时间也许大家有些许的恶意,过了这段时间肯定不会一直是恶意。"

同事说:"也不好说,现在只是邻居之间的问题,如果我们出了武汉,那外面的人会觉得你武汉人怎么又跑出来了。"

"过了六月应该就不会对武汉人有任何恶意了吧?"环环一直渴望出门旅行。

"也不一定。"

"到了六月,"环环憧憬着即将到来的夏天,"我们应该不必总戴着口罩了。"她已经把口罩摘下,想大口呼吸江边的新鲜空气。

复工几天后,我和环环又聊了一次。她的心境已和前段时间大不相同。

"上班的路上,看着那么多人,就感觉我是一个鲜活的生命,我的生命在行进中。"环环坐在卧室窗边,窗外有一小片菜地,一个五十多岁的瘦高个男子正弯腰在菜地里培育黄瓜苗,蔡大姐在旁边笑眯眯地端详着。这是环环的爸爸潘师傅,他感染过新冠,已康复回家。潘师傅育苗用的黄瓜种子是我们送给他的回家礼物,而这个特殊的礼物又来自于斜对面楼楼顶养鸽子的刘厂长——我们拍摄结束后,刘厂长送了我们一些黄瓜和番茄种子。刘厂长最近也开始重新放飞信鸽了,那些小鸽子第一次冲出笼,在蓝天翱翔。

"我在这个咖啡店已经工作七年了,不是因为有多热爱,就是因为比较懒,不愿意改变。经历了疫情后,我突然醒悟过来,这样过日子还是不行,还是应该往前走一走,就这么一直上班也不是长久之计,不然就活得像行尸走肉。"

说这番话的时候,环环的眼睛里闪烁着光芒,整个人很有活力,和半个月前闷在家里从早到晚看电视剧的她判若两人。她和家庭在疫情中也算遭遇了不大不小的患难,母亲则经历了三个多月的焦虑期。父亲平安归来后,弥漫在周遭的乌云也慢慢散去,至少他们三人仍然紧密、温暖地生活在一个屋檐下。前两天,环环的妹妹、妹夫和蔡大姐的弟弟、弟媳也来庆祝潘师傅平安归来,给他过了生日。那天,所有人都很高兴,一直戴口罩的潘师傅用扇子扇灭了蛋糕上的蜡烛,蔡大姐含着泪花说:"你真是大难不死啊!"

经历这一次离别和生死的淬炼,生活停滞几个月后重新运转,环环对生命有了新的认识。"那天我跟同事坐在江边看灯光的时候,虽然都很日常,和疫情之前都一样啊,可是那天的感受不一样,就觉得我们还活着!"

环环眼睛里有了泪光。

"武汉是不一样的武汉了。这个城市经过了很大的打击，我们比较幸运，真的，我们真的是比较幸运的人，还活着。"她拿起纸巾擦拭眼泪。

2020年接近年末，我从重庆再次去武汉。那时重庆街头并没有多少戴口罩的人，到了武汉，我发现街上几乎每个人都戴着口罩，出租车司机也会主动提示乘客戴口罩。武汉人曾经是离新冠疫情最近的人，这种"自觉"背后有复杂的心理。我去一所高校放映《被遗忘的春天》，有一个女老师特意避而不看，后来我了解到，她回避所有拍摄疫情期间武汉的纪录片。她没法看当时的影像，情绪会失控，因为她的一个亲人感染新冠，去世了。

我见到武汉的诗人小引，他约了几个朋友和我一起在精酿酒馆见面。喝了一轮后，我和他聊起武汉人当下的心理状况。他跟我说，他去外省出差，和当地人聊武汉人"大难不死"的心情，对方不太能理解："我们这里也经历疫情了呀！武汉人是不是太矫情？"这种无法共情让他宁可转换话题。如今武汉人聚在一起吃饭喝酒，一般没人主动谈疫情期间的经历，除非是像我这样的"外人"主动问，而且是真的关心对方真实的经历和感受，才有人谈一下，但也会比较节制。我可以理解那种节制，谁能知道自己不留神的一句话就能让饭桌上另一个人情绪崩溃呢？或者隔壁听者有心，想多了呢？和小引见完面后，我逐渐理解武汉人的疫情"创伤"，毕竟武汉是全球第一个遭受新冠重创的城市，也是中国第一个封城的城市，还是2020年新冠在中国造成死亡人数最多的城市。

环环复工后开始逐渐理解妈妈在社区面对的压力，因为她在职场也遭遇了"新冠家属"身份带来的压力。一个有孩子的女同事一直"要求"她出示各种材料证明自己是健康的,甚至一直避开和环环一起上班,本来是关系不错的同事,如此"过敏"的反应让环环有些始料未及。一旦进入面对面的社交环境,人与人的不信任和排斥是那么真实,环环理解了母亲曾经的焦虑。

这番变故给了环环奇特的行动力。复工一个多月后,环环决定对自己的人生做一些改变,她果断辞职,带父母出去旅行了。

复工上班的环环

纪录片《被遗忘的春天》截图

黑夜在何处终结

推轮椅的人

　　三月中旬的武汉，封城已近两个月，城市的夜晚和白天给人的感受有极大不同。白天，阳光照耀着一切事物，让人有一种踏踏实实的现实感。而晚上，尤其是深夜，灯火通明的街头杳无人迹，整座城市彻底安静下来，洒水车或消毒车偶尔经过，高压水柱冲刷着地面，打破了这宁静。这个时刻我会思考，城市究竟是什么？我现在所处的地方还是一座城市吗？抑或是另外的星球？

　　白天的工作结束后，我想在夜晚的城市漫游，也许可以拍到点什么，也许什么也拍不到——和白天有计划地工作不同，晚上我期待偶然和不可知。夜色下的武汉像一个垂危的生命体，也像干枯的城市标本，陈列在特殊的时空里。人是其中的血液，一旦不再流动，偶尔流出的就会很扎眼、很浓烈。

这种感受，是我某天晚上盲打误撞遇见一对父子后发现的。晚上十点多，我们从汉口开车回武昌驻地，开出去还没十分钟，我就看到路边有个人正推着一把轮椅过马路。轮椅上坐着一名老年男性，推轮椅的是一个三十多岁的男子，路面坑坑洼洼，男子推得吃力。街上只有他们两人，在这样的时空里显得很突兀。

这是哪里冒出来的人？我已习惯夜色里空无一人的街道，突然出现这两个人，让我很意外。社区都已封闭，夜晚管控更加严格，他们是怎么突破"封锁"的？他们要去哪里？这么晚要去做什么？

我让薛明停车，准备好摄影机，我先去跟他们打招呼。我下了车，看到两人正准备拐进一条黑漆漆的小路。我隔着马路叫住他们，告知我们是拍纪录片的，想知道他们从哪里来，到哪里去。

"我们是百步亭的。"男子回答我。他穿一件薄棉服，戴着眼镜，看了一眼轮椅上的老人。老人七十岁上下，戴一顶鸭舌帽，帽子下露出白发，手边放着一个绿色口袋。男子继续说："我们要去医院插一个导尿管，不导尿就胀得不行啊。"

武汉的百步亭社区早已全国闻名，因为疫情初期，百步亭举办"万家宴"的新闻和疫情形势反差极大，震惊全国。百步亭社区范围很大，辖区有十几万居民，和由政府管理的传统社区不同，它是全国首个不设街道办事处的社区。几年前的新闻这样描述：

> 20世纪90年代，百步亭提出建设"可持续发展的现代文明社区"，在全国首开先河，将房地产的开发建设、政府对社区的职能管理和社区的物业服务三者结合起来，打造建设、管理、服务"三

位一体"的管理模式。这种"企业服务社区"发展模式,为我国城市社区建设探索了一条全新的社区治理之路。[1]

"不都是社区派车送你们就医吗?"就我所知,像杜进那样的尿毒症患者,每次去医院都是由社区派的专门的出租车来送。

"我们社区太大了,几十万人呢,白天有车,晚上没有。"眼镜男子看了看手表,"我都推了五十分钟了。"

穿过这条坑坑洼洼的巷子就是一家医院,眼镜男子推着老人,轮椅在满是碎石子的路上轧出吱吱呀呀的声音,坑太多的地方只能倒转轮椅拉着走,三百多米的路走了好几分钟。到了医院门口,大门紧闭,里面的大楼也隐没在黑暗中,只有两三扇窗户亮着微弱的灯光。

"他们不开门吗?"眼镜男子自言自语,走到门口的门卫值班室张望了一下,里面没开灯,"怎么没人呢?"

眼镜男子拿出手机打电话:"喂,麻烦开下门,看个急诊。"

电话那头的男人不带任何感情色彩地说:"我跟你讲,这里晚上不看病,你到别的地方去看吧。"

眼镜男子加重了语气:"我之前打电话问过的,你们有急诊啊,接电话的人叫我来的。"

"哪个叫你来的?"这时门卫室灯亮了,一个门卫拿手机隔着窗户和眼镜男子对话。他没穿防护服,没戴口罩,只戴了一个大号蓝色头套,看上去像外星人的帽子,这种防护级别让他不敢打开窗户说话,于

---

[1] 引自 2018 年 12 月 25 日《长江日报》新闻《百步亭模式:创办全国第一个不设街道办事处的新型社区》。

是两人面对面隔着窗户用手机通话。

"急诊科叫我来的,他说可以看外科。"

门卫抬头看了一眼窗外轮椅中的老人:"好,我问问。"

眼镜男子念叨着:"让我来我才来的,推了这么远。"他叹了口气。

门卫一边拨电话一边解释:"因为我们好多医生都病了,知道吧,不能看病了。"

他拨了一通电话,没有人确认接到过眼镜男子的电话,便戴上口罩,打开窗户,耐心跟眼镜男子解释:"我没法放你进来,病人需要做CT检查,我们内科做CT的现在已经停了,没有医生,他们也病了,住院了,知道吧。你只有白天再来看。"

"我们不需要做CT检查啊,只是上个导尿管。"眼镜男子诧异地说。

门卫连连摆手,不容置疑地回答:"必须要做这个检查,病人到底有没有新冠病毒,我们不知道,必须检查。"

眼镜男子坚持着:"我们在社区里都隔离两个多月了。"

门卫有理有据:"我们要用我们的仪器说明你们的肺部没有问题才行。"

"隔离了两个月还不行吗?"

两人的语气此时都急躁起来,展现出武汉人特有的性格。

"我把你们搞进来了,我们这里所有的人都可能感染。"

"我们只是正常在家隔离的普通人,不是疑似病人。"

门卫让了半步:"我再给你打个电话,要是不行,你们就去一六一医院好吧。"

眼镜男子绝不让步:"你不能把我们往那边推啊。"

"不是推不推的问题，我们要有这个能力啊，我要对住在我们这里的病友负责啊，那不是开玩笑的。"门卫很有原则也很有底气地坚持着。

老人按捺不住，发话了："就是上个管子。"他说的是武汉话，但和普通武汉人的急迫语调不同，声音低沉缓慢，像从舞台深处传来。老人端坐在轮椅上，路灯的冷白光打在他后背上，呈现出一种雕塑感。

眼镜男子的语气软了下来，重复着老人的话："我们就是上个管子，你们帮忙量一下体温、测一下氧合度就可以，别的地方也是这样搞。"眼镜男子显然已经很熟悉导尿流程，看上去像是老人的儿子。

"我刚才给外科医生打了电话了，我们这里没有管子了，你就算进去也没法导尿。"

"你们的人叫我来的，应该可以啊。"眼镜男子哀求着。

"谁叫你来的，你就给谁打电话吧。"门卫关上窗户。

父子俩被阻隔在黑漆漆的医院大门外，门卫室的瓷砖外墙被路灯照得有点惨白，让人产生一种超现实感——眼前这一幕不是真实场景，而是舞台上的一幕演出。父子俩如雕塑般僵在那里，影子投在瓷砖墙上，停滞很久。这幕"演出"还会重复，也许在另一个城市，也许在某个不确定的时间点——只要那位看不见的"舞台导演"再次出现，它就仍会发生。

父子俩和门卫僵持了很久，后来从医院大楼下来一个值班医生，询问了老人用的导尿管的型号后，表示只帮一次忙，放他们进去，下不为例。眼镜男子本已近乎绝望，完全没想到"绝处逢生"，一时半会儿没反应过来。不知道这种转机和我们在现场一直拍摄有没有关系。眼镜男子推轮椅进去后，巷子里又进来一对骑摩托车的父子，也想进医院治疗，被断然拒绝，悻悻然转身，消失在黑夜中。

父子俩终于被允许进医院。周围极为静谧，一切显得不太真实

摄影 / 薛明

午夜迪斯科

2020年3月下旬，有些无疫情社区已放松了管控，一些市民可以"半自由"出行。

我们计划每天晚上都去"夜游"，选一些有特点的空间，看看会有什么发生。

我们首先选择了武汉长江大桥这处标志性景观。我想看夜晚的桥上会有什么人经过或停留。武汉长江大桥是历史建筑，1957年建成，是新中国成立后修建的第一座公路铁路两用桥，连接武昌和汉阳。1962年发行的第三套人民币，把武汉长江大桥印在了贰角纸币上，反映当时中国重工业建设的社会主义成就。

第一次拍摄，几乎毫无收获。我们在桥上没碰到什么行人，有几个人骑电动车经过，可能是在上下班，对我们抛下奇怪的一瞥，大概在判断我们像不像那种在长江大桥桥头堡纵身一跃的人。

后来，我们遇到一个二十出头的年轻男子，正从武昌穿过大桥走向汉阳，身上的衣服有些单薄。他看到我们拿起摄影机，喊了声："不要拍我！"他语气有点激动，眼睛瞪圆了，真的很有武汉人的特点——从语言到肢体都有"急了"的感觉。我们放下摄影机，他愿意停下来和我们聊聊。他的妈妈在汉口，由于武汉市民不能跨区、跨江流动，他已经很久没回家了。封城后，他借住在武昌一个朋友家里，这段时间倒霉透了，吃饭都成问题："我现在太惨了，别拍我。"

我可以理解他不愿被拍摄的心情。在这失序的时刻、失序的城市，人的内心也混乱不堪，他不愿这样的不堪被我们记录。我说："谢谢你告诉我这些!"年轻人继续前行,跨过这道大桥,到汉阳后还要跨越位于汉江上的江汉桥,奔向家的方向,妈妈在那里等他。

那晚,我们没什么收获,只是看了看风景。武汉长江大桥的上游方向是鹦鹉洲长江大桥,一座红色的悬索桥,看上去和旧金山的金门大桥有点像。它于2014年通车,是武汉较新的跨江大桥。武汉长江大桥的下游方向是武汉长江二桥,于1995年建成,是长江上第一座斜拉桥,也是当时武汉的大事件。

武汉长江二桥建成之际,我十八岁,从宁夏考上了武汉大学,自大西北坐火车一路南下,穿过武汉长江大桥,第一次到武汉,第一次看长江。那时,看浑浊的江水奔腾,我的第一感受是和家乡的黄河水颜色很像,没想到长江也是"黄"的。但长江比我家乡的黄河壮阔许多,十八岁的我期许未来人生也如这江水般汹涌澎湃,正所谓"书生意气,挥斥方遒"。大一时我当班长,特意带全班同学坐公交车去夜游刚通车不久的武汉长江二桥,那也是我平生第一次见识斜拉桥。一群年轻人在桥上走了个来回,大家仰着脖子看长长的钢索,我记得大家兴奋的面孔,还有桥上的灿烂灯光与呼啦啦的风声。

再看远处的桥,已时隔二十五载。那仍然是少年的我见过的桥,桥上灯光依旧璀璨,风声隆隆,我却完全没有了少年时的兴奋,甚至觉得那桥老旧了很多,气势也不如从前。我也不再期许自己的人生激荡,更愿平静地观察他人生命的曲折,以及未知世界的广阔。所谓物是人非,大概就是我在此地此刻的感受。

过了几天,我们再去大桥上"守株待兔",依然一无所获。我们又眺望了左边的"金门大桥"和右边的长江二桥,薛明和远在西安的七岁女儿视频通话,让她也看看武汉的夜景。然后我们下桥离开,路过武汉长江大桥建成纪念碑,这座建于1957年的纪念碑高六米,八角形的碑座上刻有碑文《武汉长江大桥建桥记》,碑座上立着圆柱形碑身,南面镌有毛泽东的词句"一桥飞架南北,天堑变通途"。纪念碑旁边是开阔的观景台,无论江中船只穿行还是大桥上火车呼啸而过,都可一览无余。

走下旁边的台阶时,我看到一个穿黑色衣服的中年男子正拿手机拍着抖音视频。他选了极佳的位置,背景是整座桥体巨大的骨架,我上前和他搭讪。大叔名叫彪哥,很健谈,说自己喜欢拍视频,喜欢跳舞。跳舞?!彪哥看上去五十来岁,个子不算高,但身材保持得还不错,发型也一丝不苟。我想起在重庆给我家做过装修的一个大叔,也喜欢跳舞,身材很好,完全没有油腻感。大叔白天做装修工,晚上是活动在重庆观音桥广场的舞林高手,身形矫健。可能彪哥也是这样的人吧。

"您平时跳什么舞?"

"迪斯科。"

我的大脑切换到20世纪80年代,那时候我还是小学生,家住大西北的工厂区。工厂里有文艺演出,我们小孩子也去凑热闹,那时看到工厂青年们戴墨镜、穿喇叭裤跳迪斯科,伴奏音乐是《猛士的士高》的强劲节拍。

"那你现在在哪儿跳舞?"

彪哥指了指纪念碑:"就在这儿啊,刚跳完。"

"是吗?"我一下子兴奋起来,"你愿不愿意再跳一会儿,我们拍一下。"

大叔毫不迟疑："可以啊。"

彪哥脱了外套，露出黑色紧身上衣，搭配黑色裤子和黑色鞋子，让我想起罗大佑在 80 年代唱片封面的造型。彪哥的身体开始扭动，手机播放的歌是 DJ 版《别知己》，动感十足。跟着节拍，彪哥左右脚交替点地，手臂和上半身也跟着扭动。他表演着很多经典迪斯科动作，也有创新和融合，像迪斯科和霹雳舞的跨界拼贴。观众只有我们三个，但舞台很开阔，舞台的背景就是光影闪烁的武汉长江大桥。彪哥表演很投入，一边跳舞一边和着歌声唱："昨天已经过去，所有的伤心和烦恼已离去，你要相信明天的天空会更蔚蓝。"

跳完一曲，我和彪哥开始聊天。没想到他已经六十二岁了，舞龄有四十多年，以前常流连于武昌阅马场一带的舞厅。他笑着对我说："别录进去啊，我是 1988 年武汉迪斯科比赛冠军！"他还特意强调，"那年是龙年。"

我也对那个龙年记忆深刻。那时，电视里正热播《便衣警察》，我第一次跟随父母回老家四川省潼南县[1]。小时候只知道我的籍贯是四川，但从未去过，偶尔有亲戚寄来腊肉，我得以从饭桌上体味老家的味道。直到 1988 年的龙年春节，我们一家从黄河边南下，穿河套平原，过秦岭山脉，走走停停，坐了三天火车，我才第一次见识到西南风土。在冬日里看到连绵起伏的青翠的山野竹林，对于习惯了满目枯黄的西北平原景象的我而言，像是到了另一个世界。

我对龙年迪斯科冠军说："你很低调嘛。"

---

[1] 现为重庆市辖区。

彪哥摆摆手："都是以前的事了。"

"你的心态在疫情中有受影响吗？"

"没什么影响，以前没时间陪老妈，现在我天天在家给老妈做菜做饭，她八十六岁了，我每天换口味给她做吃的。然后，我每天在客厅跳舞，三四个平方米就可以跳。"

我想象着一个六十多岁的黑衣男子在自家客厅跳舞的样子，观众是他八十几岁的老娘。

"那你老婆孩子呢？"我问。

"我没老婆。"彪哥笑着转过身去，有点不好意思。

"不会吧，你是舞林高手，怎么会没老婆？"

"你知道吗？"彪哥语气认真起来，"高手，太高了，就什么也没有了。"说罢，他放声大笑，表情舒展。

我不想在短短的交谈里洞察彪哥的人生，我想保留一些想象，想象他曾经的不羁青春，想象从前和他一起跳舞的八十年代女子。在这样亦真亦幻的城市舞台，短暂的相逢、注视、离开，对我来说就已足够。

彪哥休息了一会儿继续跳舞，还是那首《别知己》伴奏。这时候，舞台背景中的一列火车恰好从长江大桥呼啸穿过，火车的轰隆声为他的舞蹈增添了别样的节奏。彪哥继续在火车前跳舞，继续唱着"昨天已经过去，所有的伤心和烦恼已离去，你要相信明天的天空会更蔚蓝……"列车隆隆驶过，他的声音渐渐听不清了。

个体发出的声音很可能被时代的喧嚣淹没，而他们的生命之舞偶然被影像记录下来，日后当人们回望2020年，不经意间会发现那些鲜活的表情和动作。那看似渺小的生命一瞬，恰恰是宏大历史的重要注脚。

就是那桶泡面

医院是展现众生相和社会秩序（或失序）的重要场所。周浩导演拍摄的纪录片《急诊》、美国纪录片导演弗雷德里克·怀斯曼拍的《医院》，都让人印象深刻。夜色下的武汉，急诊室是我一定会选择的拍摄地点。

我选择了位于汉口腹地的一家医院，这里有很多老社区，人口稠密。疫情前，这一带相当繁华，饭馆酒肆扎堆，但如今街上空无一人，一家挨一家的饭馆门口都被近一人高的黄色隔离桩阻隔。我们开车靠近医院时，远远就望见医院侧面一道门上有块两平方米见方的红色牌子，上面写着醒目的"急诊室"。急诊室里的过道划分出两片区域，一边是值班医生问诊区，有内科和外科两个诊室，两个医生在当班；另一边是治疗区，分"红区"和"非红区"两部分。"红区"靠近大门，门上方用鲜明的红底白字写着"红区"二字，这里主要针对发热病人，或其他危重病患。

实际上，我们是第一次在武汉医院的"红区"拍摄，此时武汉疫情已处于中后期，没那么可怕，不过我们还是按照医院的要求做了二级防护，穿上和医护人员同样的防护服，戴 N95 口罩和护目镜，还戴了两层医用手套，手套和袖口衔接处要用胶带粘死，不给病毒一丁点儿可乘之机。护目镜紧紧地勒在头上，戴久了会起雾，没法拍摄。"涂点洗手液在镜面上就不起雾了。"一位护士告诉我们。

我们多少有点紧张，不敢用定焦镜头拍摄，因为这需要摄影师和摄影助理之间经常换镜头，增加不必要的风险——万一病毒"钻"到相机里呢？这次我们只用变焦镜头，拍摄中不换镜头。

大概是看我们有点紧张，两个年轻的护士主动和我们聊天，说我们可能错过了前几天的"最佳"拍摄时机。几天前医院刚刚重新开放常规门诊和急诊（这让我想起了早前在某医院门口遇到的不能正常就医的两父子），人满为患，医护人员忙得团团转。这两天急诊的人少了一些，这时是晚上九点多，没几个病人，医护人员不紧不慢地工作。

她们的话音刚落下不到三分钟，急诊室门口忽然涌进三拨病人。一位中年女士哭着来测核酸，要尽快离开武汉去见什么人，女士身边的年轻女子抓着她的胳膊，安抚着她。还有救护车拉来的一位情况危重的老年男子，老人躺在担架上，说不出话，被送进病房的过程中一直没戴口罩，呼吸微弱。

老年男子姓张，年纪在六十上下，陪同他来的是一个二十来岁的胖小伙（就叫他小胖吧）。小胖个头有一米八左右，身材魁梧，留着平头，穿着厚大衣，眼神有点茫然和恍惚。他做搬运工，和老张是同事，老张的家人并没有来。老张喉部病灶严重，已经昏迷，被推进了"红区"。

"你们是哪个单位的？"值班的外科医生问小胖。

小胖平淡地回答："我们是华南市场的。"

医生本来表情和语调正常，一听"华南市场"四个字，立刻警觉起来："你们是华南海鲜的吗？"

"不是海鲜市场。是华南水果批发市场。"

医生的眼睛在护目镜后面迅速转了转："水果市场是不是和海鲜市场挨着的？"

小胖有点支吾："是离得近。"

医生盯着小胖，认真地问他："那你们市场有没有人得新冠肺炎？"

小胖仍旧平淡地说:"我们都没有得,只有他(老张)得了这个病。"

值班医生大惊失色,此时已是三月底,武汉已宣布新增新冠病例清零。

"你怎么现在才告诉我!"医生眼睛瞪大了,转头大声告诉老人病床边的护士,"王丽丽,那个爹爹有新冠肺炎啊!"护士手头正忙,没有回复值班医生,医生迅速从导医台的位置走到"红区"病房里,对护士们大声说:"这个爹爹得了新冠,你们听到没有?"护士们瞪大了眼。医生补充一句:"我也刚刚才知道。"

急诊室的气氛立即紧张起来,护士们把老张的病床用浅蓝色帷幔遮住,医护人员立即往戴了手套的手上喷酒精,值班医生要求所有人戴好口罩。"红区"病房里另一位病人的儿子问医生:"我们能不能换病房?"医生怔了一下,回答:"我们就这一个抢救室,你的妈妈正在抢救,换不了病房。"

病人家属还想争取离开这危险区域,值班医生没再继续解释,转身去找小胖,此时急诊室门口又涌入一拨病人和家属,是急性胃穿孔。年轻的护士努力维持秩序,叮嘱每个人戴好口罩。大家的神色都有点紧张,一个穿红衣服的中年女人坐在等待区的椅子上,用手不停地拍打胸口,喃喃自语:"帮帮我吧。"

值班医生找到小胖,严肃地跟他说:"你这样对我们造成非常大的影响!你为什么一开始不说?"

小胖有点被吓到了,愣了一下,慌不择言道:"刚才你们没问。"

"没问?!"医生升高了音量,"现在是什么时候你不知道?你不是在中国不是在武汉?"

小胖无言以对。

"你们进来前为什么不给他戴口罩?"

小胖露出做错事的表情,支吾着:"老板给他戴,他不想戴。"

"不想戴!"医生惊讶万分,"你知不知道全世界到底是什么样子了?!"

值班医生劝我们不要在这么危险的环境下继续拍摄,摄影师薛明刚才确实非常近距离拍摄了患病老人。我提醒薛明和刚子一定要和任何病患保持一米以上的距离,要一直保持站立,别坐在急诊室里的任何地方。不过我一直在想一个问题:武汉从2月中旬起就对全市的新冠患者、疑似患者、密接人员和发热人员进行了地毯式排查,应收尽收执行得比较到位,怎么还会有这么明显的漏网之鱼?这个小胖怎么就那么确定老人是新冠患者?而且,他的语言常常是断断续续的,表达也不精确,他说老张得了"这个"肺炎,但没有说"新冠肺炎"。

另一位值班医生继续和小胖交流。这位医生比较沉着,他给老人所在社区及老人的雇主打电话,得知老张在2019年8月因普通病毒性肺炎做过治疗。CT结果出来后,医生看了CT影像,确定老张不是新冠肺炎患者,而是有别的肺炎,并且是喉癌晚期。

虚惊一场。小胖给所有人放了个烟幕弹。

此时的老张已是病入膏肓,医生从病灶看出他的喉癌已经发展得几乎无可挽救,随时可能停止呼吸。是否需要对老张做插管或体外呼吸等抢救措施,需要征求家属的意见。老张多年前离婚,有两个女儿,前妻和女儿都在广东。医生先是给两个女儿打电话,都打不通,他颇有耐心,打通了老张的前妻的电话。

我和薛明商量不要太靠近病人拍摄

摄影 / 郑景刚

"你作为他之前的老婆,我们也要告知一下你他现在的病情。另外,他现在是在弥留之际,你和女儿如果能来看一眼最好。"

电话那头是一个女人颇有怨气的声音:"我和他都几十年没来往了,离婚后小孩也是我在养,他完全不管的。我现在来不了。"电话挂断。

医生又给老张的弟弟打电话:"如果病人出现呼吸衰竭,要插管,作为医护人员肯定要积极抢救,如果他真的出现情况,家属也决定要抢救吗?这会产生不少费用。"

弟弟沉吟了一下,回答:"费用在小范围内我们可以承担,再多了我就承受不了了。"

医生又拨通老张哥哥的电话:"他现在可能是到了人生的尽头,所以我必须跟你们都打电话。我刚问了他弟弟的态度,他说在深圳回不来。他前妻也不来。如果要做插管,每天三千到五千元花费。"

哥哥的声音听起来有点焦虑:"我们没这个能力啊。我们要商量一下。"

医生的话语尽量不带任何情绪:"行,那就做能力范围内的事情。你跟你弟弟商量下,五分钟后联系你。"电话挂断。

小胖一直在旁边听医生打电话,眼睛转来转去,似乎希望医生提醒家属:"现在来武汉的火车已经通了,你看他们回不来吗?"

"第一个不想管,第二个怕担责,那怎么办呢?"医生有点无奈。

小胖有点着急了:"他们不救吗?插管也要救啊。"

医生反问他:"你想救吗?"

小胖不假思索地回答:"想啊。"

医生转过头,上下打量了一下小胖:"那你们出钱啊。要是没效果怎么办?"

小胖沉默了。

医生再次打通老张哥哥的电话:"你们要做插管吗?"

"负担太重了。"

"好,理解。也就是你放弃了插管可能性对吗?"

电话那头停顿了两秒,语气沉重地回答:"人财两空就算了。"

家人都放手了,医生问小胖要不要继续治疗,毕竟他是病人唯一的陪同者。

"他是我们的员工啊。不能看着他死在这里啊!"小胖坚持着。

医生有点意外,也有点不理解小胖的态度:"你现在连一千四百元的检查费用都凑不齐,插管的话,三千到五千,你交得起吗?而且是喉癌晚期,你觉得有意义吗?"

小胖仍然坚持请医生救治,他准备给老板打电话。在其他家属不能来或不愿来的情况下,医生要求他陪护老张一整夜,并且,要先自己垫钱。小胖略有点不情愿,眼神里闪烁着焦灼和无奈,但还是答应了。

医生说:"你既然做了好人,就要做到底哦。"

急诊室外,夜色阑珊,救护车又拉来一位病患。

小胖在街边看着,喃喃自语:"这个也冇得[1]家属跟着。"他跟我聊起他和老张的关系。他们一起在水果市场干活有两年了,住在同一间宿舍,床与床距离只有一米左右,常常一起聊天,他知道老张和女儿关系不好。

"他和他姑娘吵过架,就因为姑娘一直不联系他。"

"姑娘为什么不联系他?"

---

[1] 武汉方言,指没有。

"那我不知道。"小胖看着夜色深处。

小胖二十一岁,是武汉本地人,但不住在家里,他不愿谈及和家人的关系。老张常常关照小胖,有时像父亲对待儿子。小胖回忆中有个难忘的经历,有一次他手头没钱了,也没到发工资的日子,饱一顿饥一顿,这时老张伸出援手,给小胖买了两桶泡面,让他吃过瘾。小胖记得很清楚,泡面是酸豆角味的,那酸辣味道带来的满足感一直留存在大脑里。

"我最喜欢酸豆角味道了。"回味着那泡面的滋味,小胖转头问我,"医院的食堂什么时候开门?"

也许就是因为那两桶泡面,让小胖陪伴在老张身边,并坚持要救治他,即便大概率会人财两空。如此"多事之春",一个人到了弥留之际,没有一个家人陪在身边,也令人叹息。不管是因为空间还是情感的阻隔,有的人可能注定在告别这个世界时被家人"抛弃"。我无法揣测躺在病床上的老张的心境,也不愿打扰他,更无意探求他和家人之间究竟发生了什么,只是在想,当我们离开这个世界时,谁会陪在我们身边?我们会不会孤独地离开?会不会"悄悄"地离开?

过几天我联系小胖,他告诉我,老张第二天上午就去世了,去世时只有他和老板在身边。老张的哥哥和侄女随后赶来安排后事。两个女儿和前妻一直没出现。

丢手机的人

城市解封是从铁路开始的。我们刚来武汉时,很多本来经停武汉的火车并不停车，除非事先和列车长打招呼。武汉逐步解封，越来越多的火车可以抵达、停靠武汉了，第一批坐火车来的人是疫情期间漂泊他乡的武汉人和其他湖北人。

一个二十几岁的女孩穿着长裙，露出小腿，脚上一双薄底板鞋，像是初夏的装束，让人很难不注意到她。此时的武汉正值倒春寒，晚上气温只有五六度，她在长裙外套了一件深绿色的及膝风衣，看上去像是男款，稍能抵御冷风。我只能这么推断：她从南方来到武汉，临时添衣。

我们是在武昌火车站旁边的公共汽车站遇到她的。她的长发随意扎成一束，左手拎一个粉色手提包和塑料小板凳，右手提着绿色水桶，里面装了十几副衣架和一个大大的红色饼干盒，上面写着"太平苏打饼干"。军绿风衣、粉色手提包、红色饼干盒，这样的穿着和物件拼贴在一起，怎么看都有些怪异——一个长途旅行返回家乡的女孩带着晾衣架和水桶要做什么？还有那个小板凳做什么用？难道她曾经露宿街头？

可以确定一点，她的眼神一直是焦灼、迷茫的。

女孩想去傅家坡长途汽车站，我问她最终目的地是哪里，她说黄石。黄石是位于武汉一百公里外的另一个城市，坐长途车需要近两个小时，可这时已经接近晚上十一点，长途车早就停了。

女孩是黄石人，2019年秋天到广东惠州打工，本想春节前回家，因为疫情一直耽误到现在。也许她只能找旅馆住下，明天再坐长途车。

"不过，现在在武汉住旅馆要出示手机上的健康码，你有吗？"我提醒她。

"我的手机在广东丢了。"女孩一脸茫然，额头上有些粉刺。

在疫情下的中国，没有智能手机能生活这么久，还能远行，这简直是奇迹。我不知道她是怎么做到的，于是好奇追问为什么不在广东买一个手机。她有点不耐烦："工厂不开门，商场不营业，挣不到钱，交房租都难，怎么买手机？"

她说得我哑口无言。即便工厂开门，这些漂泊在外的湖北人也很可能被工厂拒之门外——疫情期间，我们已经听到太多湖北人在外省被歧视甚至被驱逐的故事。

我问她手头有没有现金，她说只有很少，我掏出一百元现金给她："你住店要用钱，这点钱你先拿去用。"

现在想来，我这么做也许有点唐突，但当时我就是不假思索想给她一点点帮助。不过现金在这个时代其实也没多大用处，真正有用的是智能手机。她一再拒绝收钱，直到我硬塞进她粉色手提包，她才没再推辞，并说要记下我的手机号，以后好还给我钱。

"还钱？不用了，这点钱很少。"

"那我就不要了。"她也很干脆，要拿出钱还给我。

我只好让步："好吧，你记一下我手机号也无妨。"

她从粉色手提包里拿出一个厚得像书的记事本，又拿出一支笔，认真地记下我的手机号。记下后忽然仰起脸，口罩上方的眼睛流露出怀疑的眼神："你给我的到底是不是你的电话号码？我可不可以用你同伴的手机打一下这个号码试试？"

我笑了，觉得这姑娘真有意思。"我为什么要告诉你假号码？"我没明白她的狐疑源自何处。

站台上有一个身材高大、穿黄色工装的公交调度员，好心建议她要么找旅店，要么寻求警方的帮助。

"旅店也要看手机上的二维码才能让我住吧?"

"那你只能找警方寻求救助了,他们现在可以给困难群体找救助渠道。"

"我没手机怎么找救助啊?我就在火车站等到天亮。"女孩有点倔强。

这个女孩让我想起在长江大桥边偶遇的那个愤怒的青年,他借住在朋友家两个月,要回家见妈妈,恼怒于失序的城市扰乱了他的生活。这个女孩也有很强的失序感,既是因为她的穿搭和行头里有一种"浪迹天涯"的气质,也是因为她丢了手机,一切就都乱了套。如今,手机的重要性不亚于身份证、银行卡、地图,意味着在中国行走的通行证(当然,如果你"拥有"了黄码或红码,则是另一回事)。白天我去坐一趟公交车,一个六十岁左右的女人因为不会用手机刷二维码而被拒绝上车,她苦苦央求司机,车还是开走了。没有二维码的人就是上不了车,绝无例外。我在车上看着站台上那女人拿着手机看车开走,她头发有点花白,眼神十分无助——飞速前行的时代已抛下她这样的人。那个时刻,我产生了巨大的荒谬感。科技到底是在帮助人类、为人类"赋能",还是让人类"失能",让人类更隔绝、更冷漠?

女孩拎着她的绿色水桶、粉色手提包和塑料小板凳,绕过停在站台上的公交车,不知要去向何处。我以为我不会再见到她了,就像在这个城市的夜晚和我擦肩而过的无数陌生人一样。可没过多久,她又拎着这些行头转身回来了。她认真地问摄影师薛明:"我能不能用你的手机打一下他(指的是我)刚才给我的电话号码?我不知道他的号码是不是真的。"

看着她无比坚定要弄清真相的眼神,我和薛明面面相觑。"老薛,你让她打吧。"我想，如果今天不让她解开这个心结，她恐怕就不走了。薛明把手机递给女孩，她拨通电话，证实了我没说谎，终于放心，转身离开。这世界上怎么会有陌生人莫名其妙给她钱，还给她出主意想办法呢？这让她本已迷失的方向又多了一层疑虑。

薛明打开摄影机跟着女孩，她四下找寻方向，不知道要去哪儿。天气真的很冷，女孩的身体有点瑟缩。看上去她并没打算找旅馆，而是逆着人流走进出站口，里面有一个很小的银行网点，玻璃门里有取款机。她走向那里。

消毒

女孩走后，我们在武昌火车站旁的汽车站搭上了538路汽车，这趟车开到光谷，十三公里的路线途经武昌的多所大学：武汉大学、华中师范大学、中南民族大学、武汉纺织大学、中南财经政法大学等等。

说起538路公交车，我的记忆也在其中。1995年我考上大学后第一次来武汉，在武昌火车站下了火车，之后坐的第一趟公交车就是538路。我仍记得1995年那个四十度高温的夏末，538路车上塞满了从外地来武汉求学的年轻面孔，我扶着巨大的行李箱，抓着扶手，车开得飞快。大家汗流浃背挤在闷热的车里，空气中有种黏稠的味道。

之后的四年，我对武汉公交车的记忆基本都是"速度与激情"的翻版。上大三时，我在周末常乘坐从武汉大学门口始发的519路汽车，途经街道口、阅马场、傅家坡、大东门，过长江大桥入汉阳，而后穿古琴台过汉江至汉口,那时我在当地一家电台做周末节目的主持人。一路上司机开车飞快,即便坐在座位上,也得紧抓扶手,如果是站着的,那身体随时都是不同角度的倾斜状——此时司机正与街上另一公交车飙车,对方的车技也绝不含糊,一路上你前我后互相追赶,两辆车上紧抓扶手"倾斜"身体的乘客偶尔会近距离瞥见对方紧张的神色。这确有其事,并不是笑话。那时录像厅里正在热映基努·里维斯主演的《生死时速》,武汉公交司机大概从电影中深受启发。几年前,我从大学同学那里得知519路车停运了,我和同学们都非常惋惜,似乎某些青春记忆也随停运的519路车而停摆。

如今我在2020年的武汉之夜,538路车载着我去往熟悉的方向,车上已没有年轻的学子,只有几位在光谷上班的年轻人。我遇到一位吉林男孩,大学毕业后就留在武汉,他喜爱热干面和武汉"过早"[1]的各种美食,胜于家乡的味道。我还遇到另一位年轻男子,湖北孝感人,拎着自家种的嫩绿的蒜薹,身边还有一只五升装的纯净水塑料桶,里面塞满了鸡蛋,那是真正的土鸡蛋。

"这是我从家里特意带来的,带给女朋友,她是前线医护人员,做护士的,我们今年就准备结婚了。"年轻男子眼里露出羞涩又幸福的笑意,他留着板寸,皮肤黝黑。

"你什么时候能见到她?"我问。

"明天。"他满怀期待,又略带遗憾地补充,"但我和她必须隔着几米的距离见面,暂时不能靠近,把东西给她就好。"

---

1 武汉方言,指吃早饭。

爱人相见却不能靠近，也不能拥抱，更莫说亲吻。阻隔虽然遗憾，但这个期待与奔赴的过程仍是那么美好和浪漫。我想象着他们见面的画面，两人在"几米"和"几分钟"的时空里，情感更浓郁了。武汉的公交车仍然速度不减，路面空旷，虽无飙车之虞，小伙子还是一只手紧抓着那桶鸡蛋。

拍完这些，回到华中科技大学附近的驻地时，已是后半夜。我们并不能马上休息，要先执行一套消毒流程。下车后，作为摄影师兼司机的薛明会给车内全面喷酒精，然后通风几分钟。我和摄影助理刚子上楼。我们有两个房间，会固定在某个房间的玄关处放下所有设备，然后都要脱裤子——确切地说是脱掉外套、外裤和鞋子，刚子会把这些东西挨个移到卫生间内。卫生间有干湿分离两个区域，干区是我们选择的"消毒室"，里面悬挂了绳索，可以挂很多衣物，这些东西都放在干区。刚子会把摄影包里的器材都掏出来，小到一张存储卡也要拿出，手机也放进消毒室，然后打开地上的臭氧机开始消毒。这台臭氧机长宽高都在四十厘米左右，便于携带和放置，它可以在三十分钟内给卫生间干区做比较彻底的消毒——这都是我们来武汉之前做的功课，显然我们不能用酒精喷洒摄影和录音设备，制片团队就购买了臭氧机。

然后，我们会把两个房间的门卡、门把手、玄关处都喷上酒精，用洗手液洗手，再认真洗澡。做完这一切后，臭氧机也干完活，它的气味会在房间里萦绕许久，虽有点刺鼻，但给了我们很大的安全感。

如果我们去过"红区"，则是另当别论。我们要在医院的特定区域执行一套消毒流程，脱下防护服、目镜、口罩、手套，丢到专门的垃圾桶，每脱一件东西就执行一次酒精手消，之后要拿着设备经停一个紫外线灯照射室，才可以离开。

说起这些流程，我们也交过"智商税"。第一次进医院"红区"拍摄后去消毒区域，里面没有人，我们不知道注意事项，一样样脱掉防护装备，在紫外线灯照射室内待的时间有点长，至少有五分钟，其间我和薛明的脸部有两三分钟很靠近紫外线灯。当时，我们真的不懂紫外线可不是这样"享受"的，只想消消毒。当下并无异常，回驻地睡觉。后半夜起床上厕所，我忽然发现右眼无论如何也睁不开了，而且一直流眼泪，有点痛。左眼能睁开一点点，但也很不舒服，打开灯，只有半睁的一只眼模模糊糊地看到房间。难道我们白天在医院染了眼疾？毕竟医院里什么病人都有，很多地方通风不畅。

我随便安慰了自己，继续睡觉，第二天早晨六点多，薛明来敲门，告诉我他后半夜几乎完全没睡觉——两只眼睛睁不开了。作为摄影师的他以为自己要失明了，在惴惴不安中过了一夜。后来我们去医院检查，才知道眼睛被紫外线灼伤，上了一课。还好伤得不重，滴眼药水一周左右就可基本恢复。之后的一段时间，我的右侧脸颊和额头开始掉皮，想必也是紫外线灯所赐。

每晚例行消毒结束，就可以睡觉了吗？并不是。我们要把消毒室里的物品一件件拿出来，开启每天最后的工作流程：打开电脑，拷贝存储卡，给所有器材充电，清洁摄影机和镜头。这时我们已饥肠辘辘。晚上在外面吹了好久的冷风，平时不吃方便食品的我此刻很想吃碗泡面，另外两位也不假思索地赞同。

"我现在最想吃酸豆角味的。"薛明补充道。

187

一辆公交车经过夜色下的龟山,像置身迷幻世界

摄影 / 郑景刚

三

摇摇晃晃的人间

一种家庭

活给人家看还是活给自己看

"范俭,我妈妈去世了。"余秀华哽咽着在电话里对我说。

"什么?什么时候?"我在家里,早上刚起床,大脑还有些混沌。

"昨天晚上。"

我一时没反应过来。虽然自打 2015 年春天余秀华的母亲周金香确诊为肺癌晚期后,我们都知道这一天迟早会到来,但就在十几天前,也就是 2016 年 8 月末,我才在余秀华家乡湖北钟祥的一个文化活动上见过她。那时,周金香的头发比以前白了不少,人也显得苍老,但行走、说话都还算正常,谁承想这么短时间就阴阳两隔了呢!

余秀华问我要一张她妈妈的照片,用作遗像。

"你妈妈哪天出殡下葬?"

"后天。"

和之前的很多次拍摄一样，我简单收拾了一下，再一次赶赴横店村。不同的是，横店村正大兴土木，新农村在如火如荼地建设，余秀华的母亲周金香却无法看到洁白崭新的农村新居落成那一天，她的大半生都在自家的红砖小院度过。

九月初的江汉平原还有些炎热，周金香的遗体躺在冰棺里，像在熟睡。她刚过六十岁，已满头斑白。冰棺摆在余家堂屋正中央，前方用金属管件撑起一米见方的白色篷布，中间写着黑色的"奠"，底部有两只仙鹤仰首向上，旁边贴着一副对联，上联是"德泽永志千秋"，下联是"名望常昭百世"，横批则是"沉痛悼念"。一张有点裂口的小木桌权且用作香案，每个来吊唁的人都会为逝者上香，黄色的香炉里已经插了几十炷香。屋子里，香火的氤氲烟雾和女人们的啜泣连成一片。

余秀华坐在香案边，哽咽着接受亲属和邻人的吊唁。她一身黑衣，戴黑框眼镜，头上系着白麻布。余秀华本来就骨架小，此时在黑衣下看着非常瘦，拍摄她一年多时间，这算是我印象里她最瘦的身材。屋子里有些闷热，她的额头渗出汗珠，却没有擦汗，看着眼前人来人往，陷入自己的思绪，肩膀偶尔抽动。

悼念仪式就在院子里举行，周金香在钟祥市做高中数学老师的儿子（也就是余秀华的弟弟）抽泣地念着给妈妈的悼词：

……分田到户之后，她和我父亲种着几十亩地，每天天不亮就出门了，天黑才回来，用她柔弱的肩膀撑起我们家。那些年，什么赚钱的事她都会去做，一天到晚脚上都走出水泡，每天回家累得来不及喘气，回来还忙着伺候全家的生活，永远不知疲倦。她干活比别人更多，为家庭拼尽了全力！谢谢我的母亲，谢谢她的付出！

确实如儿子所说，我从第一天见到周金香，就看到她不停地忙碌，似乎"不知疲倦"。那是2015年1月初，我第一次踏进余家大门，院子里有不少人，大多是背着长枪短炮的记者，余爸爸身穿黑色皮夹克，跑前跑后给大家递烟，笑容可掬。周金香穿一件灰黑外套，胳膊上戴着两截浅蓝色套袖，端茶杯到院子里给大家敬茶。人太多，敬茶的杯子只能用一次性塑料杯。除了记者外，还有一个留长发的中年男性，说是拍电影的导演，带着两个长发女孩，一个戴眼镜的是女编剧，另一个没戴眼镜的端着摄像机，随时准备记录导演见余秀华的过程——他们想给余秀华拍一部电影。在这样一个农家小院，来自大城市的精英排队等着见余秀华，有些还是不远千里而来。

余秀华待在十平方米大小的书房兼卧室，里面挤满了人，有记者，也有远道而来要捐款给她的爱心人士。捐款来自一位杭州的企业家，他们表示要关注身残志坚的人，问她是否需要。余秀华穿一件桃红色半长款大衣，被围在中间，微笑地说了一句："这个事是好事。"周金香和余爸爸站在人群后，也微笑着。

此时余秀华刚刚在网上爆红十几天，她的《穿过大半个中国去睡你》中的诗句以及相关的推介文章在社交网络上疯狂传播，人们惊讶于一个患有脑瘫的农妇怎么会写出如此惊世骇俗的诗歌。

周金香这时头发又长又黑，做事利落，给客人递完茶，去院子外面抓起一把米撒到地上，嘴里"咕咕"呼唤着。一群芦花鸡应声而来，低头啄米不停，这些鸡每天都会下几个蛋，在待客之后已不太够自家吃。

院门口有个小小的打谷场，旁边光秃的树权上晾着七八张兔子皮，有烟灰色、棕色和纯白色。余秀华出名前做着养兔子的生计，别的营生做不了。只是这个冬天兔子遭了瘟，死了不少，剩下十来只在兔笼里张望余家门庭熙来攘往，不知道它们的主人已今非昔比。

喂完鸡，周金香张罗着做饭，她的女婿也就是余秀华的前夫尹世平到厨房来帮忙给柴火灶烧火。尹世平看上去有五十上下，身材单薄，话不多，不靠近任何访客，倒和周金香比较近，丈母娘吩咐做什么他就做什么。灶房正对面的厢房就是余秀华自己的房间，尹世平住斜对角另一间屋子，夫妻俩各自的房间相距甚远。整个家庭如今都围着余秀华转，她不需要做任何家务，更不用给任何人端茶送水，只需要回答别人的问题，或接受他们的问候。远在千里之外的人们因余秀华之名抵达江汉平原上这个叫"横店村"的小小村庄，余家的红砖墙小院也因她喧闹不息，甚至有了某种光辉。父母既喜悦又惶惑，尹世平脸上没有表情，余秀华正在上大学的儿子不爱和陌生人打交道，躲去了亲戚家，而她自己正相反，看上去很乐于接受一群群陌生人的问候，也愿意重复回答各路记者的提问，身边人越多她越兴奋，回答问题也愈发机智，甚至不乏幽默。三十九岁的余秀华，生命的大多时间在低谷徘徊，难得现在走到高处。

天暗了下来，余秀华房间里亮着一盏白炽灯，她仍在接受采访。是一名男记者的电话采访，电话开了免提，听得出记者浓重的东北口音。

"您觉得什么才算是真正的诗歌？"记者问。

"这个问题你去网上百度一下就有标准答案，我没有标准答案。"余秀华显得很疲倦，躺在床上，穿棕色短靴的脚也伸到床上。她穿的桃红色大衣上有一排黑色的楔形扣子,很漂亮,她的头发也很浓密。其实她挺好看的。

"这么回事啊。"记者斟酌着后面的问题,"您的诗歌写得那么好,但您获得关注是因为您身体特殊是吧?这个您怎么看?"

"有这方面的原因,这个不可否认。"

"您觉得您儿子能成为诗人吗?"

"他不会。"

"为什么?"

"他不会写啊。"余秀华有点不耐烦。

"哦,这么回事啊。"男记者陷入有点尴尬的停顿,"您父母喜欢文学吗?"

"不喜欢。"

"您的书是怎么来的?"

"买的啊。还能怎么来?"

"哦,这么回事啊。"男记者拉长了语调,继续陷入久久的停顿。

"我觉得你已经没有问的了,你可以去网上抄别人写的,好吧,再见。"

余秀华挂了电话,起身去吃饭。

饭桌上,周金香脱去灰暗的外套,里面是一件紫色碎花薄棉袄。看到余秀华总在吃肉,她给女儿的碗里夹了一筷子青菜。

"没事献什么殷勤?"余秀华和妈妈开玩笑。

周金香微笑:"你接受人家采访的时候要注意礼貌。"

余秀华的电话响起,电话那头的人邀请她去参加一个残疾人活动,主办方可能是残联。

"你方不方便短信回复我?"

"等我有时间我会给你回,因为现在真的时间很紧,我没有时间。"

"好的,那待会我把我的电话留给你,然后你考虑一下我们这个活动,好吧?"

"好,我会考虑的。"

挂了电话,余秀华叹了口气:"把我头都搞大了,成什么名啊!"

周金香仍旧耐心地提醒女儿:"你是一个脑瘫,人家属于脑瘫性质的参加这个活动。你没有时间去,要好好说,别老是说'我不去,我不去'。"

"我会拒绝他们,我想怎么说就怎么说。"余秀华和妈妈说话很随性,她知道妈妈不会生气。

周金香皱了皱眉头。余爸爸喝了点酒,脸上透着红,他惦记那个电影导演,问女儿拍电影会不会很辛苦。

"人家不是找我演,是找明星演我,那导演不是说了嘛,要找蒋雯丽啊、张静初啊这类明星演我,知道了吗?"余秀华对爸爸解释着。

不只有电影导演青睐,过几天余秀华还要去北京,一家北京的出版社已经火速和她签约并出版她的诗集,邀请她去参加新书发布会,几十家媒体到场。

周金香想和女儿一起去北京。"我要扶着她,照顾她一下。给她帮忙拿一些东西,帮她倒水。"

余秀华则毫不客气地回应:"我不要她去。我想一个人安静一下,我妈妈唠唠叨叨的,烦人。"

周金香坚持着:"我说还是要有个伴,你看她一个人,路上没人说话。"

"我就是不要人说话。"余秀华一边笑一边夹菜,她的手会控制不住地抖动,父母把她爱吃的菜放在她近前,桌子上稍远点的菜就帮着夹。尹世平没有帮她夹菜。

周金香有点放弃了,仍旧对我说:"她就是蠢。"

"蠢就蠢吧,反正我就这样,就不要你去,咋样,气死你。"说罢余秀华嘻嘻笑起来。

第二天,余秀华去了武汉,不仅不让母亲陪伴,也不要任何记者跟随。后来我知道,她是去见诗人雷平阳,她当时非常喜欢雷平阳的诗歌。

把余秀华送出门,周金香挎起一个竹筐,余爸爸换上背带下水裤,去家旁边的水渠里采藕,藕是湖北人冬季常吃的新鲜食材。水渠宽三米左右,里面的水有齐膝深。余爸爸在水下的淤泥里拽出节节连缀的藕,有的长达一米多,长出短小的枝杈,像好莱坞特效公司做的手臂,关节被黑色的淤泥包裹着。余爸爸把采出的藕递给岸上的周金香,周金香拿到旁边的池塘,抓起一把干草,就着池水擦拭莲藕,淤泥褪去,藕的"臂膀"愈发白皙。

回到家后,周金香端起一只铝盆在屋檐下洗起了余秀华的衬衣衬裤。她穿一件毛领棉服,手泡在冷水里。湖北的冬天有点冷,气温已接近冰点。

"她洗衣服都洗不匀净,洗完还是脏的,我有时间就给她洗衣服,小时候洗,现在还洗。没办法,自己的孩子残疾嘛。"周金香和我聊起了余秀华。

"她这个残疾是怎么得的?"我问。

"生她是1976年，当时我难产，她生下来（脑部）缺氧，接生婆一直拍她给救过来的。后来医生诊断她是小脑神经失调，我们当时也不知道。到两岁才发现她跟普通小孩不一样，坐不起来，总是倒在地上。到了三四岁，她爸爸说不能让她瘫一辈子，就用轴承轮子和木架做了一个方形的车子，她在里面扒着木架走。那时候没这种儿童车，就算有，我们也没钱买。她先学着站，然后学着走，就在这个院子里。那个架子车坏掉了以后，她爸爸又做了两根拐棍给她走。"

"看了很多医生吗？"

"医生看得多啊，走江湖的医生在家里住了半个月，给她瞧病。还到沙洋、荆门、石牌、钟祥、武汉，全去看过，没有效。"说起这些，周金香有点轻描淡写，这几天她被不少记者问过类似的问题。

"是不是还去北京看过？"

"去过北京的三个医院，专家说是小脑神经失调，那个时候只有国外有治疗的设备，那就没办法了。她到六岁多后，才慢慢不用拐棍了，就张开两个手臂走路。"周金香停下洗衣服的手，张开双臂比画，"到了八岁才让她上一年级，我觉得不读书不行。"

"她为什么没上完高中？"

"跟不上别人嘛，她就很恼火，把书都烧了。我还劝她把高中读完，她说不读了，跟不上，气人。她发火的时候还跟我说：'谁叫你把我生成这样？'"

"那你觉得对她有亏欠吗？"

周金香脸上露出微笑，额头上挤出了皱纹，显得很慈爱。"如果我们没给她看过病，会觉得亏欠。但我们从小就给她医病，一直到北京，没有希望了才没继续看病。我们只要弄到一点钱就给她看病,也是尽力了。所以,我觉得对她没有好大的亏欠。"

"那她回家后做什么呢?"

"就给她买了个店子,就是杂货铺,在那边。"周金香手指村里主路的方向,"自己挣点生活费嘛,开了八九年。"

"开店这个事她做得怎么样?"

周金香继续低头洗衣服。"她做得不好,来了顾客她又不懂招待,她对人的态度不热情,那做不好。晚上她也不能看店,不安全,还是得她爸爸去睡在店子里。"

在周金香的描述里,余秀华非常要强,上学这条路没走通,开杂货店也没怎么赚钱,就去想别的赚钱办法。她不想一直依靠父母,也想证明自己不是无用之人。听说养兔子能赚钱,她决定养兔子,父母也支持,买了一些仔兔给她。余秀华每天都去池塘边给兔子割草,结果有一次割草,她的手打颤,镰刀在手上划了个大口子,鲜血直流。兔子还常发疫病,一死死一窝,让她很郁闷。为了证明自己的生存能力,余秀华还经历过不少故事:她去二十公里外荆门市区的街头学着那些要饭的老头讨饭,但发现自尊心让她无法屈膝下跪;她也曾一个人跑去温州的工厂流水线打工,弄坏了肠胃,导致吐血,工钱没拿到,仓皇回家。周金香给我说起女儿的这些往事,常常用"我家秀华故事太多了"来作为每段叙述的开头,而每段叙述基本都是以女儿的失败告终。

第二天,余秀华从武汉回来。中午,周金香把自家的藕切成小块,搭配葱炒了一盘子,又用蒜苗炒了份豆干——横店村所在的石牌镇是豆腐之乡,她家的饭桌上总有各种豆制品。最后做了个摊鸡蛋,用的自家的鸡蛋，余秀华很爱吃。周金香做饭时，女婿尹世平仍会来帮忙。余秀华和尹世平在家里几乎没有对话，尹世平倒常常和周金香聊在北方打工的辛苦和挣钱的不易。在饭桌上，他常常一个人喝酒，视线总看往电视机的方向，丈母娘偶尔会提醒他少喝一点。若是没有周金香的这一点关心，尹世平看上去就像这个家里的局外人，余秀华几乎不会正眼看他，更别提语言交流了。

"我们都不在一起睡，在一个房间绝对会吵架。他看见我写诗就觉得烦，我看到他坐在那里就烦，互相看到对方都不舒服。我们两个人在两个世界里，好像从来没碰到一起。"余秀华如此描述这样的夫妻关系。

一家人面对面坐在一起的场合只有在饭桌上，我决定就在这里了解一下他们这段婚姻的缘起。

"尹大哥当初是怎么从四川来湖北的？"我问尹世平。

"我在到处打工，老乡介绍我来这里，我就到荆门打工。"尹世平刚刚吃完饭，点燃了一根烟。

"你打的什么工？"

"就是在工地上做小工，泥瓦工。"

"那你跟余秀华是怎么认识的？"

"别人介绍的。"

余秀华在旁边倾听，意味深长地拉长了音调："介绍的，介——绍——"

"那时候你是多少岁，他是多少岁？"我问余秀华。

"我十九岁，那时候我不知道他有多少岁。"

"尹大哥年纪稍微大一些？"

"还好吧，没有大到二十岁，还可以。"说罢余秀华狡黠地一笑，周金香和余爸爸尴尬地笑起来。

我转头问周金香："是妈妈撮合他们两个的吗？"

"经过他们同意嘛。"周金香仍旧慈爱地微笑着。

余秀华起身反驳："是经过你自己的同意吧，我可没有同意。"她起身，摇晃了一下，离开了饭桌。

周金香对我补充："我那个'儿子'是身体蛮好的人，他瞧得起我女儿我就同意，你说是不是？"

后来，在余秀华和尹世平都不在场的时候，周金香跟我说，尹世平刚来余家时说自己比余秀华大不到十岁，结婚后看到他的身份证，才发现这个从四川来的上门女婿隐瞒了自己的真实年龄，实际上他比余秀华大十几岁。周金香觉得这也不是多大问题，重要的是自己的残疾女儿有人要，对方是个健全人，还入赘了余家，这相当于余家多了一个儿子，她也常用"儿子"来称呼尹世平。按照本地的文化，"倒插门"家庭的孩子要随母姓，姓余而不姓尹。周金香不认为余秀华有能力照顾自己，而当他们老去、无力照顾女儿时，尹世平有义务照顾自己的残疾老婆。

"我是为了她好，我只想余秀华有个完完整整的家。"

对尹世平而言，他干了十来年泥瓦工并未攒下什么钱，三十几岁终于讨到老婆，虽是残疾，但仍可生儿育女、传宗接代，也算是对祖上有了交代。另外，他不需要自己去盖房子、搞家业，一直住在余家的宅子就好，不管出门打工多久，回到横店也有他吃有他住。当然，他还有了一个女人，不管感情如何，终究是他的老婆。

而在当时的闭塞环境里，十九岁的余秀华并不知道找对象可以挑

201

选，也不知道该怎么挑选，她甚至不理解结婚、和一个叫作"丈夫"的男人睡在一起意味着什么，更不知道什么叫作"爱"，以及如何去爱。她相信了母亲说的"都是为了你好"，也觉得身边多一个伴儿也并无不可。

婚后不久，余秀华内心就产生了莫名的紧张和恐惧。结婚第二年她就想离婚，被家人阻止。生了孩子后，尹世平长年在外打工，过年回家也总是喝得烂醉，酒后他的音量高了三倍，常和余秀华陷入争吵。不过，他没有对余秀华动过手。余秀华继续"忤逆"，要离婚，周金香觉得无论如何都要压制住女儿。

"他们要脱离（离婚），我不允许，小孩必须要有亲生爸爸妈妈在身边，要有个完整的家。我跟姑娘说，你要离婚你走，我留着尹世平，给他再找个姑娘。我就这样说，要管住他们，不能离婚。我女儿行动不方便嘛，行动方便我不会这样管。"周金香有些焦灼地说。

余秀华的压抑和恐惧需要排解，她从二十几岁开始写诗，用她的话说，诗歌是她在摇摇晃晃的人间行走的拐杖。她早年的诗歌里，有相当一部分是情诗，那些诗里有纯粹的情感和无尽的想象。《穿过大半个中国去睡你》也是一次想象的相遇，在那想象的世界里，情和欲都那么美好和炽烈。这些诗歌有时会指向特定的人，比如"阿乐"，就是余秀华早年暗恋的一个电台主持人，她喜欢他的才情，喜欢他温柔的声音，常常幻想和他在一起的场景，这在她的自传体小说《且在人间》里有细致的描述。从那些文字可以看到，她越是困在婚姻中，就越是需要对爱情的幻想；她越是匍匐在现实的泥水里，就越要把幻想筑在更高的云端。她在《无端欢喜》中说：

余秀华家的老屋,2015 年 1 月的一场雪后
纪录片《摇摇晃晃的人间》截图

横店村的麦子每年五月成熟,但新农村建成后,绝大部分麦田都消失了
纪录片《摇摇晃晃的人间》截图

那时候,我急切地想要爱情,与其说是爱情,不如说是一种偏执的证明。有许多事物已经证明了我的存在,可是如果没有爱情的进一步证明,我对已有的证明依旧怀疑。现在想起来,我是在与自己较劲:世界让你到来就已经是一种应许,而我为什么一直对这样的应许不停怀疑,必须在我自己的身上打开一条血肉模糊的道路才能证明证明本身的效果?……我要疼就往死里疼,我要毁灭就万劫不复。

在余秀华的诗歌里,处处可见她的爱与哀愁。她写"一棵稗子提心吊胆的春天",自比为无用且低下的稗子,在胆战心惊中渴望像稻子那样拥有春天。在另一首题为《下雪了》的诗歌里则直接写了她心中爱情和婚姻的关系。

> 说出这个事情,一切就结束了。而我不知道什么事情
> 开始过
> 在鄂中部,等候一场雪只是一些麻雀儿的事情
> 这注定来了,然后过去。剩下的就是它们体内的好天气了
> 只是我不止一次发现,我不如一只麻雀儿
> 喜悦,哀愁都是退色的暗斑,提不起来
> 昨天夜里,听见雪打响窗棂,我突兀地叫出了一个人的名字
> 身边的人无动于衷
> 当然他动不动,这个名字我还是会叫出来
> 一辈子在一个人的身边爱着另外一个人

这让我罪大恶极，对所有遭遇不敢抱怨

对身体的暗疾只能隐瞒

半夜，借手机的微光撒了一泡尿

听见雪兹兹融化的声音

我又一次感到，我是多么庸俗的一个女人

比如此刻，我的偏头痛厉害，眼泪不停地流出来

我只想逃脱这样的生活

和深爱之人在雪地上不停地滚下去

直到雪崩把我们掩埋

无论是散文里的"万劫不复"，还是诗歌里的"雪崩""掩埋"，都像一道道谶语，预示着几年后余秀华的一段爱情"历险"。

多年来，余秀华常常想要"造反"，搞"脱离"，周金香都会尽全力阻止，有时还会找她的姐妹也就是余秀华的姨妈们帮忙。当余秀华和尹世平要奔向民政局时，周氏姐妹会一起行动，去到村子的路口，堵住两人，然后苦口婆心地劝他们回家继续过日子。至于余秀华把自己关在屋子里写诗，任她写去，母亲不去干涉。就这样过了二十年，周金香完全没想到，女儿涂涂画画的那些看不懂的文字，竟然改变了她的命运。2015年，余秀华成为横店村乃至钟祥市远近闻名的文化名人，并迅速实现了经济独立。周金香目睹了女儿的"成功"，也陪伴女儿去到北京的中国人民大学，大学里的著名教授和《诗刊》的编辑围绕在女儿身边，央视和人民网的记者也在那里采访女儿。还有一次，她陪女儿参加湖北省图书馆的一个文学活动，现场几百名读者聆听余秀华讲述她的创作历

程,并热烈讨论她的诗歌,此时的周金香坐在角落里,偷偷用纸巾抹了抹眼泪。

在现场交流中,主持人提到余秀华的妈妈也来到了现场,请她也讲几句。在大家的掌声中,周金香有点难为情地站起来,对众人说:"谢谢各位领导和老师!我没得什么水平,我是农村人,对于我这个姑娘,我们对她的培养和教育是我们的责任,我们还应该对她付出更多,因为她病了后没给她看好,我感到蛮遗憾!现在你们都在帮助她,我真诚地感谢!"说完,周金香对大家鞠躬致意。

活动结束后,余秀华被读者团团围住索要签名。有几个记者和中年女读者围在周金香身边,听她对女儿的看法。

"我就想安置她,照顾她,所以给她招了上门女婿。"周金香有点腼腆地跟大家说。

"那她现在还幸福吗?"一个女记者问。

"现在……"周金香考虑了一下措辞,"还可以嘛。"说罢,她自顾自笑了起来。

一个戴眼镜的男记者微笑地问:"这算不算是包办婚姻?"

"也可以说是,也可以说不是。"周金香仍旧微笑着。

"她在你们农村是知名人士,应该很受欢迎了吧?有没有什么改变?"

"她还是一个农民。和以前一样的。"

余秀华的盛名并没有改变母亲对她的认知。回到横店村,周金香对我说:"她现在这么能干我也不佩服她什么,家庭和气我才佩服,这个家庭哪怕穷一点,只要是和气的,我就高兴。"

让很多人佩服的余秀华恰恰忤逆了母亲。五月的农忙时节,尹世平从北方的工地回家帮忙，趁他在家，余秀华再次提出离婚。这一次，不只母亲反对，父亲也表达了担忧："你现在越是出名越不能离婚，人家会批评你出了名就甩了丈夫，会有很多人说三道四。"

周金香此时已经确诊肺癌，余秀华多次陪她去武汉接受放化疗，每个疗程结束后，她都更憔悴了一些，农活完全做不了，只能在田埂边坐着，看丈夫和女婿劳作。她也几乎不去厨房了，那里烟熏火燎，进去一次就咳嗽不止。五月的一个下午，她坐在屋檐下一边咳嗽一边对女儿说："我得这个病需要心情愉快（才不会加重），你偏偏不给我愉快。"余秀华像妈妈以前那样在院子里洗衣服——妈妈已经不能帮她洗衣了。她并不想满足母亲，笑着回撑："你不愉快关我屁事，好像是我离婚给你增加压力了。"

周金香有些无奈地看着女儿，没有应声。

江汉平原已快要入夏，余秀华穿着一件薄薄的上衣和一条碎花裙子，摇摇晃晃地走去池塘边淘洗衣服。周金香仍坐在院子里的廊柱下，穿着紫色碎花薄棉袄，这件冬衣在五月显得不合时宜，她的身体已经明显虚弱了。周金香叹了口气对我说："就勉强过吧，只要我儿子（尹世平）改变一下，不发酒疯就行，喝酒没好事。"她停顿了好一会儿，继续说道："他是正常人，我女儿是残疾人！我和她爸爸要继续做他们的工作，她儿子十九岁了，离婚对儿子有什么好？我们这里的男人，有谁会和她成家呢？"她满脸忧愁地看着我，这样的问题对于她显然无解。

"我们要维持到她儿子长大，都是为了一个完整的家。"说完，她把双手拢起，似乎身体和内心都有某种寒意。

母亲的情绪和病情、父亲对周遭舆论的担忧，都对余秀华产生了一些影响,她妥协了。更为现实的因素是尹世平并不同意离婚,除非能给他满意的经济补偿。"我给这个家做了那么大贡献,说赶我走就赶我走?!没那么容易。"尹世平在眉头紧皱的周金香面前愤愤地说。而余秀华,虽然已经通过出书开始挣稿费了,但她一分钱也不想给尹世平,自己是个残疾人,为了离婚要把写诗挣的钱分给作为健全人的丈夫,这事她怎么也想不通。

"我爸爸让我在农村给他搞个房子,我根本不想在他身上花任何钱,我凭什么?!他结婚什么都没给我,我为什么?!如果我没出名,我哪有钱?我的钱和他没有一点儿关系,我为什么给他呢?"

2015年的大半年时间里,余秀华频繁地离开横店村,去到不同的城市。很多地方都是第一次踏足,有时候她早晨醒来,会一时不知自己置身于何处。她也结识了各色各样的朋友,其中有诗人、歌手、记者、律师、教师、主持人等等。她的世界出现了太多崭新的面孔,太多话语的流动,太多经验和思想的碰撞,这一切都在影响她、重塑她。与此同时,已有两家出版社出版了她的诗集,销售的速度远超预期,这意味着她已经实现了经济独立。

快到冬月,我给余秀华打电话问候,她告诉我她已经去法院起诉了离婚。"他就算不同意我也要离!"电话里的她变得很坚决,让我有点惊讶,"以前的我就是不够坚定,很多时候也在为别人考虑,比如我爸妈。"

去法院起诉前,余秀华和父母商量过——与其说是商量,不如说是告知:"他们不同意我也要去!"还好父母没给她太大的阻力,父亲基本上默许了,母亲则日渐虚弱,反对的音量越来越低。余秀华挣到的稿费已相当可观，这给了她一种踏实感，让她觉得未来的生活会更好。"时机成熟了！"她决定果断行动。

余秀华给在北京打工的尹世平发了"通牒"："你这个月回来我给你十五万，下个月回来给你十万，你随便！"

她从心理上已跨过了"花钱离婚"这道坎儿："如果用钱能把自己生命搞好，能把自己救活，那我觉得还是很值得的。"

我很快赶到横店村，余秀华的决心和行动都超出我的预想。而她，则希望我第二天和她一起去法院催促法官尽快办她的离婚案子。"他们效率太低了，说什么让我证明夫妻情感破裂，我怎么证明？！"她狡黠地对我笑了笑，"你既然来了就要帮我，去法院说你是中央电视台的记者。"

第二天是个阴天，早上起了层雾。余秀华穿上去年冬天的那件桃红色大衣。一年前的她刚刚出名，仍有一个看上去完整的家，但如今这个家即将分崩离析。走到镇上的人民法庭外，她忽然回头问我："我这样带着记者去找人家是不是不大好啊？"

"没啥不好的，你不是想要催一下吗？"我说。

办公室里，一名中年男性站在黑色办公桌后，语气急促地用方言打电话，桌上摆着六七沓文件，一包烟竖着立在桌子上，似乎正等待被庭长抽取。办公室里没开空调，很是阴冷，余秀华平静地站在桌子对面，两手插在大衣兜里。庭长电话刚一放下，她马上问："我就是问一下你们的法律程序是什么样的？联系他（尹世平）的时间和开庭时间有什么期限？他的电话打得通啊。"

庭长低头吹去桌子上的烟灰："联系上了他之后我们才能定开庭时间。"

余秀华没有用本地方言沟通，而是用普通话。对她而言，法庭办公室是一个正式的地方,而且,她也是生平第一次通过法律程序办理离婚。"他不是联系不上,电话不是打不通,你们就是没联系他,为什么一直不联系?"

"不是跟你说过吗?现在是年底,都忙,我们还有其他事情,还要报账,不是为你这一个事,是吧?我们总要有个安排。"

余秀华张张嘴又合上。她几十年来用尽心思想做的事,也只是庭长的若干件工作之一,并不比报账更重要。庭长穿着黑色呢子大衣,手插在兜里,兜里的手机又响了。

"等我们忙完了这段时间,再联系他。"接通电话前,庭长对余秀华说。

余家堂屋的饭桌上,余秀华和爸爸妈妈围坐在一起吃饭。余爸爸还是老样子,穿着去年冬日那件黑色皮夹克,他喝了一两酒,脸就变得通红。周金香穿着厚厚的深蓝色长大衣,戴着厚实的毛线帽,还系了条围巾,脸上的皱纹愈发深了。

"你搞什么啊?让他赶紧回来,他工钱还没结。"母亲对女儿有点埋怨,"你还怕搞不成啊,真是烦!"

周金香明白女儿这次搞"脱离"木已成舟,无法阻挡。她这两天流了不少眼泪,眼睛是肿的,眼袋很深,吃饭的状态也与春天的时候明显不同,速度异常缓慢,吞咽都变得困难。

余秀华刨了口饭,说:"你这样烦,还会生别的病。你心好,但要用在对的地方,知道不?你这叫假慈悲。"

周金香被女儿噎得哭笑不得:"我就是反对这件事。"

余秀华用手背擦了一下嘴巴上的油汤:"你凭良心说,你反对一点道理都没有，就是你想做一个好婆婆，到哪里你都可以说。你就是为了你的一个好名声。"

"我为了一个完整的家。什么名声不名声啊！"周金香皱着眉头对女儿说。

"这个家从来就没有完整过，哪一天是完整的。"余秀华用手指敲了敲桌子，强调她这句话。

"那肯定是完整的，你心里看起来不是的。"

"你是活给人家看的还是活给自己看的？"

"活给人家看。"

"我呸！活给人家看。"余秀华右手攥紧了筷子，本想夹菜，又停下来，"你这观念就不对，非说周金香是道德标榜，非说自己是多好的人。"说罢直摇头。

"只要人家说是完整的家就可以。"

余秀华继续吃自己的饭，念叨着："唉，我要是一直听你的，要上几辈子的当。不要为了所谓的你想做一个好婆婆什么的，我就受这些气，我是不会成全你的。我可不想等到我六十岁了再离婚，那我不亏大了！"

周金香的眼神充满了疑惑："你说你亏了，他说他亏了，不知道到底是哪个亏了。"

放在以往，母亲的眼泪和周遭的议论会让余秀华畏惧，而现在，她已不再害怕。身体里反抗的力量积聚了太久，变得越来越强，终究要爆发出来。

余秀华在饭桌上问母亲是活给人家看,还是活给自己看
纪录片《摇摇晃晃的人间》截图

补偿

冬天，尹世平在北京的建筑工地打工，我准备去见见他。

见他之前，我联系了余秀华，她在电话里笑着对我说："既然你去找他，你帮我个忙，把我的想法、我的条件告诉他，帮我跟他谈谈行不行？我和他一打电话就吵架。"

尹世平工作的地方在北京西北远郊，比我预想的要远得多，我从东四环出发，路上用了两个多小时。一片空旷的城乡接合部散落着几栋建设中的灰色楼房，工地门口写着某国际医院项目部，尹世平在电话里告诉我，这就是他干活的地方。

按照尹世平的描述，他虽然出身于四川农村，却几乎没怎么做过农活。他算是初代农民工，从1979年就出来打工，辗转南北各地做建筑工、搬运工等重体力工种。三十多年来，他大部分时间都在远离横店村的工地上劳动。

这一天，尹世平一直在这栋未来的国际医院的毛坯楼里和泥沙，并把和好的泥沙运送到指定位置，其他工人用他和好的泥沙打地坪，这是典型的泥瓦工工作。老尹说他每天工作时长近十二小时，工资一百五十元一天，多年来一直在做这个工作，他的工资在泥瓦工里算是很低的。他自从1995年入赘余家后一直住在余秀华父母的房子里，几十年来没有攒下钱来单独盖房，另起门户。这一点有时被余秀华耻笑，老尹反唇相讥："我要是有那么大本事还会找你？"

早些年，尹世平曾经想把余秀华带到北京打工。"她可以在工地上开电梯，一个月工资两千多，可她不来。"尹世平露出遗憾的表情，"如果我们两个人在这里打工,一年能挣六七万呢,可以好好过日子。"

这种过日子的方式并不在余秀华的选项里。"我跟他去打工,帮他洗衣服?那叫好好过日子吗?不对,我想这个不对,我做不到。他打工的钱都在他手里,我没钱,我用钱都是找我父母要一点。"

余秀华不想伸手找任何人要钱。她一个人去过温州的一家残疾人工厂打工,做皮包,每天劳动十二个小时,她忍了。"我更愿意选择去打工,想自己挣钱养活自己,谁不想独立呢?"

尹世平戴着浅蓝色的安全帽,穿深蓝色的工服,背后印有"金螳螂"三个字,是一家建筑装饰公司的名字。他身体瘦削,脸颊凹陷,眼睛里总透着一股迷茫。他在十二楼的一个房间里和泥沙,窗外的阳光明晃晃地打在沙子上。西北风从窗户缝里灌进来,发出尖利的声响。尹世平停下手里的活,在一个灯泡下吸烟休息,他的牙齿参差不齐。

"今年腊月我就可能回家,老板把账结了就回家,不结账我们也不会放过他,非要把钱拿到手。"说罢他扔了烟头,朝地上吐了口唾沫。

他说余秀华来北京从来不通知他,他们之间很少通电话。

"我也没给她发过短信。"

"为什么不发?"

"不会发。也不晓得怎么写。"尹世平有点难为情地笑了笑,"但我一个月要给儿子打至少三个电话,我想儿子,可儿子不想我,我问他为什么每次都是我给你打电话你不打给我,他说我也不给我妈打电话。"

他们的儿子在上大学,确实也很少和余秀华联系,他的同学甚至都不知道他母亲是余秀华,他不愿说。

从工地往北,走过一片飞舞着塑料垃圾的荒地,就看到一片蓝白活动板房，尹世平就住在这里。工棚有三层，围成四方的院子，院里停着两辆车，食堂、厕所、洗漱的水池都在一层，二三层是工人宿舍，向阳的过道里横七竖八晾着衣服。宿舍是四人间，很狭窄，一人一个高低铺，下铺睡觉，上铺放个人物品。

尹世平去食堂打了菜，回到宿舍，坐在床边吃饭。这天的菜是白菜豆腐，里面有零星肥肉，他就着四川辣酱和米饭吃。尹世平显然饿了，端着饭盒急匆匆地刨着，额头很快渗出了汗珠。旁边的工人也都坐在各自的床沿上吃饭，他们大多四五十岁，不怎么说话，眼神充满疲惫。

饭后，尹世平点燃一根烟，一个六十岁上下的湖北工友是他的朋友，一边洗脚一边跟他闲聊。

尹世平说："新《婚姻法》规定六十天内不签字的，就当是自动离婚，她非喊我走法院去离婚。像这种女方主动离婚的，我两个月不去签字，就算主动放弃了，我一分钱都得不到。"

工友不屑地说："你谈都别跟她谈。"说罢摇了摇头。

尹世平提高了音量："你别摆脑壳，这一点我懂。"

"你懂个屁！她一个残疾人，你三两年一拖，她还能有多大的劲头？人怕出名猪怕壮，总有她落下去的时候。你立场要站稳，你说离婚可以，但是，我不签字。喊你回去离婚，你软拖硬扛，就不去。"

"我现在考虑我儿子，我不是为她考虑，考虑等我儿子大学毕业了，他能自己找工作就可以了，我现在离婚了就是儿子造孽，没有个完整的家。"

工友继续摇头，觉得尹世平的立场仍有问题。

"她开始说给我十万，十万我肯定不接受，后来才说十五万。你想让我白走吗？在横店村，她父母要遭一辈子骂。"

尹世平有点委屈，抹了抹眼角的泪水。

"强扭的瓜不甜，是噻，她比我小十来岁！现在由她去了，她要怎么想就怎么想，晚上睡觉我就流眼泪，有什么办法？"

工友说："在你的船头站稳了，任大风摇去，你扛个三两年。"

尹世平扬起眉毛，额头的皱纹很深："我也不是吃软饭的，我总要比她强一点点，她去温州打工，我问她打工挣到钱没，她说一个月工资都没拿到就回来了。我说你自讨苦吃，你跟着别人去讨饭噻。我在外面打工，就算干半个月老板也要给我工钱，更别说你是残疾人。我在外面打工，没有哪个老板敢差我的钱！"他提高音调，瞪起眼睛，挺直了腰杆。

尹世平经常被拖欠工钱，他也会想各种办法讨工钱。有一年，尹世平在横店村附近的荆门市打工，春节到了，老板还欠他八百块钱，尹世平拉着余秀华一起去讨薪。他拽着她去了荆门的康复医院，里面有一栋楼刚刚竣工，脚手架还没拆。楼下围满了要钱的工人，男男女女都有，在寒风里等老板的车从这里开出来。

余秀华有一次在电视演讲节目中描述过这段往事，也在她的小说《且在人间》里对这件事有细致的呈现。"他对我说，等一会儿老板的车开出来的时候你就拦上去，你是残疾人，他不敢撞你，我问他如果真的撞上来怎么办，他没有说话。"

尹世平满不在乎的态度刺痛了她。

"在他那里我的生命就只值八百块钱，还不够一头猪！"

尹世平的工友也看过余秀华的电视节目，一个来自湖北的包工头对他说:"其实你老婆我在电视上看到过一次,就这样,用这两个指头写字。"他叼着烟,用手比划余秀华奇怪的肢体动作,"我当时还不知道是你的夫人。"

尹世平约了包工头和湖北工友一起去吃火锅,包工头是个中年人,身边有一名穿红衣服的年轻女人。

"好不好看?"年轻女人更关心余秀华的长相。

"好看。歪嘴。"尹世平有点尴尬地笑了笑。

包工头继续说:"你们夫妻一场,是吧,到中年了,儿子大学也上了,她要说离婚不觉得愧疚吗?是不是?总有个道理嘛,你是不顾家啊,还是挣的钱没拿回家?"他站在尹世平的角度,话语指向余秀华,"你之前是什么人?我跟你结婚。作为残疾人,我同情你,残疾人也是好人是吧,现在你有名了不要我了。"

尹世平回应道:"她现在搞到钱了,我搞不到钱,我现在如果有一百来万,她会提出离婚吗?"他无奈地笑了笑,"我大哥说你哄一下她吧,我怎么哄啊?我又说不来好话。"

"女人就是个猪,只靠你会哄。"包工头瞪着眼睛说。

尹世平应和着:"是啊,本来就是啊。"

余秀华多次提到,她和尹世平的婚姻从一开始就充满不平衡,一个健全人找残疾人做老婆,就算他再怎么穷,再没什么本事,也有某种优越感。但同时这也加重了他的自卑心,毕竟他讨的是残疾老婆。尹世平曾经把余秀华带回四川老家见家人,家人都不待见她,此后他也不愿回四川了。

"他的自卑我不买账,不管在哪里,要把自己当回事,别人才会在乎你啊。我结婚不是为了修正你的性格缺点，你比我大那么多，我怎么改变你啊，如果在婚姻里你想改变一个人，这个婚姻就完蛋了。"余秀华说。

人间到处是被撕碎的绸缎般的薄薄怨仇

和尹世平见面半个月后，我突然接到余秀华的电话："尹世平明天就要回来跟我离婚了，明天我们就去民政局。"电话那头的她非常高兴，几乎雀跃起来。

消息来得有点突然，我和拍摄伙伴火速赶往湖北钟祥，碰到了刚从民政局出来的余秀华和尹世平。余秀华穿着灰色棉服，斜挎一个粉色皮包，从包里掏出离婚证，喜滋滋地冲我扬了扬。打开离婚证，日期写着2015年12月14日，余秀华这天拍的一寸照片贴在上面，照片里的她嘴往上翘着，一副倔强的样子。尹世平穿黑色薄羽绒服，面露笑容。他买了几瓶花花绿绿的饮料，塞给余秀华手里一瓶橘黄色的果粒橙，自己留了瓶绿色的，这是我第一次看到他买饮料给余秀华喝。余秀华欣然接过。

回横店的路上，两人像是说相声一般上演了一段段精彩的对话，余秀华是逗哏，尹世平是捧哏，我从来没见过他俩如此放松的交流。

尹世平挑着眉毛笑着说："结婚麻烦，离婚也麻烦。"

余秀华说："离了婚多好，还可以做朋友，不离婚就是仇人。"

"离婚后我也要打光棍，再结婚也是麻烦。"

余秀华略带鄙夷："有钱能使鬼推磨。"

尹世平咧嘴笑了："你还没给我钱呢，怎么推磨啊？"

"对啊，我还没给你钱，你不着急吗？"余秀华笑着逗自己的前夫，"我要是不给你可怎么办？我只给十万吧，那三万就不给了。"

"你开头说给我十五万，我都给你少了两万。"

"等我有时间再给你打钱。"余秀华仰头喝了口果粒橙。

我问尹世平："尹哥，你高兴吗？"

"我有啥高兴的，我还怄气。"

余秀华笑了，指了指尹世平的脸："看看他的样子像不高兴吗？"

"结婚二十年，一点感情都没有吗？"

"对啊，还差两天就是结婚二十年了。"

"不对，今天初四，还差十天。"尹世平纠正余秀华。

"真好！结婚二十年后可以离婚。"余秀华看着车窗外灯火划过，喃喃自语。

"你可以潇洒了。"

余秀华扭头对尹世平说："我告诉你，没离婚前我可以潇洒，离婚后我才不会，那是有区别的。"

尹世平没理解余秀华的话。

"我终于摆脱了你这个大骗子。"

尹世平笑道："我也终于摆脱你了！互相摆脱！"

"哈哈，那我不打钱给你了。"

天黑后，我们到达余家老房大概一百米外，原本的池塘、老树已不见踪影。它们曾经是"家"的坐标，如今坐标消失，回家的路已不可寻。余秀华、尹世平摸黑往远处家里的灯火一点一点挪动，像是在探险。余秀华突然"哎呦"了一声,差点摔倒,对黑暗中的尹世平说:"你牵一下我。"尹世平牵住余秀华的手,搀扶她往前走,笑着问她:"你觉得我对你好不好?"余秀华随口说了句:"好!"

当晚,一家人在堂屋一起吃了顿"散伙饭",余爸爸做了小火锅和七八个下酒菜,给尹世平倒了一满杯酒,也邀我们几个一起举杯。余爸爸笑着对尹世平说:"好聚好散,过年就回来玩。"他努力维持一个家庭最后的一点体面,也努力让这冒着热气的家宴显得不那么苦涩。余秀华没喝酒,也吃不下多少东西,突然胃疼起来。母亲周金香忽然从隔壁房间走出来,眼睛肿得通红,一脸的悲伤和疲倦——知道女儿女婿要领离婚证后,她昨晚一夜没睡。周金香戴着一顶厚厚的毛线帽,穿着大衣,似乎身体里有浓重的寒气。余秀华因为她的愁容胃更痛了,吃不下饭,回屋躺在床上,身体陷入周期性发作的情绪性疼痛中。

周金香也回到卧室,叹息着对我们说:"我真的是一夜睡不着。他俩离婚后将来如果各自又结婚了,我孙子会有多大的负担啊,一个人要照顾四个人啊,他们怎么就不为孩子想想呢?!"

堂屋里两个男人并没操心这些,他们已经吃完饭喝完酒,尹世平收拾着桌上的残局,把一根骨头扔给在桌下等候多时的小白狗。小白狗叼起骨头,从堂屋窜到黑漆漆的院子里。

余秀华从房间走到大门外,妈妈在一棵樟树下抹眼泪,背对着她。周金香仍在对女儿抱怨:"这事对我都这么大刺激,对你儿子没刺激吗?"

余秀华因为胃疼蹲在地上,反驳妈妈:"你怎么知道对他有刺激呢?就算有刺激也是可以的,他都十九岁了,要是一点事都承受不了,他以后还能干什么?"妈妈在黑暗中背对着她。余秀华站了起来:"我离婚是什么丑事吗？还是坏事？你为什么这么伤心呢？我做了对不起人的事情吗？你这样一直哭，我想不通。"

周金香站在黑沉沉的夜色中，沉默着。余秀华准备转身离开，妈妈突然开口说："有几个人像你这么心硬？！"

余秀华愣了一下，问妈妈："我离婚就是心硬吗？"

妈妈的声音从黑暗中传来："有点。"

余秀华倔强地反驳着："我就算心硬也不会改了。我心硬也是你给我的心！"

妈妈没说话，转身回屋了。余秀华扭头看向妈妈的背影，有些委屈："天哪，你说我心硬！"

妈妈不再理会，余秀华杵在那里，像个孩子般自言自语："你说我心硬就心硬，反正我不会复婚了，你要哭你就哭。"

这些话如果是从尹世平口中说出，余秀华不会这么委屈，但妈妈用一句"心硬"来评价她，带有很强的否定情绪，她确实难以接受。周金香确诊为癌症晚期后，一直是余秀华一次又一次陪妈妈坐火车去武汉治疗，住院期间也始终是余秀华在陪护。爸爸和弟弟只是短暂探望，没有一直陪在周金香身边，余秀华在妈妈病床边的小折叠陪护床上度过了许多难眠之夜。母亲在医院治疗期间非常胆怯而脆弱，幸好女儿在身边，成为她重要的心理支撑。更别说多次检查、放化疗及药物的花费，有相当一部分也是余秀华在承担。所以，妈妈说她"心硬"才让她如此委屈。

在我看来，这家人没有哪一个是真正"心硬"之人，包括尹世平在内，都不是。余秀华绝非薄情之人，她对长久亲密关系里的人都有感情，也很会替对方考虑，为对方留有余地。只要得到过关爱，她就一定会报答，往往不是甜言蜜语，而是切实的行动，对我这样的朋友也是如此。她一直愿意让我拍摄她的生活，开放度非常大，并不是她不在意自己的隐私，而是她在某种意义上帮助我。她愿意成全好友，成全家人，成全别人是一种情、一种义。

火化前，周金香的遗体摆在殡仪馆大厅，亲友们挨个过来和遗体告别。有人打开包裹着遗体的黄色袋子，露出周金香的脸。她身穿暗红色寿衣，安静地闭着眼，头戴一顶白色帽子。亲友们每人手持一枝白色菊花，轮番走到周金香面前，把花放在她胸前。

余秀华一身黑衣，戴着她的黑框眼镜，头发扎成一束，脑后系着一条白色孝布，深情肃然。此时，她离婚已有大半年，诗集出版了两本，稿费收入除了分给前夫尹世平的那部分外，也会用于给儿子大学毕业后买房。儿子再过一年就毕业了，余秀华催他谈女朋友，还曾和儿子开玩笑说想早点当婆婆。此刻，她擎着那枝白花，抱着厚厚一沓纸钱，把花放在妈妈胸口，纸钱塞进黄色袋子里，紧贴妈妈的手。周金香生前花女儿最大的一笔钱就是治疗癌症的开销，此前她没有享过女儿的福。此刻的她更无法享受这个残疾女儿给家庭带来的荫庇，也无法帮助女儿再次建立一个完整的家。

周金香的遗体被推进火化炉，一个多小时后，工作人员端出骨灰给余秀华和她的弟弟。母亲身体的骨架比余秀华大，那曾经强健的躯体在顷刻间化作一抔抔灰烬，本来正在啜泣的余秀华忽然放声痛哭，要不是身边有弟弟搀扶着，她可能会瘫倒在地上。

母亲去世一年后，余秀华写下一首《祭母辞》。

谢谢你给了我两次劫难：一次是你生下我
一次是你化灰入土

明月依旧高悬你走后的年月
摁下长夜的呼啸，摁下空山的嚎啕

我们在尘世里行走急急如律令
我们在死亡的路上行走急急如律令

你给了我最大的难堪。你走后的岁月
我每有哭意
就有你的一抹骨灰呛入我的喉

遥想多年后，我那华发早生的儿子
跪在荒坟间
左边是你，右边是我

此刻的秋风盈袖
人间到处是被撕碎的绸缎般的薄薄怨仇

离婚后的余秀华和前夫尹世平
纪录片《摇摇晃晃的人间》截图

离婚后回家的路上，余秀华站立不稳，让前夫尹世平牵着她
纪录片《摇摇晃晃的人间》截图

一种爱情

D 先生

  此前我拍摄余秀华的纪录片被命名为《摇摇晃晃的人间》，2016 年在阿姆斯特丹国际纪录片电影节获得大奖，之后在国内上映，引起极大反响，几乎所有的国内大媒体都报道过这部影片。很多城市和大学的电影及文化活动邀请我和余秀华参加，我们一起去了中国的许多地方，甚至远渡重洋，去了美国斯坦福大学等地做文化交流。行程中，我既是导演，也是她的"保镖"。这之后，我们几乎每年都会见面，即便不见面，也时常通电话。2020 年 3 月，我告诉她我要去封城中的武汉拍片，她说，你顺道来一下荆门呗，来我家喝喝酒。"我倒是也想啊，就是我进了武汉怕是一时半会出不来呢。"我说。

  几个月后，余秀华应一个景区运营方的邀请来到重庆，为景区的宣传曲写歌词，有几万块钱酬劳，还可在景区游玩几日。她邀我再次给她当"保镖"兼助理,我乐于接受这个差事,跟诗人一起"混吃混喝",游山玩水。我唯一要做的事,就是在她和陌生人打交道的过程中帮她弄清楚对方的意图,在她签合同时帮她看清楚每一个条款。

"我给你做跟班,你的钱不分我一点吗?"我认真地问余秀华。

"可以啊。你要多少?要不你以后就给我做经纪人得了。"

话说真要给余秀华做经纪人,应该是很有意思的事,和她一起行走江湖之远,会遇见很多有趣的人。这些年她除了靠写作、出书挣钱外,其他"外快"也不少,少则几千,多则几万——拖着摇摇晃晃的身体天南海北地跑,总要有些收入才行。她这几年的生活,既有了诗与远方,还有了彻底的经济独立,甚至"福荫"到家人。

"我爸经常找我要点零花钱,给他买车也花了几万。"

"倒也不多。"

"给我儿子买房花了七十万呢!"

余秀华的儿子在湖北某国企上班,头一两年月工资三千多,能维持基本生计。像很多九零后孩子的父母一样,她愿意帮助儿子置办房产。另外,几年前离婚时,她的经济实力也"惠及"前夫,尹世平用余秀华给的十三万在横店村买了一套新农村住房。

总结一下,余秀华的出名带来的经济回报,直接帮助了与她有重要交集的几个男人:儿子、爸爸、前夫。至于后来她和Y先生交往时给对方的帮助,是另外一种,那是后话。唯独没有享受到余秀华"福荫"的,是她的母亲周金香,这是余秀华的大遗憾。

"你要不要在重庆买个房?咱们做邻居。"我半开玩笑地跟她说。

"唉,我也不想老和我爸爸住一起,但好像又有点分不开,让我一个人在哪个城市生活,我还是觉得有点难办。"余秀华略显踌躇。她仍和爸爸一起住在横店村,只不过没有住在过去的老房子,而是新农村的一套新居。她和爸爸有点相互依赖,不过在生活上更多是她依赖爸爸。一日三餐、收拾家务主要是爸爸在打理,余秀华不爱做这些事,与其搞卫生、做家务,还不如待在楼上自己的房间看书写作,或在斜对面摆满了植物的巨大露台收拾花花草草,这才是她的乐事。

总有人说,一个诗人、一个作家好好写作就行了,只需要让人们看到更优秀的作品,不要去染指太多乱七八糟与文学无关的事,更不要被商业吞噬。可诗人不是活在别人的想象里,而是活在自己的生活里,只和出版商或者其他委托方之间有义务。不过,即便和重庆的景区运营方签了写歌词的合同,余秀华也是先喝了两天酒才"干活",真正干活的时间大概也就两天。她写好了歌词发给我看:

黄桷树下翩翩起舞都是我的媚/执手相看到天明谁都叫不回/故事悠悠江水千年流不废/他曾数着过往的沙车千杯不醉/一个小村就是一段历史再饮两三杯/朝看日出夜听涛声山风徐徐吹/触摸着石头墙壁此刻我是谁

还算有模有样,至少黄桷树的意象抓住了重庆的特点——黄桷树是重庆市树,满城可见,很多老树颇有历史感。

"你挣钱可比我利索多了。"我对余秀华说。

"拉倒吧你。"

我和余秀华都住在景区附近的半山酒店,山里植被茂密,早上雾气弥漫,晚上则如她歌词所言,山风徐徐,夜听涛声——嘉陵江距此不远。我和她一边倾听竹林在风中的飒飒之声,一边聊天。

余秀华说:"我和他交往这么多年,他就一句话给我打发了。"

我问:"他那话怎么说的?"

"他就说他不喜欢我。"

我琢磨了一下:"他这个不只是一句话啊,他这是个拒绝。"

余秀华有些悻悻然:"是啊。"

大概从2018年开始的两三年里,我和余秀华聊的话题中,总有一个绕不开的D先生。余秀华喜欢此君好几年了,确切地说,她爱慕的对象就是D先生。D先生比余秀华大好几岁,据她所说,是个颇有才华的舞文弄墨之人,成熟稳重,相貌堂堂,在体制内工作。

"你出名之前他并不认识你?"

"我出名前他不认识我,可我认识他。"余秀华幽幽地说。

"所以你喜欢哪种类型的男人?"

"基本上都是有才华的。另外,我希望他有很成熟的心理。"

余秀华告诉我,D先生在当地的文化圈子里对她很关照,但他绝不愿影响自己的生活。我没见过D先生,无从印证余秀华的描述,不过可以确定的是,她和D先生之间有很多精神层面的交流。

"在精神层面,只有他和我最契合,别的人好像都契合不了,这是没办法的事。"

"这个契合你怎么来描述?"

"就是我们聊天的时候,对事物的看法都会很一致,和别人就做不到那种完全的统一。有时他的思想比我要高级,他会引导我。他的思想的角度会比我高级。"

"如果说他不能够表现得比你更高明一点……"

"那么我没有可能对他这么着迷。"

"那,这是他最重要的魅力了?"

"应该是最重要的一部分。"

"我记得在几年前你就跟我聊过,你希望在两性的亲密关系里面,这个男人能够引导你。"

"是的,他有这种能力,别人还真没有。"

"所以你还是想找到一个比你更高明的男人啊。"

余秀华"贼眉鼠眼"地看看我:"当然你也是这样的人啊。"她狡黠地笑了。

"拉倒吧你。"

"你真的是。我平时跟他们说起你,我都说你是我生命中的菌丝(军师)。"

"军师"这个词倒是很有特色,虽然位居下级,但至少很有谋略。可我并不太喜欢这个角色,因为这意味着我要经常帮她解决麻烦。过去几年里,余秀华碰见一些大麻烦,多半会第一时间给我打电话,电话那头总是传来她仓皇落魄的声音——最近遭遇的"抓马"太多,惹火上身,问我怎么办。这些遭遇里,有时是被人纠缠,有时是官司缠身,有时是被 D 先生拉黑,而最后这件事最伤害她,电话那头的她哭得很伤心。当然这时我多半手头都有事,或者在匆匆赶路的途中,但无论如何,我都会停下脚步接她的电话,在烈日下或倾盆大雨中耐心听她说完,了解每一个细节,帮她分析问题的本质是什么、如何止损、有无可能"翻盘"。她也知道我的长项在于理性分析,以及温和的中庸之道。多数情况下,我的意见对她还算有用(至少在安抚情绪上有用),所以下次她还会来找我,我会再次在街头停下脚步,倾听她新的"剧情"。至于她在网上遭遇的骂战,她从来不劳我伤神,我不会骂人,她在网上的战斗力又常常爆表,鲜有对手。

有一年D先生过生日,"菌丝"派上了用场——余秀华问我该送什么礼物好。

"你就从男人的角度帮我想一下,男性喜欢什么?"

电话那头的我刚吃完晚饭,正准备洗碗。"这个嘛,每个人喜欢的东西不一样啊,比如我,喜欢电子产品、书、咖啡豆。就你观察,D先生喜好什么东西?烟酒茶之类的,有没有他喜欢的?"

"他倒是挺好烟酒的,烟我不懂,那我送他一瓶好酒吧。"

"别送一瓶,要送就送两瓶,好事成双。"我继续把桌上的碗筷收拾到洗碗机里。

"那好,两瓶。我悄悄给他,不让他知道是我送的。"

为何匿名送礼,我没太明白。也许那段时间D先生拉黑了她,她怕礼物被拒,也许她享受那种躲在暗处感受对方惊喜的感觉,而后一种的可能性更大。

"我生日也快到了,你不送我个礼物吗?"我启动洗碗机,敲一下她的竹杠,"不要匿名哦。"

"拉倒吧你。"

D先生在某段时间里拉黑余秀华,是余秀华的"步步紧逼"所致。余秀华感到进退失据时,会问我该怎么办,让我从男性视角给她提供帮助。我通常会劝她往后退，退了大家还能做朋友；逼得太紧，连朋友都没得做。

"你们俩的关系到底怎么来形容？"

余秀华眼睛转了转："我也不知道，我也想不到怎么形容。"她用手指敲打着沙发扶手，想了一会儿，扭头跟我说："没有上过床的关系！"

"那算什么关系？！"

她哈哈大笑。

"你觉得他给自己设定的限度在哪里？"

"限度可能是不能谈恋爱，他就愿意和我做朋友，但是不愿意和我谈情说爱，他说的。"

"这个并不是你想要的对吧？"

"是啊。他说他不喜欢我，我就不相信。"

"他有没有表现出来，直接的或者间接的？"一个人喜欢另一个人，总是会有所表现的。

"他是从来没表达，但是他的行为，要我说，他的眼神我看得出来。"余秀华看着我的眼睛，笃定地说。

我也看着她的眼睛，忽然想起了电影《小城之春》，下一句发问有点加戏："他是发乎情止乎礼？"

"是的，我觉得是这样。"

不管这一桩友情是双向的，还是单向的，总之持续了多年，但 D 先生一直保持着克制的距离，不给余秀华半点机会，必要时他会继续拉开距离。余秀华从来都没能真正靠近过他，也从未从对方身上得到她想要的情感。

余秀华对爱情极为珍视，真正的爱不会轻易示人，她小心翼翼地把这份情感放在内心的一个角落，用自己的灵魂呵护着，用精神之光照耀着。她嘴上虽然常常"示爱"某著名歌手，或是"调戏"身边的男性朋友（比如后文提到的胡涛和我），但那都不是爱，顶多只是喜欢或好感，或是某种心理补偿。喜欢可以张嘴就说，但爱不能。她也愿意保护 D 先生的声名，不想毁坏他。

"范俭，从你内心来讲，你会不会觉得我有点花痴？"余秀华在夜色下问我。

"我没觉得。"

"我也这么想。可那么多人说我花痴。"

"你这些年就是专注于那一个人，真正情感上的专注，好像就那一个人对吧？"

"说不清楚，好像也喜欢过别人，但是最后都回到他身上，搞不懂。"余秀华皱了皱眉。

"那你现在对于爱情更愿意是一种什么状态？"

余秀华看着我，大声说："我更愿意我不爱任何人，不让它发生。没有爱情的时候挺好的，很舒服，对吧？"

"当然了，自由嘛。"

"不是自由，是心里没有负担，很轻松。"

"你说的那种负担到底是一种什么东西？"

"我和他本来好好的可以做朋友的，因为这个事搞得两个人朋友都做不了。"

"所以你的意思是,这个结局就是大致如此了,是吗?"

"是啊!"她深深叹了口气。

我和余秀华在 2020 年深秋的这场对话,现在想来有某种承上启下的意味。她从来没有被爱过,但她太想要爱了,以至于在两年后遭遇了一场爱情之"灾"。

疼

余秀华有段日子没和我联系了,我以为她已经忘记了我这个军师。忽然有一天,正在吃午饭的我接到一个电话,是一位记者打来的,这位记者刚刚在湖北钟祥采访了余秀华。那几天,余秀华状态很差,终日饮酒浇愁,多次提到自杀。记者离开后仍很担心她,希望我好好安慰她。这件事的缘由是,D 先生明确告诉余秀华他不喜欢她,这对她造成很大的打击。但那段时间她还是愿意和我打电话,也会和别的信得过的朋友交流,所以我觉得不至于寻死觅活。我告诉记者,余秀华应该没有大碍。记者是年轻女性,仍很担忧,说余秀华在她位于钟祥的"工作室"一个人醉了好几天,还是希望我尽快打个电话,言辞恳切。

我拨通了电话,电话那头的余秀华说话已不成句子,情绪十分低落。她情绪糟糕时会口齿不清,我在电话里很难听清楚她在说什么,只隐约听到:"范俭,我很疼。"

"哪里疼?"

"胃疼。"

她的胃疼又开始犯了，这次疼得非常难受，跟我说了几句就挂了电话。我联系上余爸爸，请他这几天多多关照一下女儿。

胃疼是余秀华的老毛病，几年前拍摄她时就偶尔发作，我几乎可以确定，她的胃疼多半不是由食物引起，而是因为情绪。

有一次，我们摄制组和她一起从香港到深圳，那天她的情绪很低落。在身边一群人中，她喜欢的一个爱好文学的年轻人倾心于另一位美丽的女孩，年轻人的眼神不时掠过那女孩青春的面孔，又掠过她裸露的线条完美的左肩，她的身体满溢胶原蛋白，年轻人被她迷住了。余秀华看着这一切，陷入了深深的悲伤，女孩的身体像一面镜子，照出了她身体的不堪，她知道，这样的男孩不属于她。她有很多次这样打量年轻靓丽的女孩，特别是当她熟识的男性身边出现这样的女孩，会让她从内到外地疼。从深圳罗湖站到宾馆的出租车上，她的胃疼一下子发作了，疼得说不出话，在后座上抓着我的手，握得非常紧，眼神里透着痛苦和无助。

2015年的跨年之夜，我在广州见证了余秀华最严重的一次胃疼，她疼到吐血了。

那时，余秀华去广州参加一场跨年颁奖活动，提前一天到了广州，去见她当时很喜欢的一个中年男子T先生，也是一个文化圈的朋友。她本来想单独见T先生，不过对方找了几个朋友和她见面喝酒，席间余秀华倒也很高兴，喝了一小时就有点微醉了，走路更加摇摇晃晃，离开时T先生搀扶着她，她笑得很灿烂。

第二天颁奖活动前，我再次见到余秀华，发现她情绪非常低落，像是变了一个人。她眼睛肿了，可能哭过很久，见到我后又大哭一场，很长时间才慢慢平复。她昨晚对 T 先生表白，但被对方拒绝，是那种不留任何机会的拒绝。她难以理解，对方没有婚姻，身边也没别的女人，本来对自己很关照，有过那么多愉悦的交往，为何拒绝了自己？答案似乎只有一个：对方是健全人，自己是残疾人。她觉得健全人不太可能爱上她，这像是对她生命的诅咒。可她极为不甘心，只要有一丝光亮，就仍会飞蛾扑火。

颁奖活动在海心沙，现场有一个巨大的舞台，不远处广州塔闪烁着迷幻的光芒。余秀华坐在后台角落，无助地看着我，背后的舞台正在上演喧闹的节目，紫色的灯光划过她的脸，让她的表情显得愈发悲伤。那晚大部分时间里，她都失魂落魄，脸上的肌肉和神经越来越难以控制（"脑瘫"使得她本来就不容易控制面部表情）。我很担心她登上舞台后会摔倒，爬不起来，还好舞台上有人扶着她。

活动终于结束，我们各自回酒店。深夜十二点多，我已睡下，和余秀华住在一起的一个年轻工作人员给我打电话，说余秀华胃疼得非常厉害，而且一直在哭，也不愿去医院，问我怎么办。

"等一下我过去看她。"我穿上衣服立刻出门。

见到她时，我发现她的被子上有红色的血迹，是胃疼干呕出来的。我努力劝余秀华去医院看急诊，她坚决拒绝。我只好请工作人员想办法去买缓解她这种胃疼的药，而后就陪在余秀华身边，安抚她。

整个晚上，余秀华卧在床上，在泪水和疼痛中度过。在她能说话时，我就陪她说话；当她说 T 先生有多好时，我也说 T 先生看着很不错；当她说 T 先生糟糕时，我说他恐怕就是个渣男。我只是为了让余秀华的情绪得以发泄，并不针对 T 先生，况且我完全不了解这个人。吃了胃疼药后，余秀华的疼痛稍稍缓解，她说，她想回家。

"现在有没有回湖北的火车？"

我看了一下表，凌晨三点多。"现在没有啊，最早的火车得六点多才有。"

"那我就坐那班车回家。"

那天晚上，我带上摄影机去见余秀华，但没忍心拿出来拍她，摄影机一直在包里。我想，她此刻需要的只是我的陪伴和安慰，不需要我拍摄。在她心碎的时刻，我拿摄影机对着她，恐怕也是残忍的事。

天还没亮，我们就启程去火车站，我送她上火车。进了候车室，看着她背着一个巨大的背包走向检票口，身体有点晃晃悠悠，我有些负疚感，因为我不能继续陪她坐火车回家，没人搀扶她，后面的旅途只有她一个人，想必会非常漫长。从火车站出来，我走在广州的街头，新年第一天，初升的朝阳慢慢照亮这座城市，街上的一切都像是新的一般，而余秀华，刚刚在这里经历了一场幻梦。

三月，江汉平原的油菜花早早绽放，四十六岁的余秀华迎来迟到的爱情

摄影 / 范俭

一种分手

猎物

2022年3月的江汉平原，柳枝刚刚长出嫩叶，在轻柔的风中摇曳着。余秀华牵着一个年轻男子的手，走在横店村的鱼塘边。男子比她高出一头，穿着竖条纹衬衣，黑裤白鞋，头发梳得一丝不苟，很精干。他是余秀华刚刚交往三个月的新男友Y先生。再过一个月，余秀华就四十六岁了，这位男友比她小十四岁，是她的粉丝。鱼塘边有一条三米宽的水渠，种了莲藕，七年前余秀华的父母曾在这里采藕，她的前夫尹世平曾在这里捕捞小龙虾，如今已物是人非。

水渠和鱼塘之间有一排柳树，Y先生折了几根柳枝，娴熟地编织了一个桂冠，戴在余秀华头上。桂冠编得很精致，几根嫩枝像辫子一样垂下来。余秀华灿烂地笑着，对Y先生说："你帮我拍张照片，我发个朋友圈。我要写'春天来了，又到了余秀华发情的季节'。"

"你滚。"Y 先生嗔怒道。

余秀华的白色长裙随风摇曳,她低低挥着手臂往前走,柳叶辫子在她的肩头飞舞,这是属于她的三月的舞蹈。

头一茬油菜花已经迫不及待地开了,鱼塘边流动着一片明晃晃的黄色。身穿白裙的余秀华一屁股坐在菜地边,任由 Y 先生拍照。Y 先生搀她起身,殷勤地拍了拍她屁股上的土。头戴柳叶冠的余秀华在花丛边继续指挥 Y 先生拍照,她故意挺起了浑圆的胸部,右手抚摸了一下胸部,冲 Y 先生嫣然一笑,让他捕捉这个动作和表情。余秀华扭动着身体,但她控制不住肢体的稳定,在田埂上打了个趔趄。Y 先生迅速搀扶住她,去牵她的手,余秀华放心地把自己的左手交到他手中。

这个暖春,余秀华沉浸在她的恋情里,这是她四十六岁人生里第一次进入恋爱关系,也是第一次体验被爱的感觉。

一个月前,余秀华在微信公众号上公布了自己的恋情。恋情始于她在抖音上的直播,Y 先生是她的粉丝和观众。"他知我为情所困,就一步一步从武当山脚下走到了山顶,只许了一个心愿:希望余秀华幸福!他这个行为把我惊呆了:为了一个陌生人啊,一个不靠谱的女人,他一步一步走了六个小时。唯一的意外是:他没想到自己砸到了我手里!就为这份虔诚,Y 先生,谢谢你。"

余秀华和 Y 先生第一次约会还更早,是在 2021 年冬日的圣诞节。那时余秀华在湖北横店村,Y 先生在神农架,两人选择了中间地点襄阳去约会。余秀华说,他们"在一起做了甜蜜的事"。在那之前,Y 先生在听余秀华直播时知道她经常胃疼,给她寄了蜂蜜——他原本是神农架的养蜂人,后来做蜂蜜生意。

四月的北京，余秀华被邀请参加商业及文化活动，每天忙忙碌碌，Y先生陪着她。在酒店房间里，Y先生为余秀华仔细地梳头发，她的长发浓密，也容易凌乱，在横店村的时候，他也曾为她梳妆打扮。余秀华穿一件民国风碎花小褂和白裙子，皮肤泛出滋润的光泽。Y先生仍旧穿条纹衬衣，上面没有一丝皱褶。他熟练地把余秀华的头发梳成一个大马尾，扎了起来，然后把一个保温杯递给她："你要不要喝口水？这样我出门就不带水杯了。"余秀华接过保温杯，喝了几口，又递还给Y先生，两人显得很默契。接着，Y先生把两只口罩放在包里——当时的北京仍处于新冠疫情时期。

余秀华和Y先生的恋情在网上引起众多讨论，Y先生被不少网友骂，很多人认为他想利用余秀华的流量让自己出名。Y先生认为自己正在经历网暴，余秀华则不以为然，在她看来，被人骂不见得就是被网暴——她在网络上多年来都在经历骂战，大部分人骂不过她。不仅如此，在现实生活中，她和横店村里的中年女性们也常有骂战，对此她习以为常。也许是因为年轻，Y先生则对此很敏感。

"骂人是正常的吗？我没事骂你一顿，正常吗？"Y先生问余秀华。

"网上有些人确实又蠢又坏。"余秀华笑着把目光转向了我，"像我们这种人品高级的人在中国没多少了，范俭，是吧？我们两个都是高级的人。"

我们都笑了。我问余秀华："那Y先生呢？"

Y先生笑着回应："低级，低级。"

"他还在提升阶段。"余秀华瞥了一眼Y先生，"他跟着我，学习能力很强，我跟他讲了什么，他马上能在直播间讲出来。"她显得颇为自豪,"他现学现卖的能力特别强。他需要涨粉,涨到一百万就不要我了,我要配合他。"她大笑起来。Y 先生在认识余秀华前就是神农架著名的带货主播,这些天常在抖音直播他和余秀华的生活场景。

"反正我不怕。"余秀华拿起沙发上的抱枕,自在地靠在沙发上,Y 先生则坐在离她几米远的椅子上。

过了一会儿,余秀华又念叨:"找对象还是要找比自己高级的。"

Y 先生接话:"对,这个我认同,一个成功的猎手都喜欢比自己大很多的猎物。"

"那你成功了吗?"余秀华问。

Y 先生没直接回答她。"如果有一头牛和一只兔子,你都可以抓住,为什么不抓牛呢?"

余秀华完全明白 Y 先生话中所指。她抱着保温杯喝了口水:"虽然你抓住了牛,但牛也是会咬人的。你不能说抓了牛不让牛咬,这是不公平的。"

她强调:"而且是头厉害的母牛!"

余秀华在北京参加和俞敏洪的一次带货直播,两人一边对谈一边卖她的书,一个半小时的直播有二百万人次观看,卖掉了价值十二万元的书,成果相当可观。余秀华对俞敏洪拱手感谢:"妈呀,谢谢俞老师!"直播之后,余秀华和 Y 先生一起去了簋街,经纪人胡涛张罗了一场夜宵局,请来余秀华的几个好友。

席间,借着点酒劲(几个小时前,余秀华就在俞敏洪的饭局上贪了好几杯茅台酒),余秀华和好友们直截了当地说起了她对 Y 先生的感受,并不避讳 Y 先生坐在身边。

"我这四十六年来,毫不羞耻地说,我第一次觉得男人的肉体特别可爱,第一次觉得啊!"余秀华把右手搭在Y先生的肩膀上,并没有看他,而是看着几个好友。Y先生则一直盯着余秀华,眼睛眯成一条缝,嘴上浮起极浅的笑。

余秀华没有留意Y先生的表情,继续说:"原来我觉得男人的肉体太可恶了,有多远死多远。自从认识了他之后,我对身体的认识发生了翻天覆地的变化,这是他带给我的东西。"她双手向上张开,形容起"翻天覆地",之后轻轻拍了一下Y先生的肩膀。Y先生一直不作声,他额头上的刘海很整齐,保持着干净利落。

余秀华对胡涛和朋友田老师说:"我原来很讨厌男人的躯体,如果你把衣服脱了,我马上把你赶出去。"他们笑了起来。这两位都是她交往多年的男性朋友——她的老朋友大多是七零后男性。"我真的是这样的一个人,但遇到他之后,我全部变了,觉得男人的身体也可以这么可爱!"

余秀华对这样的话题没有半点顾忌,她面若桃花,两手摊开,双肩轻柔地耸了耸,显示着她内心对"可爱"的认可。Y先生并未因这个赞美而表现出一点点喜悦,他似乎一直琢磨着该对余秀华的话作何反应。

"我为什么总和你们打嘴炮,"余秀华指了指我们几个男性朋友——她以前时常会语言上"调戏"我们,"就是我对男人的身体不认可,我厌恶这个东西。但我需要和你们思想上的共鸣,和你们在一起有思想上的成长,但他不一样。"她又一次轻拍Y先生的肩膀,"他是身体上的共鸣!"

Y先生察觉到这种比较中的贬义,实在憋不住了,有些窘迫地笑着说:"天哪,我要找个老鼠洞钻进去!"

余秀华完全没在意Y先生的窘迫。她强调:"这都是我需要的。"

Y先生离席出门,说是去打电话。余秀华更加敞开地和朋友们诉说着。

"他觉得自己年轻,身体好,对我是一种恩赐,这个我接受不了,那天晚上我就把他骂了一顿,他才好了很多。"

我问余秀华:"他对你用了'恩赐'这个词?"

"他没有用,但我的感受在这里。"余秀华用手拍打心脏的位置,"他有这个(恩赐的)感觉,而我是一个感觉很灵敏的女人。"她笃定地说。

田老师做过心理咨询工作,提醒余秀华不要陷入被精神控制的处境。余秀华皱了皱眉:"我就是莫名其妙上了这个贼船,不知道为什么。"

"你有感受到他的爱吗?"胡涛问。

"有。"余秀华很确定地点了点头,"他对我的生活的照顾是非常细心和体贴的,包括给我洗澡、梳头、洗内衣,而且他每天都会做。"她继续点头。

"我问你个敏感问题。"胡涛试探着问余秀华,"为什么突然有个男人出现在你的生活里,会不会有什么企图之类的?比如他做农产品生意。"

"这是非常正常的。"余秀华平静地说,"比如胡涛、田老师,我们之间的关系这么多年,你们要是做个抖音号(带货),只要需要我,我一定配合。我觉得流量是我的,不给朋友,别人也会用了,Y先生要用我的流量我是支持的,我能把一个人扶持起来,也算是我对爱情的一种回报。"

回到酒店,余秀华仍想喝啤酒,我们一起买了啤酒和零食,在她和Y先生的房间小酌。Y先生不经意间聊到自己的上一段婚姻。

"因为没有感情,这么多年来婚姻就名存实亡了,那时我也是不懂婚姻就踏入了婚姻。如果不是余老师出现在我生活中,这段婚姻会耗我一辈子。"

我忽然想起余秀华曾经告诉我,Y 先生是在一个特别的日子离的婚。"好像你领离婚证是 2 月 14 号,是吗?"

余秀华没等 Y 先生回答,点点头说:"对的。"

Y 先生露出错愕的表情,问我:"你咋知道?"

"听余老师讲的。"

Y 先生有点责怪地对余秀华说:"你怎么啥都说呀!"

身穿绣花上衣和白纱裙的余秀华右手抓着零食,左手攥着一罐啤酒,头发已经有些凌乱。她不以为然地对 Y 先生说:"我和他就应该什么都说啊。"确实,余秀华对我说过很多私密的事,毕竟我曾是她的"菌丝"。

Y 先生有些生气了:"我要气死!你和胡涛也是,该说的不该说的都跟他说。我和你在一起真的是啥隐私都没有!"

余秀华和胡涛在 2015 年认识,那时候他是凤凰网文化频道的主编,在做"春天读诗"栏目,请余秀华在未名湖畔读诗,后来和余秀华成了好朋友。余秀华几乎每次去北京都会见他,后来干脆请他做了经纪人。

余秀华左手拿着一罐啤酒,靠在沙发上,叹了口气:"我就不应该有任何好朋友。"

"你就不应该有任何隐私才是对的。"

余秀华辩解:"我又没和别人说,都是我的好朋友。"

"所有人都是你好朋友!"

"那我没话说了。"

Y先生捏着一个喝空了的啤酒罐,咔咔作响。他发现里面还残留了一点啤酒,一仰脖喝下去,没想到动作有点大,啤酒滴在白衬衣上。Y先生俯下身,不再喝酒,两人都不再作声。

我有点尴尬,打了个圆场:"怪我不该提这个事。"

余秀华对Y先生说:"我没跟别人说,我有那么傻吗?"她又叹了口气:"我就觉得很高兴,就和范俭提了一嘴。"

Y先生没说话,从沙发上拈起一根头发丝,放进垃圾篓里。

余秀华故意对我说:"你要是喝酒就别拍摄,你个死流氓,拍我们隐私干吗!人家都生气了。"

Y先生略微平静下来,说:"为什么是那一天呢?因为那天是我女儿的生日。"他意味深长地扬了扬眉毛。

"那和你离婚有什么关系呢?大哥!"余秀华没理解他的意图。

Y先生想要说什么,话停在半空,皱了皱眉:"不让我说我也懒得说。"

余秀华毫不在意,继续喝酒。

Y先生努力压制怒火,对余秀华说:"我看着你,内心有种火山即将要迸发的感觉,压不住心里的心魔的那种感觉。"

"我是觉得你把很多不相关的理由扯到一起是没有必要的。"余秀华很平静。

"我不跟你讲这些道理……"

"因为你没有道理可讲。"

"我发现我说什么都不对。"

"你离婚和你女儿生日有什么关系呢?"余秀华右手拿啤酒,左手摊开,露出费解的表情。

Y先生话语变得急促:"你把红的说成白的,白的说成蓝的……"

"我是在和你讲道理啊。"

"你为什么要打断我呢?"

"好。"余秀华两手捧起啤酒,等他说完。

"这是起码的待人接物的礼仪吧。"Y先生皱起眉头,"说话的时候,你不打断我,我不打断你。"

余秀华把身子侧向Y先生:"大哥,你是在教育我吗?"

"我是在教育你!"

"呸!"余秀华转过身来,"我不听。"

"你不听,你不听……"Y先生一时语塞,"我偏要说。"

"好累呀!"余秀华抓起一个零食放进嘴里。

"你老说别人对你断章取义,你这是不是一种断章取义的方式呢?"

"我没有。"

"你没有。全是别人的错。"Y先生挠了挠头。

"好没意思啊。你非要证明自己有道理吗?"余秀华右手挥舞着,"就不能说自己没道理吗?"

Y先生皱着眉头说:"跟你在一起相处的,真要走到永远的,应该喝哑巴药。"

"明天买一口,给你喝。"余秀华自顾自吃零食。

"你总觉得你这样表达很有个性,你没意识到这是你最大的危机。你那种纯粹的表达是在放飞自己,但你从来意识不到别人的感受,别人能不能承受。"

"你觉得我在放飞自己,我从来不觉得我在放飞自己,这就是认识的差异问题。你非要我接受你的观点,为什么呀?"余秀华平静地说。

"我也接受不了你的……你必须求同存异。"

两人坐在沙发两头,相隔将近两米,余秀华忽然亲吻了一下手里的啤酒罐,哈哈地笑:"好好喝啊。"

降维

后来的两个月里,两个人拌嘴了很多次,有时还会激烈地争吵,余秀华多次调整自己的"频道",来适应Y先生。她用了一个词,叫"降维",认为两人的思想不在同一维度,自己的思想必须降维,才能减少和Y先生的矛盾。而Y先生则希望余秀华要"夫妻一心",尤其是面对外人时。

相较于一直和老父亲住在横店村,恋爱中的余秀华还是更愿意和年轻的Y先生一起生活,并试图寻找一个属于他们的家园。余秀华跟随Y先生来到他的家乡神农架,那里茂密的植被、清冽的空气深深吸引了她。不过,最吸引余秀华的还是Y先生,他动手能力强,悉心地照顾她。Y先生在山村里物色着几处民宿,计划在房前屋后开垦田园,种上余秀华喜爱的花花草草。在高铁未通达神农架之前,这里的一些山村仍有隔绝之感,给人以世外桃源的想象。

建设家园的过程中,他们住在当地旅游公司开发的客栈。每天余秀华刚拿起一本书看了几页,就有不同的"领导"来到客栈看望她,接待完"领导",本想继续看书,又被 Y 先生拉到菜地一起开抖音直播。直播画面是 Y 先生在大太阳下开垦田园,种植高粱和红薯,余秀华则如欧洲古典风情画里的女人那般,戴着宽大的遮阳帽,穿着白色的裙子,坐在一棵硕大的核桃树下,欣赏这个年轻男子的劳作。

有一天大雾,降温,余秀华没有参加 Y 先生的劳作直播,Y 先生在灶房为她点燃了柴火。她穿一件厚厚的红衣服烤火,把手伸向柴火,似乎要捉住火苗,脸上映着闪烁的火光。我和她聊起最近的写作——她已经很长时间没认真写作了。

"在横店不想写,在这里没时间写,都静不下来。"余秀华喃喃自语,眼神里有火苗的影子,"至少要有一个月时间让自己沉下心来才可以写作,但要么是他来找我,要么是我很想见他。"她显得有点无奈,"我就觉得不能辜负他,不能作,以前都是我爱别人,现在别人爱我,我去作,就不应该。"

"所以你对这段感情是没有半点怀疑的?"我问。

余秀华凑近了我,睁大眼睛:"你说怀疑,是怀疑真伪吗?还是怀疑长短?你只能怀疑真伪,不能怀疑长短,对吧?"她用手指敲打着灶台,强调她对这个问题的态度:"这么多天我就在观察他对我是不是真心,从他那些不经意的小动作是能看出来的,他不是装的,是自然的。"

"对,他是自然的,真诚的。"

"你也看得出来,我也看得出来,那就行了。"她认真地看着我说,"我有底气分手后退,我也有底气往前走。"

"你这个底气会一直保持下去吗?"

"肯定啊。"余秀华使劲敲打灶台,手指咚咚作响,"我是四十多岁

余秀华相信自己有底气前进或后退

摄影 / 萧潇

的女人，就算一分钱没有了，我也有这个底气，因为你活了这么多年，你的岁月就是底气，怕啥？"

在神农架，余秀华参加了Y先生的家族为她举办的欢迎晚宴，Y先生的父亲、奶奶等十几个家人都来参加，很隆重。Y先生的母亲一年前因病去世，据他说，母亲早年在贫困的家境中养育了他和弟弟，她在生命的最后几年也是残疾状态，卧病在床，他照顾母亲直至离世。

家宴后，余秀华跟着Y先生来到他弟弟家。Y先生离婚后，十岁的女儿归他抚养，他长期在外奔波，就把女儿寄养在弟弟家，女儿学习成绩不好，留级过一回。刚走出弟弟家门口，余秀华就开始议论，认为Y先生这样放养女儿会有问题，对女儿的成长不利。余秀华高中时因为跟不上学习进度而不得不辍学，为此很遗憾，因而非常重视学校教育，也一直培养儿子上大学。Y先生则不太把学校教育当回事，他初中毕业就去打工了，认为在社会上摸爬滚打一样可以取得成就。

余秀华不止一次对Y先生教育女儿的方式有过微词，这一次Y先生非常生气，批评她根本不了解状况就胡乱评论他的家事。余秀华对他的愤怒没太当回事，在马路边嬉皮笑脸对Y先生说："宝宝，咱们走吧。"

"你滚！"Y先生突然吼起来，把手里的包狠狠摔在地上，在寂静的夜里发出"哐当"一声响。那包里有余秀华的好几样个人物品，包括一台笔记本电脑。

路灯下，余秀华愣在原地，一时不知该"滚"向何处。她对我说："范俭，咱们走。"

Y先生狠狠地说："妈的！每次都是这样，冷的一句热的一句，你弄得别人受不受得了？你知道到底发生了什么吗？我不需要你的鼓励，你什么都不说,保持沉默好不好?"

他的声音很大,在空寂的街上回响。余秀华把头扭向一边。

"好像我要永远包容你,有些东西你不知道保持沉默好吧?"Y先生继续说道。

余秀华转过身面向他。"我不需要你包容,我没做错什么。"她身体抖动,绷着一股劲,挥舞手臂指向Y先生,"以后你的女儿你管,我没资格管,可以吗?"

两人沉默了几秒,Y先生转身回弟弟家。这天他为家宴穿了西装皮鞋,鞋子在路面上发出有力的声响。余秀华看着他的背影,喊道:"把手机给我,我回去。"

Y先生走回来,把手机递给余秀华,又从包里拿出笔记本电脑给她。余秀华身体绷着的劲渐渐泄了下来,对我说:"范俭,你回去吧,我看看他到底想怎么样。"

Y先生挥舞着手里的小提包,冲她大声说:"你不用看了,好不好!"他把小包和笔记本都塞到余秀华手里,"走!"声音里有种不容置疑的味道。

余秀华的声音软下来:"我走不走你好像管不着。"

Y先生继续在包里寻找余秀华的物品。余秀华看着他,眼神里有一丝退让:"这又是何必啊。"

"你回去吧,我明天再回去。"Y先生不再大声说话。

余秀华迟疑着:"我真的不知道,随便吧。"

Y先生转身走了。余秀华蹲在地上,在空旷的路边收拾她的笔记本电脑、充电器、手提包和一本厚厚的书。路灯照在她身上,有点惨白。

这天她为家宴穿了飘逸的汉服款长裙，裙摆拖在地上，已经弄脏了。她抬头看了看远处 Y 先生弟弟的房子，什么也没说，起身上车。

上车后，我问余秀华是否愿意和我们一起离开神农架，她犹豫了片刻，决定留在那个山村。他们正在那里建造一个家园，那一切仍旧显得很美好。

当晚有大雾，我们在山中弥漫的雾气里开车回到客栈。余秀华刚一进门就后悔了，觉得似乎应该和我去宾馆住，而不是回到这里，容忍刚刚发生的一切。她穿上那件厚厚的红色外套，坐在小凳子上，身体微微缩起，对我说："他这个脾气真不知道怎么搞。你说他好不好呢，他也好，就是有脾气。我为什么能忍？我觉得他对我好，他对我不好的话我忍他干吗！尹世平也有脾气，但他对我不好，所以我不忍他。其实很简单，范俭你不懂吗？"

"你知道忍会导致什么结果吗？"我提醒她。

"导致他脾气越来越大，是的。"余秀华戴着黑框眼镜，右手抓了抓头发。她是明白人，用不着我提醒。"就像那些家暴后跪着道歉的人，后来又家暴。是不是？就这个道理。这真的是个问题！"

她把手放在嘴边，若有所思，似乎在自言自语。"反正我今天不会跟他发一句信息，他不回来，我就一个人在这里住。搞不好我就回去，我有退路，真的，我一点也不担心，一点也不害怕。"

说完，余秀华嘴巴张着，似乎要吞回刚才的话。她眉头紧皱，眼神里满是犹疑。

"歪锅对上了歪灶"

再次见到余秀华和Y先生,是在六月的东湖边,一家化妆品品牌邀请余秀华来武汉拍一组图片,主题是"敢爱,也敢不爱"。

东湖绿道靠近湖水处有一片巨大的芦苇丛,摇曳的苇秆和后方开阔的水面成为这组图片的主要背景。余秀华身穿品牌方提供的浅蓝色宽松长裙站在一块紧贴湖水的礁石上,礁石的另一端站着Y先生,他牵着余秀华的手,要配合她拍一组情侣照。一个女性摄影师请他们俩尽量看向对方。摄影师身后是一群工作人员,余秀华的经纪人胡涛也来了。这天气温已接近三十五度,Y先生穿一件厚厚的杏黄色衬衣,也是品牌方提供的,有点偏大,拍了没一会儿他就冒汗了。

让Y先生冒汗的不仅是气温,还有余秀华——她在众目睽睽之下不停做一些"调戏"他的动作,要么捏一下他的下巴,要么搂一下他的脖子、冲他的脸"呸"一声,甚至偶尔还用手戳戳他的裆部。Y先生的表情越来越不好看。

"原来看你挺好看的,现在看就一般般。"余秀华故意对Y先生说。

"厌了。"Y先生回应。

"就是厌了,所以要分开一段时间。"

"我也这么想的。"

"那你别跟老子回横店了,回你的神农架去。"

相较于一个多月前在神农架,余秀华对Y先生的态度已有明显的变化。

"我喜欢有深度的男人。"余秀华仍旧当着众人对Y先生说。

"你每天需要的深度都不一样……"

"但你每天都没有深度啊!"余秀华很快打断了 Y 先生,说罢哈哈大笑。Y 先生脸色越来越难看。

一个月前,二人之间发生了一次激烈的冲突,Y 先生掐了余秀华的脖子。起因是一个常从 Y 先生手里买蜂蜜的女顾客在 5 月 20 日这一天给 Y 先生发来一条暧昧信息,被余秀华看到,质问他这是怎么回事。Y 先生解释,那是他的一个"恩人",早年间帮助过他。余秀华试图联系这位女"恩人",引来冲突。

在离东湖不远的酒店房间里,余秀华指着脖子上红色的痕迹给我和胡涛看,脖子右侧小拇指大小的伤痕仍在。她抚摸着伤痕,平静地说:"有时我很绝望,让他掐死算了!"胡涛和我惊讶之余,也提醒余秀华不能一再容忍。

"我是给他一次机会。如果他下一次再掐我,我一定会写成文章(说出来)。"余秀华的眼神很确定。

"但从那以后我觉得对这个人以前的那种热忱就没有了。我就觉得原来和他睡一起,肌肤之亲的感觉很幸福,现在已经没有这种感觉了。"

"是某种意义的厌倦,还是因为情感本身起了变化呢?"我问。

"可能我对你们说出他这些缺点的时候,我心里已经在否定他了。"余秀华在斟酌怎么表述,"我会慢慢地离开他的,我不需要这个男人,虽然他把我照顾得很好,但我觉得有很多隐患在里面,还不如一个人过。隐患很大,要具体说我又说不出来,就是直觉。"

此刻,余秀华显示出非常沉静的一面。不过,她的确有很多面,有时她依照内心的直觉而不是理性认知来行事。

"我很矛盾。我现在不可能一下子把他丢了，他要翻天的，你别看他平时笑嘻嘻的，如果我说马上和他分了，他一定会出事。"

"那你现在的态度是什么？"我问。

"我要让他烦我，他自然会溜开。"

也许是为了缓和两人之间有点拧巴的关系，Y先生拉着余秀华在武汉一起买了两只小猫，余秀华给其中一只性格活泼的猫起名"六月"，似乎要纪念这段奇特的时光。两人带着两只猫回到横店村，余秀华几乎天天纵酒，酒后借机羞辱Y先生——就像在东湖边那样，她在实施自己的"计划"。而Y先生则和在神农架时很不一样，不管余秀华再怎么羞辱，他只用平静的语言反驳，或者干脆不理她，似乎明白余秀华在做什么。有一天闷热的傍晚，Y先生牵起余秀华的手去鱼塘边散步，喝了半斤白酒的余秀华左摇右晃地跟在Y先生身后，任由他牵着她。忽然，余秀华甩开Y先生的手，抛出一句："我怕你淹死我！"说罢转身就往回走，走了一会儿还跑起来，似乎不想让Y先生追上来。夕阳把鱼塘染成暗红色，她穿一件袖子很长的白底红花长裙，跑起来像一只花蝴蝶。

Y先生后来告诉我，他那时已有了分手之心，真实的余秀华完全超出他的想象，她的一些语言很扎心，足以对他构成内心的"重伤"。另外，他意识到两人的关系有点"畸形"。

"我觉得按世俗，按照文明（标准）的话，我觉得就是畸形的，你说按照我心里面来说，我不认为说是畸形。你应该找一个年龄不要相差太大，或者学识、社会影响力、层次各方面不要相差太大的，相差太大肯定会有一些矛盾。"Y先生所理解的"畸形"，主要是朋友们告诉他或网络上谈论的，他一开始不认同，后来慢慢认同。

余秀华奔跑起来像一只花蝴蝶

摄影 / 萧潇

"按你自己的理解,到底畸形在哪里?"

Y先生努力思索:"我自己分析我自己,我觉得可能母亲的去世对我是重创,就极度缺少母爱……就觉得我为什么会喜欢上这样的人?不光是秀华,还包括很多身体有残缺的人……是对他们有一种崇敬之心,但是这种崇敬有点过头。"

Y先生也承认他在"5·20"那天对余秀华动过手,原因主要在于她的语言和行为方式激怒了他。我一再追问他对这种行为的态度,他说:"我觉得是一件自己不可饶恕自己的事情,再怎么样是不能发生这种肢体上的(暴力)。"

盛夏的横店村,午后热浪逼人,已有多日没下雨了。七十一岁的余爸爸仍出门劳作——他是村里的保洁员,要定期清扫村里的垃圾。余爸爸的股骨头和膝盖都出了问题,走路一瘸一拐。Y先生一直耐心劝说余爸爸去医院做股骨头手术,别再收垃圾了,表现得比余秀华更关心她父亲的健康。余爸爸依然故我,拿起白色遮阳帽,深一脚浅一脚地去干活了。Y先生也不再多说,卷起裤腿拎起草帽去给余爸爸帮忙。垃圾桶旁边蚊虫飞舞,臭气熏天,Y先生并无抱怨,这一点深得余爸爸赏识。干完活,Y先生迅速洗了澡,换了衣服,帮阿姨(余爸爸的女友)一起做饭,他的勤快也深得阿姨的喜欢。

六月忽然不见了。余秀华很喜爱这只灰色短毛猫,她看书时,六月会跳到书桌上,用身体蹭她的手,或干脆赖在摊开的书上不走。六月只有两个月大,喜欢黏着余秀华,余秀华把它抱下书桌,它会在她脚边不停地叫,央求她抱着它。

余秀华先是在卧室寻猫,不停地喊"六月",没寻见。然后去卧室对面的开放露台继续找，呼唤它，也毫无踪迹。她下楼去客厅找，又爬了一段很陡的楼梯去爸爸的储物间寻找，仍没找见。知了在闷热中嘶鸣，余秀华露出焦急的神色，鼻尖渗出密密的汗珠。明晃晃的日头下，一丝风都没有，她摇摇晃晃地在房前屋后寻找着，呼唤着。她走到邻居家，向一个阿姨打听有没有看到猫，没有，又继续寻找。这只猫出现在余秀华生命中也才一个星期的时间，但她似乎已经爱上它了。至少，她没法接受六月在这个炎热的下午忽然离开她。

Y先生回家后，找到了六月，它很顽皮，一直躲在露台的书架后面。

这天傍晚，余秀华没有喝酒，和Y先生再次出门散步，他们走向余家的老屋。夜色四合，村里的小广场上有些女人在跳舞，节奏欢快的音乐飘来，余秀华主动去牵Y先生的手。

"你好久没拉我了。"余秀华的声音显得温柔。

"反正你也不喜欢我了。"Y先生用玩笑的口吻回应。

余秀华松开了他的手。"你个坏男人！"

"你换噻。"

"我说你是坏男人，你为什么说换人。"余秀华拍了一下Y先生的屁股，"对自己没有信心的人。"

"你才是对自己没有信心的人。"

这天晚上，余秀华完全没有执行自己原本"计划"的意图。有时，她的直觉会把她拉到另一个方向，尤其是在对方有了变化的时候。

"要不是你爸要做手术，我不会在这里待着了。你如果想去神农架，就跟我回去，如果你不想，就等你爸爸做完手术再来。"Y先生方向明确但谨慎地表达着他的意图。

余秀华停下脚步,看着 Y 先生:"那你要等到过了年再来吗?"她的声音越发温柔。

"你要喜欢这里,你就待着,我们就分开一段时间。"Y 先生转身继续走。

余秀华跟上他的步伐。"我肯定要多待一段时间,那之后我再去(找你)嘛,或者你再来嘛,都行。"

"也许是距离产生美。"

"我又怕你走了我很孤单。"余秀华流露出一点撒娇的口吻。

"孤单!在神农架你口口声声说我不让你回来,我要走了你又说孤单?"

"要不是你打我,我能说回来?"余秀华有点委屈地喊,"你手机上有那么多女人,你回去……"

"有那么多女的怎么了?"Y 先生立即打断了她。

"你回去肯定……"

"我就肯定了……"Y 先生一下子急躁起来,"你说天塌了天就一定塌!你就是很自以为是,你以为你想象的东西都会按你想象的发生。"

"因为我懂……"

Y 先生继续打断她:"你这是自大,不是懂。"

"我懂人性。"

"你懂屁的人性!"Y 先生这么一急,余秀华反倒笑了起来。

"你不懂你自己,书看多了看成傻子了!"

对 Y 先生的反应,余秀华一点都不生气,笑着问他:"你要不要吃雪糕?我请你吃。"

这天晚上,余秀华写出了一篇随笔,写得很轻快,两三个小时完成,她已经很久没这么顺畅地写文章了。写完后,她拉着 Y 先生坐在电脑前一起读。

  也许每个人都有特别孤独无助的时候:比如这个火辣辣的下午。我的心仿佛被一团火烤着,烤得我无所适从。这样的孤独对 Y 先生说,怕是他难以理解的。是的,我的身边多了这样一个人,其实每个人来到生命里都像是半路杀出的程咬金,你既然享受了他带给你的好处,也要承受他带来的风雨。闭上眼睛,他就是我的枕边人,和我一起吃饭睡觉的那一个,贴着肉体安慰我的那一个。但是在我之外,他是一个女孩的父亲,一个养蜜蜂的青年,一个神农架的男人。更要命的是他年轻,健全。

  ……

  和 Y 先生在一起半年了,其实我走得很辛苦。好在他到我家后,没有那么多杂事,心情也好多了。在神农架的时候事情太多,他的脾气不知道什么时候就会爆发,一点很小的事情就会引起一场大波浪。我难过又沮丧:这样的相处实在太累。人们怜惜他年轻,找了我这样一个年纪大的残疾人。但是谁又心疼过我这么大年纪还要承担网络的暴力,谁心疼过我别人诋毁他的时候,他会把这些放在我肩头呢?

  ……

  每个人都渴望爱情,因为它美好。我给李健写诗,给明哥写文章,因为我和他们互为卫星,我觉得主动走近是我不乐意的,我不想把一片星空拉进泥泞。而Y先生该怎么解释呢？他来得太快太急，像一片黑森林等我进去，又像一望无际的平原让我躺在上面不停地打滚。我还是过于任性了，而他其实也和我一样任性，不过是歪锅对上了歪灶。……

余秀华把胳膊搭在Y先生脖子上，Y先生俯身紧挨着她，读着读着笑出了声。

深夜，闷热多日的横店村忽然电闪雷鸣，大雨滂沱，露台上的雨棚发出"啪啪"的急响。余秀华和Y先生待在他们的房间中，对此浑然不觉。

四天后，两人再次发生冲突，Y先生扇了余秀华二十多个耳光，余秀华把暴力事件公布到她的微博上，引发轩然大波。

名片与道歉

面对第二次暴力，余秀华选择在微博发声，而不是报警，她也不希望别人报警。对她而言，报警就是和Y先生撕破脸，给他落下一个案底，而她不想那么"狠心"。她对他留有余地——确切地说，她想对两人的关系留有余地："我只是想给他一点点震慑，没想到事情后来闹这么大！"

"余秀华家暴事件"迅速登上微博热搜，霸榜至少一整天，此事发生在"唐山打人事件"后不久，关注量极大，网友追问当地警方、妇联、残联的态度。警方果断行动,把已经跑到武汉机场的Y先生带回荆门市,控制了起来。在警方找到Y先生行踪之前,余秀华因为害怕Y先生的报复,躲进了荆门的一家宾馆。暴力发生时,家里只有她和Y先生,余爸爸恰好在医院做股骨头手术,阿姨陪着他。

家暴发生后第二天下午,我在余秀华暂时栖身的宾馆里见到了她。她几乎是失魂落魄的,头发凌乱,眼神凝滞。她的脸微微肿起,虽没有明显的伤口,但她的伤痕似乎在心里,不在肌肤表面。余秀华穿着白色长裙,正在配合一名警察签署文件,看到我,她挤出一丝笑容。狭窄的房间里有好几个人:横店村孙书记、警察、余秀华的小姨及当地妇联的工作人员。孙书记问余秀华要不要吃点东西,她摇了摇头。孙书记扭头微笑着对我说:"她没怎么吃东西,也许你来了胃口会好一点。"

警方请我暂时去房间外回避一下,他们准备告知余秀华,警方为何对Y先生重新采取强制措施,并询问余秀华作为被害人的态度。其间,当地妇联的一名女工作人员接了个电话,急匆匆跑进楼道里,电话里大致在说余秀华表示并不需要妇联帮忙,在此情形下妇联对外该作何表态。半小时后,警察的工作处理完毕,孙书记客气地对在楼道等候的我说:"范导,你也住这个酒店是吧?那就辛苦你陪一下秀华。"看来军师要客串保镖了。

房间里安静下来,余秀华蜷缩在床上发呆,闭上眼睛试着睡一会儿,但睡不着。她打开手机,翻看着抖音上人们对她遭遇暴力事件的评论。

一位女士带着同情的口吻说:"虽然余秀华的财富和才华超越我们很多人,但是她身体的残疾和婚恋的不幸依然让人感到恻隐,早在Y

先生变脸之前,她就已经洞悉了自己的宿命,只是她高估自己的是,她以为以她的名气和流量,Y先生会装久一点。"

另一位女士带着嘲讽的口吻说:"他说他有分寸地掐了余诗人的脖子和扇了她耳光,原谅我不厚道地笑了,掐脖子和扇耳光还有分寸?Y先生的意思是铁砂掌适合挠痒痒?!"

还有一位中年女士说:"这么快就打脸了!四月份余秀华'结婚'的时候,我还出过一个短视频,主题叫'勇气'。这短短两个多月的'婚姻'啊,就是一个典型的文艺女和现实男的故事。结婚的时候人们嘲笑她自不量力,现在离婚,人们又挖苦她相信爱情。其实我觉得,不管贫穷或富有,不管貌美或丑陋,不管年老或年轻,都有追求爱情的权利,哪怕是幻想。"

余秀华不再继续看手机了,她的肩膀轻微抖动着。我试探着问了一下她被打的细节。

"这一次比上一次(下手)更重一些?"

她冲我点点头。

"他打人的时候非常可怕。"她缓慢地说,眼睛微闭,下巴抖动着,有点痛苦地回想着。

"你有任何反抗的余地吗?"

"我哪里有?!"她把脸扭了过去。我还试图问什么,她已不想再回忆那个画面。她看着窗外,深深叹了口气,再扭过脸时,眼睛已有点湿润。

下午过去了一半,荆门市作协的两位女士来看望余秀华,她们走后没多久,当地残联的三位女士和一位中年男子来看望她。"我们几个姊妹跟你一起拍个照片啊。"一位面色红润、穿红色短袖的中年女士微笑地搂着余秀华。此刻的余秀华面色苍白,听凭安排。

"徐主任你也过来吧。"红衣女人招呼其他几位女士,她们略年轻点,三十几岁,皮肤保养得很好。几位女士挤在余秀华的床沿上,红衣女士和另一位穿竖条纹衬衣的女士居中,余秀华在最左边。忽然,红衣女士觉得这样坐不太合适,把余秀华拉到她身边,让她在画面里居中,余秀华配合着她们。

临走之前,瘦高个的中年男子拿出一个信封塞到余秀华手里,那是残联的慰问金。余秀华接过信封,一句话没说,似乎彼此间有某种默契。红衣女士搂着余秀华的胳膊,笑吟吟地说:"你会好起来的,一定要开心生活啊。"

你会好起来的。真的吗?

第二天,我和余秀华一起回家,显然她已没什么危险。车行至横店村村口,有警察把守,查看了一下车内人员。我来过横店村无数次,第一次遇见有警察把守,显然余秀华家暴事件引起了当地一些职能部门上上下下的重视,毕竟余秀华是当地的文化名人。车拐进新农村整齐划一的联排"别墅"时,路口立着几座巨大的图书雕塑,书脊上清晰地写着《摇摇晃晃的人间》《月光落在左手上》及《无端欢喜》,都是余秀华的代表作。

2015年余秀华出名,以及后来电影《摇摇晃晃的人间》上映后,横店村及石牌镇主政者把余秀华和她的旧居打造成当地最重要的文化品牌,整个村庄在新农村建设中只保留了一所旧房,就是余秀华家的老院子。院子被整饬一新,作为"余秀华旧居"出现在高德地图和百度地图

余秀华家的老屋如今是村里的景点

摄影 / 萧潇

上。旧居外面还做了小桥流水的园林设计，铺上了石板路，建了一家叫作"左手空间"的小旅馆，并在草坪上立下一块电影放映机造型的木质装置，上写文字："摇摇晃晃的人间——2017 年，由著名纪录片导演范俭执导以诗人余秀华为原型的纪录片《摇摇晃晃的人间》公映，该影片在第 29 届阿姆斯特丹国际纪录片电影节获 IDFA 纪录长片评委大奖。"横店村的孙书记告诉我，2019 年一年间，冲着余秀华的名号来横店村旅游的有三万人。

负责"保卫"余秀华的还不止村口的警察。后面几天，我不断看到有村民在余秀华家门口晃来晃去，张望里面的动静。余秀华的小姨一得空也会过来，确认我和摄影师两个"保镖"在忠于职守，帮我们买了盒饭，才放心离开。

负责此案的两个警察在横店村孙书记的陪同下来了家里两趟，第一次是就治安处罚来征求受害者的意见。他们首先问余秀华是否需要做伤情鉴定，如果做，依据伤情鉴定的结果，有可能对 Y 先生实施治安拘留等处罚措施。警察告知余秀华，Y 先生此时已被警方控制在荆门某个酒店，和他的女儿在一起。在家暴发生之前，Y 先生十岁的女儿从神农架赶到横店村，要跟爸爸和"大娘"一起过暑假（Y 先生的女儿称呼余秀华为"大娘"），正好赶上爸爸被逐出横店村。这次家暴的导火索就是余秀华"骂"了 Y 先生的女儿，这已经不是两人第一次因女儿的话题起争端了。

"你为什么会骂他女儿？"我有点好奇。

"他女儿数学考试考了五十七分，我说你平时都不管你女儿，她在学校是什么样子你不管不问，你女儿长大了走歪路当了婊子怎么办？"

余秀华回答。她觉得自己说这些话也有错。

警察和书记在余秀华家的客厅落座。余秀华瘫软在沙发上，左边坐着孙书记，他俩是小学同学，非常熟稔，余秀华曾经多次拿书记开玩笑，书记拿她没办法。而Y先生一直认为孙书记没有利用好余秀华在横店村的名片作用，两个月前他曾给书记一次激情洋溢的"指导"："我觉得余老师虽然生在这片土地，诗歌诞生在这片土地，但是这里委屈她了，她的故乡、她的家乡委屈她了。她就是这个村庄最佳的代言人，这个名片放在保险柜里面，根本就没有递出去。……现在是通过这个名片，她这么多流量，要考虑现在乡村振兴是风口，尤其疫情之后，很多城市失败者，经营失败者，他不是因为自己经营不当失败，是因为这个社会环境、疫情各个方面，他支撑不下去了。……你们要注重电商培训这一块，要找专业人来做电商培训。现在的新农具并不是你展示的这些农具，我们的手机就是我们的新农具！"

Y先生拿起自己的手机给书记看："你看这里面，这是神农架网红联盟，里面一百二十五人，你知道老大是谁吗？是我。"他指了指自己的鼻子，自豪地说："是我把他们联合起来的。神农架最成功的直播，没有人打破我的纪录。……你就想着手机就是现在的新农具，就像那个锄头去刨地。你不能每个人都去刨地，有人去记录这个真实的生活。……横店村的优势在哪里，劣势在哪里？你们的客户群是来自哪个省？别人为什么来？是因为余老师来，因为她对生命力的向往、诗歌各方面，觉得活成他一辈子不可能企及的地方。最终，我们想做一个事情是把余秀华的名片通过我们自己的力量推出去，然后在她身体可行、疫情防控得当的情况下，可以策划一些活动，让老百姓的这些农家乐和农副特产实实在在受益……"

我一直记得 Y 先生那次滔滔不绝的宣讲。在余秀华的"旧居"里，坐在对面的孙书记和村里一个农家乐老板像学生般聆听着。而余秀华，对这些男人的宏图大志完全不感兴趣，也不参与此类谈话，尽管所有谈话都以她为主题。她尽量避开他们，回到自己的房间，宁愿多一点时间独处。

两个月后，恰恰是孙书记的及时介入，及警察的到来，才让余秀华脱离危险的处境。回家后，余秀华靠在客厅沙发上，右边坐着一名中年警察，是主办此案的警官，另有一个稍年轻的警察，拿着执法记录仪坐在余秀华对面的竹椅上。余秀华这天穿着白花红底长裙，和前些天傍晚她在鱼塘边奔跑的时候是同一件。

中年警察从黑色公文包里拿出几张纸，对余秀华说："这是我们出的伤情鉴定委托书，你是个什么想法？"

余秀华瘫坐在沙发上。"我不想做。"

她说话的声音很小，几乎要被旁边的风扇声淹没。七月的江汉平原日头太大，风扇开到了五档。中年警察没穿警服，只穿了一件白色短袖衬衣，他侧过身，颇为关切地看着余秀华。

"你不做了啊？我们不能强制你，不做这个就代表放弃了，要给我们签个字。我再问你一次，你同不同意做？"

"不同意。"

"那就放弃了。我反复给你讲这是法律给你的权利，你用不用都是你的权利。你不同意做，得签个字。"

余秀华望着空中，空气有些湿热，风扇吹得她耳边的头发不停摆动。她犹豫了好一阵,签了字。

中年警察把文书收到包里,继续用关切的口吻问余秀华:"在道歉这个事上你是什么想法?"

"他得给我写个书面道歉嘛,给我一份,网上也要发出来。如果我不满意,他要继续重写。"

警察笑了笑:"你的想法我给他说,不过一般人可达不到你的水平,如果他的水平达不到你的要求呢?"

余秀华叹了口气:"那就再写。"

穿着黑色T恤和短裤的孙书记发话了:"秀华,你的要求也不高,但是他作为一个男人愿不愿意低头?愿不愿意做这些事?他要不愿意的话……"

"我不管,他那些教育我的话,好意思写出来吗?"余秀华打断了老同学。

孙书记语重心长地说:"你们两个也是有感情的,公安机关要是对他做个治安处罚,处罚完呢,也许你们两个的矛盾更加深,因为他更恨你。冤家宜解不宜结。"

"我不是不做伤情鉴定了吗?"

"不只是做不做伤情鉴定的事,退一步海阔天空,道歉与否也靠他自己良心发现……"

"这不是良心的问题,是态度的问题。"余秀华再次打断了孙书记。

孙书记很有耐心地劝导:"秀华,你给你前夫钱,给他买了套房,把离婚问题化解了,从这点看出你余秀华是个非常大度的人。现在这个事情,表面看是你余秀华赢了,但也有可能是输了,你要考虑后续的事情。这次（事后）妇联、残联，还有公安和我们，因为你们两个个人感情的事，浪费了好多社会资源和国家资源，包括我们村里的人，天天围绕你们在转。你们作为公众人物，心里面能不能考虑到这些人？哪个吃饱了没得事呀，这么热的天，天天围绕你们两个在转！你看隔壁两口子吵架，怎么可能牵动这么多人呢？因为你们是公众人物。"

余秀华陷入了沉默。这时，一个电话打断了孙书记，他去接电话了。中年警察继续调解工作，也极有耐心。

"我们也批评了Y先生不能动手，也批评了他所说的他是因为爱而打人，我们说你那是借口。我们农村有句话：'唱戏不怕台高。'要看以后日子怎么过，关系怎么处理。很多事情我们要换位思考下，见人所短，还要见人所长。"

余秀华直起身子："我就是想到了他的优点了，才不做伤情鉴定。"

中年警察继续劝导："Y先生帮你爸爸处理村里的垃圾，在你家里做饭，还有你喝醉的时候，你都记不得了，他也默默无闻地处理（酒醉后的烂摊子），这些是不是都是他的优点？"

余秀华急切地说："我都晓得。我都考虑到了他好的地方，他不全是坏的。"

"他不仅是帮你们这些，我和他接触了，我认为他也是个比较爱学习的人。"

余秀华摆了摆手，摇了摇头，试图打断警察，但还是让他继续说下去。

"我为什么这么说呢，他虽然只有初中文化水平，但是他和我聊了几个小时，他某些方面可以做我的老师。他引经据典，从《史记》等国学的内容上可以讲很多出来,包括《红楼梦》很多段落他都能背。他如果不学习,怎么来的呢?这些也是他的长处和优点。"

余秀华瘫坐在沙发上,用手梳理着头发,有点想打断他,但看到人家如此语重心长,又忍住了。她知道Y先生擅长背《红楼梦》里的一些段落,也多次露过这一手。不得不说这有点唬人,不过有一次余秀华对朋友说:"他会背,并不代表他理解他背的那些东西。"

"你们在相处的过程中,都有磨合,出了问题不可怕,主要是相互改正了,换位思考,很多问题可以化开。你也要想你的错和缺点在什么地方。比如说你在家光在床上一躺,什么事不干,家里卫生也不做,有人在外面上班累了一天,回来了还要打扫卫生、做饭和帮你洗衣服,你说这个人偶尔发个小脾气,这你可以理解,是吧?这也说明他很在乎和心疼你的。"警察说得极为诚恳,"有很多事情,他做到的我们都做不到。7月5号,你们吵架之后的半夜他给你做了宵夜,是吧?你晚上又喝了酒,你说有多少人半夜能给你做宵夜?余老师你说。何况他是个男同志,很多女同志都做不到这种心细呀。"

余秀华身子歪向一边,被警察说得无言以对。

"昨天我给他讲,他脾气不好,容易暴躁。但是你发现没,往往暴躁的人,心肠都比较好。"

余秀华笑了笑:"那也不一定。"

"当然那不是绝对的,但为什么'刀子嘴豆腐心'呢?是不是这个情况?"

余秀华欲言又止,深深叹了口气。

"你们两个都跟我无冤无仇的,因为这个事我才认识了你们俩。这个事情上我们是公平公正的。他只要给道歉就行了，同时他感受到了你的宽容和大度，你们的感情不能走到没法再交流的地步。按理说，你是个弱者，我们要站在你的角度考虑，同时我们也想你们（双方）好。"

余秀华皱着眉继续听。

"我们该做的工作也做了，你现在的真实想法可以说一下。"

"我没想法。我让他给我道歉，你们又不让。"

"我的意思是说可能达不到你的要求，写好几遍，我是觉得可以适当放宽些。"

余秀华直起身体。"你们是男的，你多少是向着男的。"

中年警察笑了，看着对面的我："你问范导演，他们拍纪录片是向着你呢。为什么拍你的纪录片，而不是拍我们呢？男的就向着男的吗？"

余秀华无言以对，又把身体靠向沙发。沉默了一会儿，她问："他（Y先生）是什么想法呢？"

"他说给你赔礼道歉，以后做不了夫妻，做朋友可以。"

另一位一直沉默的年轻警察忽然说话了："他还说了很多非常经典的话。他说他配不上你的灵魂和文学诗才。他说他愿背上所有的骂名，还是希望你好。"

"这话你不能信，他只是说给你们听的。"

身形强壮的年轻警察自信地说："不管他说给哪个听的，是从他嘴里说的。他表达的意思不管是真实还是假的，他还是希望你好，他还是把你放在前面。"

余秀华凝视着地面,深深叹了口气。她再一次问警察,Y先生现在是什么打算。

中年警察回答:"他好像要去福建那边散心。"

孙书记似乎看出来余秀华的心事:"我看你是还想他回来吧。"

余秀华没有回应,起身上楼去晾晒洗衣机里刚刚洗好的衣服。我和她一起走到二楼的花园露台,她的手够不到晾衣绳,让我帮忙把两条裙子晾上去。一条裙子是暗红色的,另一条绣着金黄色郁金香的图案,阳光明晃晃打到裙子上,有些刺眼。

我小声问余秀华:"他们的意思是说连道歉信都不用写了吗?"

她叹息了一声,继续沉默地晾衣服。

"你的要求一点都不过分呀。"

她没说什么,只让我帮她从晾衣绳上取了三个衣架。

我仍旧探询着:"那你还要他专门的一个道歉吗?"

她轻声说:"随他。"

此时,两位警察和孙书记上到二楼,请余秀华下楼签个协议。

余秀华问:"什么协议?"

中年警察解释:"你不想追究他的责任,我们就签个协议。"

"那他给我的道歉呢?如果书面不道歉,当面道歉是要的。当面道歉,或者书面道歉都行。"

警察和书记答应着,准备马上返回荆门市,去找Y先生写道歉信。

余秀华送他们出门:"麻烦你们了。以后再有报警的你们也不要过来。"

她疲惫地躺在客厅的沙发上,看着茶几旁的一个鸟笼,里面有两只鹦鹉，是 Y 先生当初在武汉买猫时一同买的。无论猫还是鹦鹉，都不便宜，每只都超过五六百元，她当时很不理解 Y 先生为什么大手大脚买这些东西。而栖居余家的价格不菲的猫和鹦鹉，都命运多舛，不到半个月时间，两只猫已经因炎热和猫瘟死亡，两只鹦鹉也蔫儿哒哒的，在笼子里懒得动弹。

余秀华盯着笼中鸟，眼神有些空洞，她的鼻尖渗出汗，肩膀忽然抖动了一下，像打了个寒战。

无任何遗留问题

警察和书记走后没多久，小姨带着另外两个姨妈来见余秀华。余秀华本来不想见她们，但拗不过在村里当妇女主任的小姨，毕竟小姨这几天很关照她，和她去世的母亲也非常亲近。小姨从一开始就不看好她和 Y 先生的关系，更对余爸爸有意见——做父亲的怎么没有规劝余秀华？怎么没有管好这个家？接纳这样一个年轻男人和余秀华住在一起，外人以为两人结婚了，但实际上两人没有合法关系，村里议论纷纷，最后落得女儿挨打，鸡飞狗跳，甚至导致全村警戒保护余秀华的安危。小姨认为余爸爸是有责任的，要不是他现在住在医院，她和妹妹们一定会严肃地和姐夫谈谈。但她们觉得，当下更重要的是需要告诫一下余秀华，因为她对 Y 先生心太软。

"全天下都晓得，只有余秀华不晓得……"小姨个头大，坐在余秀华卧室的床沿，右脚搭在左腿膝盖上，另两个姨妈坐在床内侧。余秀华

余秀华疲惫地躺在沙发上，盯着笼中鸟

摄影 / 范俭

则坐在床边一个矮矮的小竹椅上,对着门外,没有看姨妈们,只是作为晚辈聆听着她们的教诲。

坐在床沿另一侧的姨妈冲着余秀华说:"这事对你影响大,你是名人,你不是我们这种普通老百姓。现在从上到下都在为你着想,你的立场一定要站稳,脚跟要站稳。"姨妈加重了语气,"要打他(处罚Y先生)就打死他。"

余秀华无动于衷地听着,神情非常倦怠,她不打算回答一个字,只想等她们说完。

小姨似乎觉得短发姨妈表达得过于刚烈了,笑着说:"不要说得那么……"

"本来就是,事实摆着的。"短发姨妈态度坚决,"他没什么好样子,纯粹是稀泥巴扶不上墙。"

余秀华从鼻子里发出一声笑,叹了口气,背后的风扇吹起她长长的袖摆。

姨妈们终于走了。余秀华复归平静,下楼到客厅,颓然躺在沙发上,继续对着笼中的鹦鹉发呆。

傍晚,警察和孙书记带来了Y先生写的道歉信。刚一进门,年轻警察就高兴地对余秀华说:"余老师,你的要求我们帮你办到了。"他不无成就感地说:"这是他亲自手写的。"说罢,把道歉信递给余秀华。中年警察特意打开客厅的灯,让她看得更清楚。

余秀华仍旧躺在沙发上,没精打采地接过道歉信,密密麻麻的三页纸。

道谦（歉）信

亲爱的小鱼：

见字如面。

我们曾经彼此深深的相爱，也同时彼此深深的伤害，像极了两只在冬日里带刺动物，要相互取暖，但也要保持一定的距离，不然各自身上的"尖刺"会刺痛对方。我们不能做夫妻，还能做朋友，你要坚强起来，关注自己的身体，不能在（再）喝酒了。关注宠爱你一生的老父亲。万千粉丝对你爱，不如自己爱自己。要重新调整自己的生活方式，不能老不活动。

看书没有什么不好，我知道你喜欢看书，白菜虽好，也不能一直不吃肉，要均衡营养。在这个多元的地球上，诞生了不同的国度，不同的文化。我们终其一生无法去体会每一种文化。我们生在中国这个伟大的国家，至今灿烂的历史文化几千万，即便你觉得当前的社会让你感到很压抑，也建议不要老看小说，外国小说，活在童话世界里。也要看看中国的儒家思想书箱（籍），国学书籍，这都是一辈又一辈的先民，在历史的长河中，智慧的结晶。你也知道会斗转星移，也许社会环境会向前发展，人类的进步需要更新换代。

我知道你很委屈，来自你高贵灵鬼（魂）深处的世俗呐喊，来自你骨子里美（面）对抗命运的交响曲，来自Y先生对你的家暴，来自Y先生对你的读不懂。

我深深的自我审视了的过激行为，对你说一深（声）"对不起"，尽管这个词语苍白无力，但是你知道我的文化素质有限。再次请求你的原谅，我为自己的家暴行为感到恶心。对不起，小鱼，我错了。大丈夫应该敢爱敢恨，敢做敢当，谢谢你的宽容，我让你受到莫大打击。对不起，小鱼，爱一个人会有很多种方式的表达，我相信你那触动心扉诗句是一个不错的绽放。

我深深的向你的父亲说一声"对不起"，没能活成她女儿的拐仗（杖），还变成了他更加牵挂痛心的心口之石。能相聚是缘，能遇到你爸爸是我的福气；他让我感到了前所未有幸福，满满感动；我错了，我也是为人父母，都说女儿是父亲的心头肉。我让你伤心了，对不起。

你的生命力顽强，你知道我的两位已故的家人也都是残疾人。从你出道就开始关注你，只（直）到成为你的枕边人，我是何其幸运，真的觉得三生有幸遇到你。

和你在一起的这比（些）日子里喜怒哀乐都有，但静静回味一下还是高兴大于悲伤。尽管用这样一种大家讨厌的方式离开，我向你致谦（歉），向那些牵连进来的致谦（歉）。

最后，说过多次的话还是要说一遍，任何时候对任何事任何人都不能带情绪，用夹杂的粗话的方式沟通。人的一生很苦短，即（既）不能伤害自己，又不能伤害别人。一句话让人笑，一句话让?跳，为什么我们不能说让别人高兴的话呢？这管呼（关乎）到一个人的修为。希望这一次的相互害怕事件，从家庭暴边（力）在（再）上价（升）到社会责任，这是一个人人都讲"文明"的社会。我俩痛定思痛，都要静下"反思""自省"要"收口，收心，收性"。卑以自牧，人越出名，越有社会影响力，越要有家国情怀。不然风筝飞得在（再）高，断线了，就收不回来。

若无相欠,怎么会相见。我还是相信是命运安排,只是缘分尽了。我彼此都祝福彼此,以后做朋友,也许更好一些。

说是致谦(歉)信,但还是说了很多废话;希望你看了之后不要和文字生气。你真的很棒。加油,未来很美。

致谦(歉)人:Y 先生

Y 先生的字写得小,字间距也很小,字形多有歪斜,个别字实在难以辨识。余秀华看了第一页后,长长叹了一口气,后两页没再认真看。从文风看,她确认这出自 Y 先生之手。她坐起身看向门外,热浪消退了些,几只鸟在树上啁啾。

中年警察拿出一份调解协议书,唤了一声正在发呆的余秀华,为她快速读了一遍调解书,认真地和她确认对道歉信和调解书是否都接受,接受就请签字。

警察的话语似乎没有进入余秀华的耳朵,她定定地坐在那里,左边的头发已经散乱下来。书记和警察一左一右在她身边,看她一直不作声,有点尴尬。中年警察一路奔波,出汗了,他拽了拽长裤的裤脚,继续说:"需要我们帮忙的你就说,只要我们做得到。"

这是一份《钟祥市公安局××派出所治安调解协议书》,先是叙述了案由经过,然后得出结论:经调解,双方自愿达成如下协议:1. Y 先生向余秀华赔礼道歉。2. 余秀华不再追究 Y 先生因此事产生的任何法律责任以及经济赔偿。3. 此协议为一次性调解,无任何遗留问题。

调解书上已经有办案警察、村支书、Y 先生的签字,就差余秀华的签字。中年警察请余秀华写下"同意"二字及她的名字。她犹豫了几分钟,拿起笔,用左手一笔一画写着。孙书记拿起手机对着她"咔嚓"了一下,年轻警察仍旧拿执法记录仪对着她。

"我做了一天的准备"

夜晚,胡涛从北京赶到荆门,来看望余秀华。

胡涛个头高,常穿运动衫,斜挎着背包。进余秀华家门时,他扭头问我:"猫在哪里?"胡涛养猫多年,惦记着余秀华和Y先生一个月前在武汉买的两只小猫。

"呃……"我迟疑了一下,"猫都死了。"

"什么!"胡涛很惊讶,"怎么死的?"

"直接原因是猫瘟。也许他们买的猫品种比较好,又太小,一时半会适应不了农村的环境。"

胡涛不是以经纪人的身份来看望余秀华,只是作为朋友,他觉得在这一刻应该出现在她身边,给她一些支撑。他上楼到余秀华房间门口,轻声喊了句:"余老师,你好吗?"然后进房间仔细看了看她的脸,拥抱她:"受苦了,老余!"

余秀华落泪了。她坐在床上,头发乱蓬蓬的,既期待朋友们的到来,又不想麻烦朋友。

胡涛读了Y先生的道歉信,露出哭笑不得的表情:"为什么他不想让你读外国小说呢?"

余秀华一直低着头，在思考什么。我问她："秀华，我想听听你的感受。你对他这个道歉信是什么感觉？"

她皱着眉，叹了口气，摇了摇头，似乎一时找不到合适的语言。

胡涛坐在余秀华床上，拿起公安部门的调解书来看。看完，他皱眉说："我现在很迷惑，就是打人行为没有任何处理是吗？就这么过去了？"

胡涛对余秀华在法律上的不追究也感到不解，问她："你觉得这是中国女人的传统美德吗？你给大家的不是这样一个形象啊，余老师。我觉得是非问题和情感问题要分开。"

余秀华叹了口气，说："他们就算给我验伤也是轻伤，轻伤也没什么事（没什么处罚）。"

我在旁边有点按捺不住了。此刻我并不打算隐匿自己的态度，对余秀华说："如果是轻伤或者轻微伤，他就会被拘留的。而且你的医疗费用或者说其他的一种损失，他要进行赔偿。法律上他应该承担，如果你没有让他去承担，那你知道后面会发生什么？"我加强了语气，并在内心判断后面的话该不该说（我不想去教育她），停顿了两秒，还是决定对余秀华直言相告："你的宽恕可能是纵容。因为你第一次（被暴力后）就宽恕了他，所以就会有第二次。"

也许是我说得过于直接了，也许我也显露出某种"教育者"的面目，本来坐在床上发呆的余秀华身体颤抖了一下。她用手捂着嘴，沉默了。

胡涛终究是一个温和的人，他用缓和的口吻问余秀华："你是觉得以前那些美好的东西是不是忘不掉？比起这个暴力，其实那些美好东西更值得回忆，更值得拥有，是不是？"

余秀华低下了头，然后点了点头。

"你现在想起来还会害怕吗?"

她点了点头。

"会的,对吧。你会害怕,但你还是会想着他,你这种情感太复杂了。"胡涛感叹。

余秀华并没期待我和胡涛能理解她的感受,也没期待她的家人能理解。胡涛到来之前,在荆门上班的儿子跟她联系,劝她一定不要和Y先生复合,从一开始他就不喜欢这个男人。在医院的爸爸也给她打电话,告诫她要狠下心来,不要抱有幻想。对家人的劝导,余秀华只是倾听,顶多回应一下"我知道"。她也很清楚身边的人不会理解她的感受,因为她自己有时都搞不明白内心那些不可名状的力量会把她带向何处。

接近深夜,胡涛忽然接到Y先生的电话。Y先生说明天余秀华的阿姨会带他和余秀华见个面,吃个饭:"短暂的一个沟通,我就会离开。"

"总要有个见面的理由吧?"胡涛问。

"嗯……道歉吧。"电话那头的Y先生显得有点模棱两可。

电话挂断,胡涛问余秀华是否愿意第二天见Y先生,余秀华毫不犹豫地点了点头。

第二天早上,余秀华直接联系Y先生,约见面方式和地点,可Y先生突然关了手机,怎么打都打不通。胡涛也试着联系他,联系不上。

Y先生爽约了。

余秀华坐在床上,懊恼地给Y先生发信息,问他为什么不接电话。"烦死了!"她无力地躺在床上,翻看着手机,打开爸爸发给她的语音:"我给他打了两次电话都关机了,你们这事就算结束了。"余秀华的呼吸变得急促,手机在她眼睛里映射出微弱的光,她给Y先生发了语音:

"不接电话就让警察把你抓起来！"

胡涛在旁边劝她冷静一点。余秀华坐起来，头发依旧散乱着，无力地说："我想问他为什么不见我。"

胡涛不太理解余秀华此刻的主动。"你见他想说什么？"

余秀华想了一下："我也不知道。"她的眼神很迷茫。

"可是他都不理我们了，是不是有他自己的考虑啊？"

本来窝在被子里的余秀华忽然掀掉被子，起身说："那我们去找他。"

胡涛仍然温和地问："我们是不是太卑微了，余老师？"

他为了不问得太生硬，用了"我们"而不是"你"。

"不是卑微，是理直气壮。"余秀华噘着嘴，挺直了身子，动作粗放地用手把散乱的头发往脑后捋了捋，把手指当成梳子不停地梳着。而后又不想这样敷衍，走到露台坐下，拿起梳子认真梳着头发，细心地把头发扎得一丝不苟，然后戴上眼镜，照了照镜子，为这一厢情愿的会面做精心的准备。

去哪里找 Y 先生呢？余秀华早前从村书记那里听说，Y 先生可能在荆门市某酒店，她决定去那家酒店找他。如今治安调解书已经生效，Y 先生恢复了自由身，没人知道他有没有离开荆门。但余秀华笃定地认为他仍然在荆门，仍然在酒店。

余秀华有一些特别的直觉，不管这直觉正常与否，我们决定顺着她的心意，去找 Y 先生。寻找是为了质问，为了和解，还是为了道别？我们不知道，余秀华则说自己不清楚，只是依照直觉行事。

胡涛终究还是按捺不住，上了车后忍不住问："你想找他干嘛呢？"

"我想找他谈谈。"

"谈什么呢？你想他当面给你道歉吗？"

余秀华只有沉默。

"你主动表达了对他的不舍，他觉得自己不能太主动，所以躲着你，是不是这个意思呀？"

她有点不耐烦了："别分析！"

四十分钟后，我们找到那家酒店。余秀华说："我一个人进去问，你们别跟着。"她下了车，摇摇晃晃地走进酒店，几分钟后，又摇摇晃晃地走出来。酒店经理认识余秀华，告诉她 Y 先生没有住在这里。上了车后，她想起来什么，又打电话问酒店："有没有公安部门在你们酒店开的房间？"

"没有。"

我们一时不知道该去往哪里。我把询问的目光投向余秀华，她露出悲伤的神色，但并不打算放弃，连续打电话询问了几个信息源，包括曾经来找她调解的中年警察，但中年警察的电话一直在忙线中，他显然不便透露 Y 先生可能在哪里。

余秀华不折不挠地打电话，她从阿姨那里得知 Y 先生住的酒店就在某医院附近，就锁定了一个新目标，我们继续驱车前往。胡涛也不再询问，只是帮她分析用什么方式能最快找到他。作为朋友，此刻只能陪伴她，帮助她实现心愿。

我们到了那家酒店，胡涛和余秀华先是请求前台帮忙查一下有无此人。前台客气地说："对不起，我们不能提供客人的信息，这是客人的隐私。"

余秀华用手扒着前台，有些着急："我是他的朋友，怎么就不可以啊？"

前台仍旧不同意。余秀华换了个语气："你们帮帮忙，有什么不可以呢？"

前台小姐姐不知该怎么回应她，余秀华拿起一支签字笔敲打着台面，内心的焦灼溢于言表。

"我只是找个朋友，你们把你们的规章制度拿来看看，是不是不能找人？你们为什么不能通融一下？"

对方仍然客气地说："您可以让警方帮你来找你的朋友。"

余秀华有意显得很生气："让你经理过来，今天我不信这个邪！我找个人犯法了？"胡涛轻轻拍了拍余秀华的肩膀，让她不要那么激动，但她完全停不下来，提高了音量："怎么就不能通融一下？我就是找个朋友，怎么就不行？假如我的老公在这里不见了，你们也不让我找是不是？"

工作人员依旧微笑地婉拒她。

余秀华无奈使出最后一招："那我就到你们楼上挨个房间敲门。"她仍站在那里，试探着对方的反应。

这时，一个中年男性工作人员走过来，客气地问余秀华要找什么人。余秀华嘟哝着说："我要找我男朋友。"此刻的余秀华像一个十几岁的小女孩，痴心地寻找她失去的爱情，以及这份情感投射的那个男人。过去几天的所有遭遇并不能消除她单纯而热烈的情感，她已不顾自己的"形象"和行为是否妥当，一门心思要找到这个人，要面对面。这次见面是对方发起的，她抱了一线希望，结果对方又掐断了这线希望，这让她极为不甘。

胡涛安抚着余秀华，对酒店工作人员解释事情的前因后果，把她拉到旁边的沙发上坐下。

"余老师，你冷静一下，他不见你肯定有他的理由，可能这会儿他已经在飞机上了。"

余秀华倏地一下起身，离开酒店。"我不信找不到他。"

天色渐暗，我们找了一家饭馆吃饭，刚准备落座，余秀华突然接到Y先生的电话，说他已经到了福建，请她不要再找他了。

"那你把你的定位发给我。"余秀华不相信他在福建。

电话那头的Y先生沉默了，他没有发来定位。

"你为什么要骗我？你为什么要骗我？"余秀华急切地质问，"你昨天说得好好的，今天为什么不见我？"

"我承认我怕你，我戾了。"

"你为什么怕我？给我说清楚。"

"我们真的不适合在一起了，朋友都没得做了。"

"我做了什么事，让你觉得朋友都没得做？"余秀华语气愈发急切。

"你别问我了，我不会再接你电话了。"

"那我就重新报警，把你再抓起来。"余秀华怒道。

"我求你了……"

"求也不行，说好了的事，我做了一天的准备，你说不见就不见？"余秀华的话语越来越急促，双肩也在剧烈地晃动，声音越来越不清晰。Y先生沉默以对。

胡涛看不下去了，抓过电话："你能不能像个男人一样？你答应好的事情怎么不做呢？余老师今天一直在找你呀，满怀情感的，你知道吗？你现在怎么又这么冷酷地在对待她呢？请问这是什么意思？无非是吃个饭，见一面，怎么成了余老师来求你了呢？不是你提出来的吗？今天大家都等着呢。"

Y先生给了一个让我们吃惊的回答:"不是我提出来的,是她阿姨提出来的。"他停顿了一下,"我答应了,是我人品不好,你可以用所有的语言侮辱我,你可以谴责我,我可以保持沉默。她再报警也好,我接受所有法律的惩罚,所有的我都接受,但是,我绝不见余秀华。"

深夜,我们开车把余秀华送回横店村。余秀华把车窗摇下一半,让夏日炽烈的风吹到她的脸和头发上。她望着窗外渐渐稀疏的城市灯火,悲伤得不能自持。她掩面而泣,一开始是小声啜泣,后来呼吸变得沉重和急促,肩膀也开始抖动。再后来,她趴在前座的椅背上泣不成声。这天她仍穿着那件白花红底长裙,那长长的袖摆抖动着,像在跳一段凌乱的舞蹈。窗外的灯光摇晃地在她露出一半的白皙的腿上缓缓流动,异常皎洁。

我们路过一家化工厂,那里矗立着一座巨大的铁塔,白天看不出什么,晚上却吸引了我的视线——在高高的塔顶,有一团烈火正在熊熊燃烧。

余秀华做了一天的准备,苦寻 Y 先生不得

摄影 / 范俭

一种友情

从湖北襄樊去往重庆的火车上坐满了过年回家的人们，2023年的春节已近在眼前。不少人打开手机，任由其中流淌出自娱自乐的喧闹。我身后的一个男孩玩起了手机游戏，突突的枪声不绝于耳。我戴上降噪耳机，试图用巴赫的音乐来获得片刻宁静，耳机里却强行推送了两条短信通知：

农业银行襄阳分行：一碗牛肉面，一杯清黄酒，记忆的味道一直未改变，襄阳农行提醒您回家途中做好疫情防控。

奉节县人力社保局：外出务工开眼界，返乡创业惠乡邻，诗橙奉节欢迎您回家就业创业，共创"兴业兴城，强县富民"新局面！

火车穿过大巴山脉的层层山峦，山中升起团团如棉花般的雾气，两天前的降温给这山地蒙上了片片薄雪。火车拽着我略过这起伏的风景，之后又把我拽入漫长幽深的隧道。此刻，我的内心已经开始后悔了，后悔没有再多停留余秀华身边几天——也许这后悔从走出她家门就已经开始了。她的家乡和此刻的风景有太多不同，每一次去她那里，我都要穿过群山，直至那连绵的、食物丰足的平原。每次到她那里，我都在感受着她家乡的食物和我家乡的不同：没有了辛辣的辣椒和花椒，油也用得少了，我可以更多感受食物原本的味道。

上午和余秀华道别时，她正准备泡茶给我喝。我说我要走了，要赶时间坐火车，她有点意外："今天就走吗？"看得出她有点不舍，至少希望我喝了她泡的茶再走："今天要请你喝白茶，和昨天的红茶很不一样哦。"以往几次在她家里拍摄，她不希望我多停留，恨不得我和拍摄团队赶紧离开。来的第一天，余秀华和她爸爸还热情招待我们，第二天她就会笑嘻嘻问我："咦，你准备哪天走啊？"我们有四个人整天在她家里事无巨细地拍摄，甚至有时她睡觉了，我还会偷偷溜到她床边举起摄影机。余秀华虽对我极为敞开，但她不想被我的拍摄左右，有时故意不想让我的拍摄"得逞"——她知道我可能期待某些场景和画面，于是偏偏不让它发生。我们几人在她家混吃混喝，余爸爸和有时来帮忙的女友黄阿姨天天做饭给我们吃，有点不耐烦。有时余爸爸笑呵呵对我说："范导，明天我和阿姨出门，没法招待你们啊。"我明白他的意思，但第二天还是会厚着脸皮来。

这次拍摄，我只带了一个摄影助理，人少了，也不再总是烦劳余爸爸做饭，而是从附近饭馆买饭菜回来一起吃。我计划只待两天，在余秀华厌烦之前就离开，而这次她对我还有一点点不舍，于我而言有些意外。我找了个不成理由的理由："我们租的车今天到期了，春节前很不容易租车，我得还车。"还车当然确有其事，但如果我想要多停留几天总归有办法，无非就是多花些钱。

"好吧，走吧走吧。"余秀华挥挥手，并不打算说任何挽留的话。

我这次去见余秀华，是想拍冬天的雪景以及她在冬日的状态。我已经拍摄了过去一年春、夏、秋三个季节的她，就差冬天了。等了好多天，终于等到江汉平原可能下雪的日子。七年前我刚开始拍摄《摇摇晃晃的人间》时，就赶上横店村的一场大雪，我拍到余秀华穿着红衣服在雪地中摇摇晃晃地行走，非常棒的镜头。这次我从重庆坐火车到襄阳，然后开车去余秀华家，上了高速路后，车窗外真的飘起了雨夹雪，南方特有的雪籽（雪和冰的结合）打在车窗上，发出奇妙的嗞嗞声。我给余秀华发微信："雨雪天奔赴横店，过一小时到你家。"她没回复我，我不确定她心情如何。

进得余秀华家门，她在一楼客厅迎接我，冲我狡黠一笑："范俭，你不要去我的房间，里面有股臭味，你会受不了。我身上也有臭味，你闻闻。"

我凑近闻了闻，一股浓烈的劣质白酒的味道，似乎还掺杂了点别的气味。

"酒的气味而已。"我说。

"我有十几天没洗澡了，嘻嘻。"余秀华裹了一件深灰色棉服坐在沙发上，这外套看上去也多日未洗。我想起前些天她在朋友圈说自己终于"阳"了，但症状轻微，大概是病毒给了她不洗澡的理由。可是还没等"阳康"，她就又开始一如既往地喝劣质白酒，真是心大。

余秀华把没穿袜子的赤脚搭在茶几上，她的脚很小，也很白。她自我欣赏着，一上一下地扭动脚趾。"范俭，你别看我每天喝酒，体重还比你上次见我轻了几斤呢，说不定喝酒能减肥。"她有点自鸣得意。气温已经低至零下，她家客厅的门仍敞着，风呼呼灌进来，吹在她的赤脚上，客厅里没有任何取暖设施，她竟然不觉得冷。门外的雪花飘得越来越紧，我念叨着："不错的雪景呢。"

余秀华看出了我的心思："我才不会跟你出去看什么雪景，你要冻死我啊。"她把赤脚塞进鹅黄色棉拖鞋里，起身上楼回自己房间了。

第二天早晨，我和助理到余秀华家的鱼塘边拍一些镜头。这场小雪的力道完全不如七年前那场大雪，但一夜间，或紧或缓的飞雪还是在鱼塘边积起了覆盖脚面的白色。我长久在重庆生活，很久没见到这样的白了。鱼塘在白色包裹中一片静寂，偶尔有鸟掠过水面，水面下并无生机，塘子里的鱼在入冬后就被捞出来卖了。去年的夏日，一塘子鱼在水下涌动，当余爸爸来投喂饲料时，鱼儿一片欢腾，有时跃出水面，腾空而起，掀起阵阵水花。也是在夏日的池塘边，余爸爸和Y先生曾经一起在这里投下"诱捕"小龙虾的笼子，里面装着肥硕的蚯蚓，是龙虾的最爱。他们深一脚浅一脚穿过密密的草丛，去旁边的水田投下另外的笼子，于是，第二天饭桌上就有了小龙虾的美味。

在冬日的寂静里，我看到几堆烧焦的死鱼散落在鱼塘四周，多数是鳊鱼，薄薄白雪下覆盖着它们烧成黑色的身体，如化石一般。去年八九月间，经历多日四十度高温炙烤后，塘子里的很多鳊鱼翻塘了，非常可惜。余爸爸把那些死鱼甩在池塘边，时间久了臭气熏天，索性一把火烧掉，臭味倒是没了，可鱼的尸体还在那里。

我和助理在池塘边拍完后，踩了一脚泥回去。余秀华发现地面上有不少脏脚印，念叨着："瞧瞧，都是你们弄脏的，我要用吸尘器吸一下。"我说："不好意思啊，麻烦你打扫。"她刚要起身拿吸尘器，犹豫了一下又转身坐下，对我说："算了，我等你走后再打扫，就是不让你拍到你想要的镜头，嘻嘻。"

于是我索性赖在余秀华的卧室不走，手里一直抱着摄影机。余秀华说："你真的不嫌这里臭啊，真佩服你！"我闻了闻四周："还好啊，不算臭。"她并不知道我有慢性鼻炎。

我看到余秀华往塑料旅行杯里倒了两勺白色粉末，问她："你喝的什么？""老鼠药。"她回答。我看到旁边有一桶胶原蛋白粉，"老鼠药"来自那里。余秀华在心情好的时候会分享她的饮品给身边的朋友，不过这天她没有分享胶原蛋白给我，而是决定泡茶喝。她喜欢喝各种各样"配方"的饮品，在二楼的卧室和露台上摆放着十几二十个高矮胖瘦的瓶瓶罐罐，除了胶原蛋白粉，还有各类茶叶、葛根粉、黄豆、黑豆、咖啡豆、蜂蜜，以及某些有神奇减肥功效的粉末。这让我想起多年前她写的那首《我爱你》中的诗句："茶叶轮换着喝：菊花，茉莉，玫瑰，柠檬/这些美好的事物仿佛把我往春天的路上带。"我并不是很确定她现在常喝的东西都是美好的事物，可经常看到她把各类不明物体倒进她的塑料旅行杯，用开水冲泡，或用破壁机搅碎冲泡，像是在做化学实验。去年夏天的一个夜晚，她喝了一种叫作"八豆"的减肥饮品，口味比重度烘焙的咖啡豆还要苦，她喝下去时表情不是很享受，结果在抖音直播的过程中呛到了，当场呕吐不止，也许这东西的减肥神力正在于此。

常喝的饮品里，酒是余秀华的最爱。她尤其爱喝白酒，特别是便宜的白酒，十几元一斤散装的那种，她说那种酒容易喝醉，很好。她也爱各类茶,尤其是普洱茶,说喝了能刮油减肥——她确实比八年前我第一次拍摄时胖了不少。偶尔她也喝现磨咖啡,还有独特的加工方法,就是把咖啡豆放进破壁机,掺上水,用打豆浆的方法打碎了并加热,然后不经过滤直接饮用。

"来吧范俭,你不是爱喝咖啡吗?喝喝我泡的咖啡。"

我看了看,没敢尝试。

余秀华喜欢网上购物,互联网经济大大方便了像她这样生活在村庄的人,村里的小卖部里常常有她大包小包的快递。最近她买了一台净水机,能过滤自来水并随时烧热水喝,水温可从二十五度到八十五度自己选择,这样她就不用总是跑下楼烧水喝了,冬日里很实用。

"五千块钱呢!包含滤芯。随时出热水,真好。你家有没有?"

"我家没有,只有烧水壶。我没你有钱啊。"我发自真心地说。

在我看来,余秀华买的很多东西都是"网红"产品,包括茶具。这次她用一种蒸馏煮茶器做红茶给我喝,其特点是茶水分离、自动控制蒸馏时间,如此氤氲流动出来的茶汤不苦,又保持了香气。

"才二百多块钱。"余秀华说。

"这红茶是Y先生去年送的,很便宜,十几块钱一两。"她补充了一句。

几天前,余秀华在抖音直播时和Y先生连了一次麦,两人谈笑风生,余秀华甚至对Y先生戏称了一句:"宝宝!"这使得网络舆论哗然,很多人以为余秀华要和Y先生复合,而此时离去年夏天的暴力事件还不足半年。我来见余秀华之前,胡涛联系我,有点忧心忡忡,担心余秀华和Y先生复合。我对他说:"那肯定不会。"即便还没见到余秀华,我心里还是很笃定余秀华不会那么做。

"复合个屁！我想到这个人就恶心，对他的身体也完全提不起兴趣，怎么可能复合？我没那么贱！"余秀华往自己的塑料旅行杯里倒进煮好的红茶，让我从她成堆的茶具里选一个全新的钧窑瓷茶杯。我选了一个深蓝色的小茶杯，杯口两寸左右。她两手紧紧抱着茶壶给我倒茶，手不自觉地晃动，茶水从杯口洒出来一些。

"以后这杯子就是你的专用茶杯了。"她对我说。

"那你为何直播连线他呢？"我仍旧好奇这个话题。

余秀华说，不清楚自己为何要和对方连麦，为何要经常看对方在抖音上的直播，她知道这是蠢事，但就是忍不住做了。"我那天就是想去恶心一下他。"但她似乎又觉得这个理由不充分，不准确，大声对我说："你别再问我了，也别猜测我的想法，因为我也不知道我到底为什么搞这些。"她喝了口茶，问我："你觉得这茶怎么样？"

Y先生送她的茶，我一时不知该怎么评价。"不错，有股清香。你泡得好。"

"范俭，我最近从头到脚都疼，可我早就阳康了啊，应该和病毒没关系。我觉得这是抑郁症造成的，最近身体会有一些莫名其妙的反应，比如半夜听到窗外的鸟叫，身体就会一激灵。前段时间听到手机忽然响起来，身体就会发抖。你说这是什么情况？"

我一本正经地回答她："这可能是恐惧引起的神经官能反应，是一种焦虑。"

"嗯，我很早以前也这样。没跟尹世平离婚的时候，别人一提起尹世平的名字我就胃疼。"

"那提起 Y 先生你身体会疼吗？"

"不疼，我可能对他没有那么上心吧。"她转念想了一下，"可是我对 Y 先生没有那么上心，为什么跟他纠缠不清呢？我他妈的有病啊？真的要看心理医生，我这个状态不好。"

"你真的愿意去看心理医生吗？"

"不愿意。"她斩钉截铁地回答，"我自己都说不清楚我自己的想法，我自己都没法理解自己的行为，他们心理医生在短时间能弄明白？我不相信。"

"心理医生有很多专业方法，比如心理分析的方法，对很多人还是有用的。"

"他们太贵了！聊一次花好多钱，Y 先生说他找心理医生咨询了几个月，花了十万块呢。"

我看了看她五千块钱买的净水机，喝了口红茶，口感不错。"可是你还是焦虑啊，每天喝酒就是为了缓解焦虑呗。"

"我喝酒是为了睡得着觉。不过我昨晚偷偷下楼喝了半斤酒，还是睡不着，白喝了。"

"偷偷？怕你爸知道？"余爸爸的卧室在楼下，他一直管着余秀华，不允许她滥喝。

"对啊，我爸还藏我的酒呢。"余秀华压低声音对我说，"昨晚上我只穿袜子没穿鞋，轻轻下楼梯去厨房，他藏的酒还是被我找到了，嘻嘻。可惜啊，喝了半天没睡着。"

我端着摄影机，继续和她聊天。"有时候我觉得你也挺孤单的，所以才会在网上不停直播，在网上和陌生人不停聊天。"

她的眼神有点惆怅，喃喃地说："是的。我走了另外一个极端。"

"这种孤独感是致命的。"

余秀华有时不愿和我聊此类话题，但这天她心情好，可以聊下去。"我不知道我为什么会那么孤独。那天有个朋友直播连线跟我说：我是孤独的，你是寂寞的。我马上撑回去：我是孤独的，你是寂寞的，这很有区别。孤独是没有办法解决的，寂寞是可以解决的。孤独更多是心理上的，寂寞更多是肉体上的。对不对？"

"孤独更多是一种主观感受，寂寞更多是一种客观的状态。"这是我的理解。

"我觉得更多是肉体，寂寞谁来陪啊，那就是有个男人来陪，陪你睡一觉就好多了。打个比方，我找个男人解决我的寂寞，但解决完会更孤独。对不对？"

"当然。"

余秀华有点烦躁。"真他妈有病，我这种状态很不好。"她准备换茶叶继续泡。

"我觉得你跟 Y 先生的关系也是因孤独而起。"说到这份儿上了，我想直指要害。

"对。"她轻轻叹了口气，"妈的，范俭，我不知道我为什么会有这种情况。"

"你指的是这件事为什么发生，还是指现在的纠缠不清？"

她有点无奈地说："我指的是现在的纠缠不清。这种关系肯定会发生，对吧，但我不理解自己现在为什么纠缠不清，本来没有那么爱他啊。"

余秀华手掌托着腮，像少女一样撅了一下嘴。

我和她一起沉默了一会儿。"那你觉得最好的解决办法是什么？"

"时间呗。让他作。"她停顿了一下。

余秀华指的是 Y 先生经常在抖音直播"骂她"。我去年还时常看两人的直播，后来不看了，一是忙，二是这些东西看久了让人厌倦。竟然有那么多网友一直围观两人的直播或骂战，乐此不疲。

"他作我也作，两个人都作，作到终于有一天两个人没有力气作了就算了。不然怎么办啊。"说着说着，她笑了起来。

"但是这对你是消耗啊！"

"对我真的是消耗，没办法。"

"比方说写诗，你现在写得出来吗？"

"写不出来呀，真的是觉得精神瘫了。"她皱紧了眉头。

"我看你这段时间努力地写出了两三首。"

我指的是两个月前她在湖南见到刘年后写的诗。刘年曾经是《诗刊》编辑，就是他 2014 年在网络上发掘了余秀华的诗才，把她的诗歌发表在《诗刊》上，隆重地推介到诗歌圈子，进而引起大众关注。可以说，他是余秀华的伯乐。两人有几年疏于联络，前段时间在长沙重新见面，刘年如兄长般告诉余秀华："你一定要写诗，这就是你安身立命的方式，即便不能出版，也要写。你要是每年能写出十首接近你刚出道的时候那种质量的诗，我就很为你高兴了。"

他们的那次见面我也在场，刘年已经是沧桑的中年大叔，脸色黑不溜秋，带着点蛮气，但眼神柔和，甚至流露出一丝苦涩。他像一位游吟诗人，这几年用了很多时间一人骑摩托车游走青海西藏，一人在广袤荒凉的天地间写诗。和余秀华再见面的地点，就是在长沙某书店举办的刘年诗歌的唱诗会上——刘年有几个乐队的朋友,把他的诗歌用民谣的方式唱出来。

"他现在像个土菩萨一样。"这是余秀华作为诗人的描述。"土菩萨"显然有别于当年在北京坐办公室拿固定工资的那个刘年。后来他行走在路上,诗歌喷薄而出,但飞扬的尘土也落在他的脸上。

临别时,刘年对余秀华抛下一句话:"你如果不写作就完了,不写作你就一无是处!"这话真的很重,连同"土菩萨"的眼神、唱诗会的余音,想必撞击了她的内心,所以她才开始重新写诗。

余秀华叹了口气,对我说:"我觉得写多了诗歌也不好,都是重复,你不觉得吗?没有灵感我也不写。不过我还是觉得我有一些文字天赋,不写诗歌,也可以写好随笔。"

过去一年,我见证这段亲密关系的持续,其间有几次看到余秀华在写随笔,她对生活变化的细腻感受落在笔尖。我喜欢其中的一些文字,相较于诗歌,随笔更恣意随性,有时不乏顽皮,比如她曾在文字中调侃她和 Y 先生在一起是"歪锅对歪灶"。但她一直没写诗。去年秋天,她在公众号里发出了几首诗歌,我很高兴,对她说:"秀华,祝贺你写出了诗歌!"她回复我:"那是存货,不是现在写的。"这种状态一直持续,直到见了刘年,她才开始写,可仍然写得非常少,或者说需要特定情境的激发才能写。

"写得真的不好。"她指的是前几天写的一首。

"你的这段情感关系怎么就破坏了你写诗的才能呢?"

"反正就破坏了,因为我主要写爱情诗嘛。如果拿你打比方,比如我以前喜欢你,对你有美好的想象,美好的交往,你说我再给你写诗你会不会嫌弃我脏啊？"

"那是你自己的顾虑。"

"肯定别人会这么想。"她用手捂着嘴和鼻子，似乎感受到自己的"脏"。

"那是你的顾虑。这个跟写作的对象没关系。"

我又想起，前不久余秀华还在那段亲密关系里时，跟我说过写不出诗的另一个理由：在没有这段感情前，她对异性有很多美好的、朦胧的想象，她把这些想象甚至幻想转化成诗歌。因为一直得不到，所以想象会持续喷涌而出。但现在这些想象全然没有了，置身于一段过于具体、过于复杂、甚至伴随着暴力的亲密关系里，她失去了某种想象力。有时则是不敢想象，一动念，就羞了自己，辱了对方。

那么，到底是"辱了对方"更难堪，还是"羞了自己"更痛苦？我不得而知，总之这成了她写诗的阻碍。

就在几天前，有一个互联网平台约余秀华写一首诗，价格十万元。当然，这不是对她诗歌的标价，而是对委托创作这种工作的标价。但是，余秀华写不出来。当她坐拥一百多万粉丝，她的写作变成一种被委托的工作，并且"标价"可以如此昂贵时，她却写不出诗歌，至少写不出她内心认可的诗歌。而当初她寂寂无名、诗歌无人问津时，她的诗句却喷涌而出，且多是质量上乘之作。

天色渐渐暗下来，我在余秀华的房间待得够久了，茶也渐渐凉了。余秀华打开台灯，开始读桌子上一本已经打开的书，是《杜甫传》。她读出声："人世是这样错综混乱，自己的生活又这样可怜，这中间使他的精神感到一度振奋的是从前富庶时代的几个挺拔卓越的人物：陈子昂、郭元振、薛稷。他在梓州、阆州奔走……"

余秀华停在这里,忽然问我:"欸,范俭,这个字怎么读呀?门字框里面一个良。"

我正在她身边拍摄,问道:"良好的良吗?"

"对。"

"读 làng。"我想到四川阆中这个地名。

她继续读书,我则到她身后,单膝跪在床上拍她背后的整个房间。四周已经暗下来,从背后看她专注读书,有种圣洁的氛围。我内心希望这种氛围在我拍的影像里多停留一会儿。

楼下的余爸爸忽然打断这种氛围,冲楼上喊道:"范导,吃饭了。"余秀华冲楼下喊道:"他走了。"我大声回应余爸爸:"来了。"她则笑嘻嘻地喊:"他不吃。"

余秀华站起身,准备下楼吃饭——圣洁是我的想象,烟火才是充盈生活的日常。她扭头看见我还在拍:"快走,下去吃饭了,我的床上那么臭,你在我床上跪这么久,小心得妇科炎!"

余秀华仰头大笑着出门,我的镜头没有跟随她离开,而是下意识地摇回到她的书桌。书桌四周被黑暗包裹,小小的台灯发出鹅黄色的柔和亮光,照在那本书上,整个房间只有那本书有亮光。

2023年第一场雪后,余秀华苦苦思索为何写不出诗歌

摄影 / 范俭

后记

  2020年4月初，我仍在武汉拍摄，距我进入封城中的武汉已有二十天，正在考虑用什么办法出城。此时，我接到杨晓燕老师的信息："在武汉多久了？有机会写写你的拍摄故事吧。"

  我认识杨老师是在五年前。2015年我刚开始拍摄余秀华的时候，杨老师作为业内著名编辑第一时间和余秀华签了出版合约，给我的第一印象是：眼光好、果断。这次杨老师为何"相中"了我，我有点纳闷，余秀华写得一手好文字，我可没那水平，我擅长的是影像创作。

  "我只是觉得你的经历很有意思，也有思想，你应该写一本书，每个片子写一章，把你对世界的观照和悲悯写出来。"杨老师的微信文字发来，让我内心滚烫又沉重。我知道她在鼓励我，但真要我把这么多年拍的东西写出来，感觉是个极艰巨的任务。但杨老师说得很对，我作为纪录片工作者确实有很多"经历"，确切地说，我用影像记录了很多人在社会巨变及重要的历史场景下的独特经历，或个体命运变迁的重要节点；有故事，有大量细节，有丰富的语言、动作、场景，而最重要的是：有情感。

杨老师把这种情感表达为"悲悯"，也一下子说到我心坎里。我确实秉持着"悲悯"二字拍纪录片，年轻时不懂此心此念，年头久了，慢慢就生发出来，渗透到影像里。而杨老师之所以对我发出写作邀请，恰恰是因为我在2020年的武汉——一个重要的历史时空里——的拍摄，这"悲悯"二字又更有别样的意味。

写什么呢？我梳理了二十年来我拍摄的几大块内容，汶川地震后失独家庭的再度生育和新生命的成长是最长、最重的部分，我已投入了十二年时间去耕耘，有大量素材和故事。这题目绕不开，必须写，但也很难写，有太多的记忆和往事要重新收拾，有很多复杂的情绪要重新体悟。然后，是我正在经历的武汉疫情，那些场景、那些人的变故刚刚发生，历历在目，让我很想写下来。再者，就是余秀华的故事，2015年我用影像记录了她最重要的人生转折，我们一起去了天南海北很多地方，之后，我们成了很亲密的朋友，可以说是无话不谈。不过2020年时，我完全没想好该怎么写余秀华：仅仅是回顾往事吗？于我而言动力不够；写她的传记吗？天时地利还不具备。直到2022年，余秀华经历了人生第一场恋情，热热闹闹地开始，又沸沸扬扬地结束，我再一次见证了她人生的大起大伏。我想，也许可以动笔写写余秀华了。

当然，我还拍摄了很多不同的题材，比如我拍过三个不同年代、不同主题的农民工题材的影片，有的人物拍摄跨度超过十年。他们也值得书写，不过我感觉还需更多地准备、更细密地梳理后再动笔为好。

相较于拍摄纪录片，写作真的更花时间，也更孤独——大多数文字都是我逼着自己坐在房间里一点一点写出来的，每天真正能完成的可能也就是几百到一千字。我没有经历过专门的写作训练，所谓词汇、修辞、文章的结构，都是边写边摸索。虽说我是从武汉大学新闻学院广电新闻专业毕业，但我更长于影像，而不是文字。所以我不停地写，不停地改，也不停地删。我常常会类比，一个从没做过影像工作的人突然要拍一部九十分钟或更长的纪录片，那岂不比登天还难？不过我有"独家秘籍"，就是我拍摄的海量的素材，那里有足够的场景、足够的细节，像一个极为详尽的地图，我既要按图索骥，也要学会把影像转换为文字。这或许是一个纪录片导演最独特的写作方式：打开尘封多时的硬盘，一点一点回看每一个画面，完成影像到文字的转译。

我要感谢那些帮我做素材场记的人，他们早期就完成了影像素材到文字的转录，给我省了不少气力。但场记通常不需要记录每个字，也不需要记录人的情绪，而这些对写作很重要。所以，当我要描述细节时，我必须反复看画面，细究人物的语气、动作、情绪，感受现场的气氛，准确还原每个词、每个字。与此同时，胸中要有沟壑，即故事脉络是什么、叙述的方向是什么，这一点其实和电影相似——叙事创作有其共性。

当我就这样从一千字写到一万字，后来突破十万字关口时，一直在隔壁房间剪辑影片的臧妮（我太太）对我说："你不仅会完成这本书，而且，我相信以后你还会写出第二本，名字我都替你想好了。"这真的给了我莫大的鼓舞！

杨老师告诫我不要写成拍摄手记，而是要向非虚构写作靠拢，写好"他们"的故事。这一点我完全认可，不过一开始我完全不得其法，自以为是地按照夹叙夹议的方式写，编辑建议我去掉那些不必要的分析和议论，这限制了读者的解读。编辑王宇昕帮我打磨每一段文字，删掉了我的很多废话，推动我去找更多的场景、叙述更多细节，而不是自书胸臆。我完全认可编辑的意见，但我文笔粗疏，叙述常常过于平淡，完全达不到杨老师期待的"妙笔生花"的水平。于是我从2023年开始阅读大量非虚构名作，并"抱佛脚"地上了中国新闻特稿写作先驱之一李海鹏老师的网课。李老师说，文笔这东西，对于年轻人来说，通过学习和阅读能有明显提升，对于年纪大的人，就很难提升了，因为越年轻学习语言的能力越强。这让四十七岁的我颇受打击。不过李老师又说，也许你有很多写作的短板，但只要你有一个长板，你的作品质量最终由那个长板决定。这句话给我极大的鼓舞，因为我很清楚，在非虚构写作上我有至少一个长板——我有独家的故事素材，别人没有。

当然，非虚构写作是个技术活，非常严谨，从写一篇文章到一本书需要大量的学习、阅读和训练，眼下的这本《人间明暗》若按非虚构写作的要求看，真的只是粗浅之作。还好我也不打算完全按一定之规写我的第一本书，暴露一些青涩和散漫也未尝不可。

到了2022年接近年末，当我写完一多半，彼时的中国正在经历新的嬗变，时代左冲右撞，无力感攫住了一些朋友的内心。一个年轻的纪录片同行几年来一直在拍摄批判性的社会现实题材作品，对我说他觉得拍纪录片丧失了意义感。我能理解这种低落的情绪，作为个体拍摄的社会现实题材的纪录片从来没进入过时代主流，也从来都不被大众追捧，一直在经历漫长的冬日，而世事的悲怆与荒诞又让创作者内心不断下沉——我们为何而创作？但我仍没有丧失意义感，即便已拍了二十年。恰恰因为"在场"本身变得越来越艰难，因而迈开脚步、抵达现场就是有意义的行为，记录的行为则更有意义。无论是影像、声音，还是文字，我们能做的、需要做的还有很多。我认为纪录片工作者是记载历史的人，这并不是夸大其词，看看那些足以载入史册的经典纪录片，不仅影片本身，甚至所有的素材、每一帧画面都具有重要的历史意义。我们当下拍摄的影像、创作的影片也许只能发出微弱的光芒，无人喝彩，但若干年后，那些经得起历史沉淀的影像自然会重新"显影"。

回到这本书。写作，尤其是非虚构写作，也是让影像重新显影的过程，它延展了"记录"二字的手段和意义，我想我会继续写下去。

图书在版编目（CIP）数据

人间明暗 / 范俭著. -- 上海：文汇出版社，
2024.7
ISBN 978-7-5496-4261-8

Ⅰ.①人… Ⅱ.①范… Ⅲ.①纪实文学 – 中国 – 当代
Ⅳ.① I25

中国国家版本馆 CIP 数据核字 (2024) 第 095028 号

人间明暗

作　　者／	范　俭
责任编辑／	何　璟
特邀编辑／	王宇昕
特邀审读／	郑　蔚
封面设计／	尚燕平
内文制作／	张　佳
封面摄影／	于　卓
出　　版／	文匯出版社
	上海市威海路 755 号
	（邮政编码 200041）
发　　行／	北京贝贝特出版顾问有限公司
电　　话／	010-64204980
印刷装订／	北京盛通印刷股份有限公司
版　　次／	2024 年 7 月第 1 版
印　　次／	2024 年 7 月第 1 次印刷
开　　本／	880mm×1230mm　1/32
字　　数／	210 千
印　　张／	10.25

ISBN 978-7-5496-4261-8
定　　价／　59.00 元

敬启读者，如发现本书有印装质量问题，请与发行方联系。